KB271815

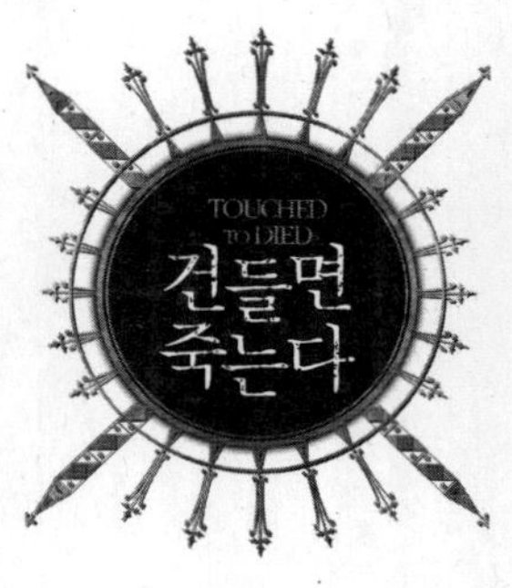

FUSION FANTASTIC STORY

다크홀릭 퓨전 판타지 소설

건들면 죽는다 1
다크홀릭 퓨전 판타지 소설

초판 1쇄 찍은 날 § 2013년 10월 11일
초판 1쇄 펴낸 날 § 2013년 10월 17일

지은이 § 다크홀릭
펴낸이 § 서경석

편집부장 § 권태완
편집책임 § 어정원

펴낸곳 § 도서출판 청어람
등록번호 § 제1081-1-89호
등록일자 § 1999. 5. 31
어람번호 § 제1-1687호

주소 § 경기도 부천시 원미구 심곡2동 163-2 서경3/D 3F (우) 420-822
전화 § 032-656-4452팩스 § 032-656-4453
http://www.chungeoram.com
E-mail § chungeorambook@daum.net

ⓒ 다크홀릭, 2013

ISBN 978-89-251-3510-6 04810
ISBN 978-89-251-3509-0 (세트)

TOUCHED
TO DIED

건드리면 죽는다

FUSION FANTASTIC STORY

다크홀릭 퓨전 판타지 소설

1

Contents

프롤로그

건들면 죽는다

건들면 죽는다

　사후 세계를 다스리고 있는 죽음의 신 카리우스의 집무실에서 커다란 호통이 터져 나왔다.

　쾅!

　"뭣이라고! 헬 소드가 사라졌다니! 그걸 지금 말이라고 하는가!"

　"죄, 죄송합니다, 폐하! 신 마웬, 죽을죄를 지었습니다. 용서하소서!"

　헬 소드.

　그 검은 사후 세계를 상징하는 것과 다르지 않은 기물이다.

영혼을 완전히 소멸시킬 수 있는 신비의 검으로, 오로지 우주를 통틀어 총 열 자루만이 존재하는 물건이었다.

죽음의 신 카리우스야 자신의 권능만으로도 영혼을 소멸시킬 수 있는 능력이 있으니 필요가 없지만, 사후 세계의 집행자로 알려진 사신들은 반드시 헬 소드를 한 자루씩 가지고 다니게 되어 있었다. 그런 중요한 것이 사라졌으니 그가 흥분할 만도 했다.

"죄송이고 나발이고 지금은 그게 중요한 것이 아니다. 대체 어느 놈 짓이냐? 어떤 놈이 영겁의 지옥을 두려워하지 않고 이런 짓을 저지를 수 있었느냔 말이다!"

"그, 그게… 아무래도 얼마 전 사신 툼스킨의 실수로 수명이 끝나기도 전에 이곳으로 끌려왔던 놈이 아닐까 싶습니다. 그놈의 전생이 살수였던 것으로 보아 가장 유력한 용의자가 분명해 보입니다."

사신의 말에 카리우스는 인상을 잔뜩 찡그리며 지난 시간을 되짚어 보며 되물었다.

"가만, 잘못 끌려왔던 놈이라면 감히 내게 다시 살려내라고 협박했던 그 시건방진 녀석을 말하는 게냐?"

"그렇습니다."

죽음을 관장하는 염라대왕 카리우스를 협박했다니 간이 배 밖으로 나온 인간이 있었던 모양이다.

“하지만 그놈은 그때 지하 뇌옥에 가두지 않았더냐?”

“황송하게도 그, 그곳을 탈출하면서 제 헬 소드를 훔친 것 같사옵니다.”

“허어, 인간의 영혼 주제에 이곳의 뇌옥을 탈출해? 그것도 헬 소드까지 훔쳐서 달아났다고? 너는 그게 지금 말이 되는 일이라고 생각하느냐?!”

카리우스는 자신이 죽음의 세계를 다스리기 시작한 이래 오늘이 가장 많이 놀라는 날인 것 같았다. 그만큼 어처구니없는 보고가 계속되고 있었다. 하지만 거기서 끝나지 않았다.

“아뢰옵기 송구하오나… 그자가 지니고 있는 재주가 희한하게도 이곳에서도 어느 정도 통하는 것 같습니다.”

“뭐라?”

“그자의… 기척을 느낄 수가 없습니다. 그렇다 보니 뇌옥에서 나오는 것도 확인치 못했고, 그 때문에 잠시 다른 죄수를 살피던 와중…….”

“…헬 소드를 훔쳐갔다? 거기에 추적까지 다 따돌리고?”

“그, 그렇습니다…….”

카리우스의 눈썹이 더 이상 올라가기 어려울 만큼 위로 솟아올랐다.

일반적으로 저승에 오는 영혼들은 영혼의 기운을 숨길 수 없다. 모든 영혼은 제각기 가지고 있는 특이한 기운이 있고,

그것을 숨긴다는 것은 사실상 불가능하다. 한데 사신이 언급한 '범인'은 어느 정도 그게 가능했던 것 같다. 더군다나 헬소드를 가지게 되면 사신의 기운을 지니게 되어 추격은 더욱 어려워질 수밖에 없는 것이다.

지금 검을 잃어버린 사신은 그 점을 이야기하면서도 식은땀을 흘리고 있었다. 변명치고는 스스로 생각해도 너무나 옹색한 탓이다. 그는 또다시 카리우스로부터 불호령이 떨어질 것을 각오했지만 카리우스는 전혀 엉뚱한 반응을 보였다.

"허어, 인간이 살아 있을 때 지닌 재주가 여기서까지 통하다니. 영혼까지 능력이 새겨져 있다는 말인데, 그런 희귀한 인간이 존재할 수가……. 그런 경우는 내가 이곳을 다스리기 시작한 십만 년 사이 처음이야. 으음, 아무래도 주신께 보고를 드려야 할 일인지도 모르겠군."

질책을 잊을 만큼 호기심이 더 컸던 모양이다. 하긴 그 어떤 인간도 자신이 살아 있을 때 가지고 있던 능력을 영혼에게까지 새겨 넣을 수는 없다. 그건 지금까지는 불가능했다. 애초 창조신이신 주신께서도 예측하기 힘든 경우다.

물론 주신은 인간에게 노력할수록 한계를 벗어날 수 있는 잠재력을 심어주긴 했지만 말이다. 그렇기에 카리우스가 이토록 의아해하는 것이다.

그런데 바로 그때,

비이잉~!

"어둠의 세계를 다스리는 카리우스님, 그럴 필요 없습니다."

카리우스의 앞으로 어깨에 천사의 날개를 가진 중후한 존재가 모습을 드러냈다. 그는 천계에서 주신을 보좌하고 있는 천신 엔텔리온이었다.

"오! 당신은 주신님의 비서관 엔텔리온 아니시오? 이곳까지 무슨 일로……?"

"주신께서는 이번에 카리우스님의 왕국에서 일어난 불미스러운 일을 이미 알고 계십니다. 신의 역할을 대행하는 자들이 실수한 것에 대해 눈살을 찌푸리셨습니다만, 지금 찾으려는 인간의 생존 본능을 보시고 호기심을 느끼셨는지 그 점을 묵인 중이십니다. 즉 당신들은 그 인간 때문에 문책을 면한 것이나 마찬가지인 게지요."

"끄응, 그런 일이……."

엔텔리온의 권능은 카리우스와 비교해도 결코 그 아래가 아니었다. 엔텔리온은 주신의 말을 대행하고, 카리우스의 주신의 심판을 대행한다고 볼 수 있다. 그렇기에 둘은 대등한 관계인 것이다.

그러나 이곳이 카리우스가 다스리고 있는 사후 세계임을 감안해서인지 엔텔리온은 어느 정도 그를 즌중하-며 주신의 뜻을 전했다.

"그 인간은 결국 환생을 택할 것입니다. 그게 이곳을 탈출할 수 있는 유일한 방법일 테니까요."

"아무래도 그럴 가능성이 높겠지요."

"그래서 제가 온 것입니다. 그자가 환생하려 할 때 카리우스님께서 살짝 개입해 주십사 해서요."

"개입이라니요? 그게 무슨 말씀이시오?"

엔탈리온이 목소리를 낮추며 말하자 카리우스는 고개를 갸웃거리며 곧바로 되물었다.

"모든 행동을 묵인해 주다가 환생의 때가 오면 장소를 카리우스님이 지정해 주라는 말입니다. 그게 주신의 뜻입니다."

"거기가 대체 어디요?"

"슈덤벨 대륙. 그가 갈 곳입니다."

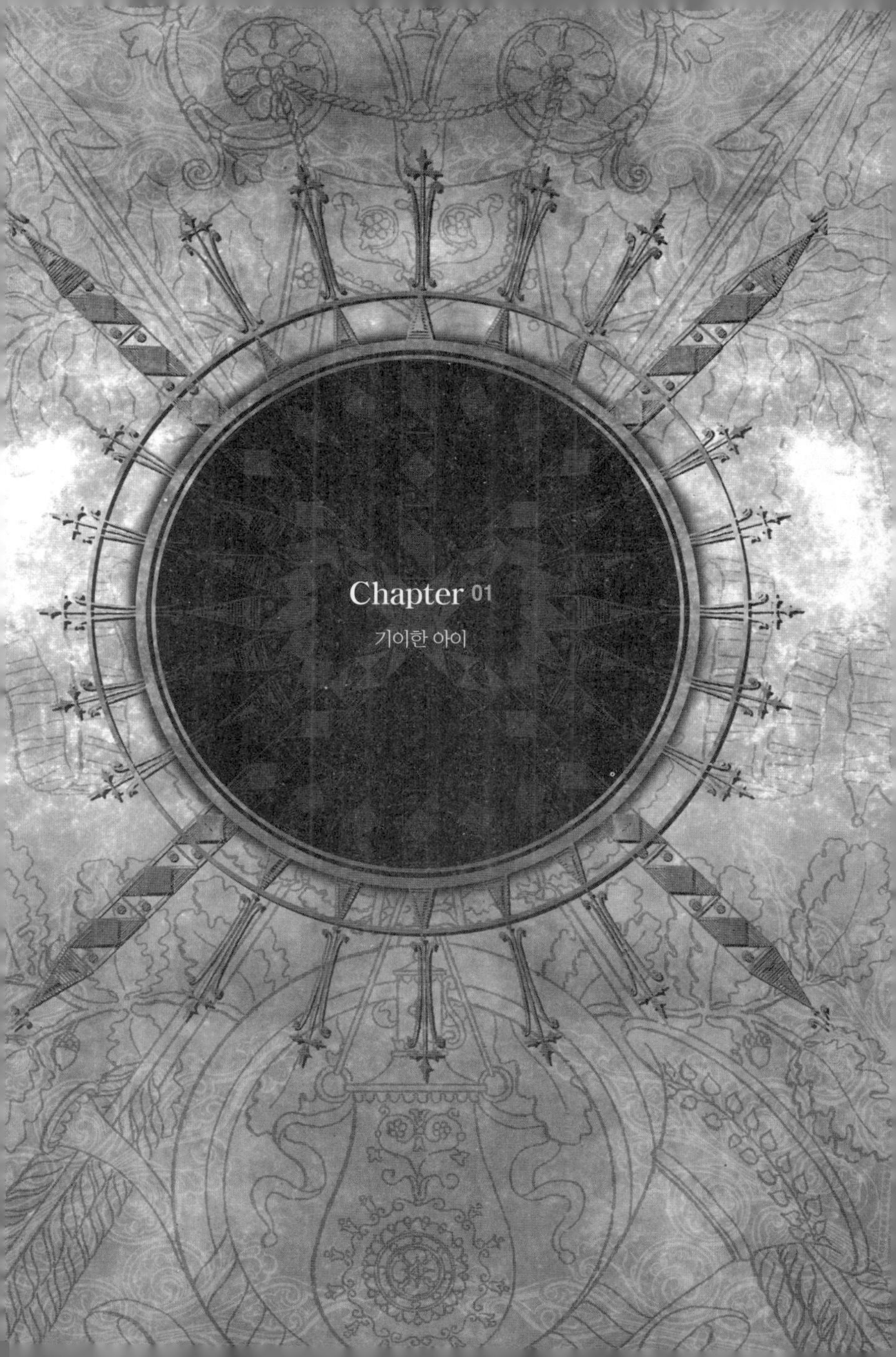

Chapter 01
기이한 아이

건들면 죽는다

건들면 죽는다

1

　그는 그 누구보다 가장 치열하게, 그야말로 개고생을 해서 기어 올라가 그 자리에 섰다.

　나이 육십이 되었을 때, 사람들은 그의 앞에 고금제일이란 광오한 호칭을 붙여주었다.

　사방에 안개가 깔리면 검을 차고 다니는 무림인은 항상 공포에 떨며 경계를 한다. 안개는 다름 아닌 그가 나타날 때 벌어지는 현상이었으니까.

　─고금제일 살수 무(霧).

무림인이 그를 부르는 호칭이었다.

그에게 불가능한 암살은 없었으며 돈만 주면 설혹 황제의 목이라도 즉석에서 따올 수 있는 능력이 있었다.

"하지만 그건 무의미한 삶이었지. 나는 이름만 유명할 뿐, 사람들은 내가 누구인지 전혀 알아보지 못한다. 이런 인생이 대체 무슨 의미가 있겠나."

무는 명성과 부를 얻을 수는 있었지만 시간이 갈수록 공허함이 커질 수밖에 없었다. 그런 감정이 결국 그로 하여금 암흑에서 대명천지로 나오게 했다. 세상에 처음 모습을 드러냈을 때 그는 말했다.

"나는 고금제일 살수가 아니다! 나야말로 고금제일인이다! 내 말에 불만이 있는 자는 누구든지 도전하라!"

무림은 들끓기 시작했다. 살수가 세상에 나온 것도 기가 막힌 일일 텐데 자신이 고금제일인이라며 큰소리를 치고 있으니 실로 통탄할 일이었다.

원래 살수가 얼굴을 드러낸다는 것은 곧 죽음을 자초하는 것과 마찬가지였다. 그의 손에 죽임을 당했던 자들의 가족이나 친구들이 복수를 위해 칼날을 들이댈 것은 뻔한 일이다.

하지만 그는 원한에 차 있는 무림인들 앞에 오히려 당당히 나섰다.

원래 살수는 숨어서 암습을 하는 데 통달해 있어 두려운 법이다. 아무리 뛰어난 살수라고 해도 모습을 드러내면 그다지 위협적이지 않다. 즉, 정면 대결은 정통 고수들이 훨씬 유리하다는 게 무림의 정설이었다.

하지만 그 생각이야말로 엄청난 오산이었다.

"소림의 무허 대사께서 단 이 초식 만에 무릎을 꿇었대!"

"무당의 청송자 어르신은 겨우 일 초식 단에 검을 꺾었다고 하던데?"

"이 사람들아, 자네들 지금 그걸 화젯거리라고 떠들고 다니는 겐가? 아직도 소문을 듣지 못한 게로군. 아, 글쎄, 어젯밤에 천년마교의 대교주인 무적거마가 단 일 수에 당했다고!"

정사를 구분하지 않고 수많은 강자들이 그를 척결하기 위해 나섰지만 모조리 꺾이고 말았다. 그것도 살수의 능력이 전혀 가미되지 않은 정당한 비무에서 모조리 단 삼 초식도 넘기지 못한 채 당한 것이다.

그의 광오한 외침대로 고금제일인이라고 칭해도 부족하지 않을 정도였다.

―고금무적 검왕 천린.

　결국 그때부터 사람들은 그를 고금무적 검왕이라고 칭하기 시작했다. 이 무렵 처음으로 살수 무의 이름도 밝혀졌다. 이때 천린의 나이 예순셋이었다. 그는 결국 삼 년 만에 고금제일살수에서 고금제일인으로 거듭났던 것이다.

　그러나,

　"허망하다. 고금 제일인이 되었어도 사라지지 않는 이 허무함은 무엇일꼬? 인생무상이라더니 지나온 삶이 그저 덧없을 뿐이로구나."

　그는 젊은 날에는 살기 위해 살수 노릇을 하느라 정신이 없었고, 이후에는 살수문을 끌어 나가느라 바쁘게 살았다. 그러다가 살수로서의 자신을 버리고 고금제일인의 자리에 도전했다. 그 험난한 삶이 예순하고도 삼 년인 것이다.

　하지만 지금 그의 주변에는 아무도 없었다. 물론 그의 위세를 따르는 무리는 수를 헤아릴 수 없을 정도로 많았지만 그는 남들에게는 다 있는 그 흔한 가족조차 없었다.

　그는 고아였고, 혼인도 하지 않았다.

　이 넓은 세상에 그가 가족이라 부를 만한 존재는 전무했다. 그것이 그의 허망함이자 외로움이었다.

　"그래, 이제 또다시 새로운 삶에 도전해 보자. 모든 것을 버리고 자연인으로 돌아가 가정을 꾸려보는 거다. 내일부터 나는… 모든 것을 버릴 것이다."

모든 것을 버리고 자연인으로 돌아가기로 마음먹은 그날 그는 그 어느 때보다 편한 마음으로 잠자리에 들었다.

그리고 막상 눈을 떴을 때 그는… 죽었다.

잠에서 깬 천린의 눈앞에 펼쳐진 세계는 낯선 곳이었다. 무예가 깊어지면서 검에 찔린다 해도 스스로 치유가 가능한 최고의 신체를 지녔던 그다. 내공으로 웬만한 질환도 물러낼 수 있고, 노화가 몸에 찾아드는 것을 느끼지도 않았다.

한데 천린, 그가 죽었다. 그저 잠을 잤을 뿐인데, 저승에 와 있던 것이었다.

자신보다 더 뛰어난 살수가 자신을 죽이거나 아니면 어떤 알지 못하는 뭔가로 인하여 죽은 것 같지는 않았다.

하지만 저승사자의 말은 단 한마디, 실수라고 했다.

＊　　　＊　　　＊

"뭐가 어쩌고 어째? 착각하는 바람에 잘못 데려왔다고? 그래 놓고 인간계가 혼란에 빠질 수 있기 때문에 도로 보낼 수 없다는 게 말이 되는가! 이런 고얀 것들 같으니라고!"

여기까지 회상하던 천린은 갑자기 분통을 터뜨렸다. 물론 자신만이 알아들을 수 있을 만큼 나지막한 소리였지만, 그 안에는 내내 억눌러 놓았던 감정이 숨어 있었다.

"나는 고금제일인이다. 살수의 능력을 가졌으며 정사마의 모든 무공을 모아 극의를 이룬 불세출의 무인이란 말이다. 그런 내가 이런 곳에서 당하고만 있을 것 같나? 절대 그럴 수는 없지. 기필코 이곳을 빠져나가 나를 여기까지 끌고 온 사신 툼스킨인지 뭔지 하는 놈에게 확실하게 복수해 주고 말 테다."

천린이 고금제일의 살수가 될 수 있었던 이면에는 바로 이런 집요하고도 무서운 집념이 숨어 있었다. 게다가 그는 선천적으로 은원이 뚜렷했다. 자신에게 조금만 잘해줘도 그 몇 배로 은혜를 갚는 착한 면도 있었지만 일단 해를 가하게 되면 수백 배, 수천 배로 복수를 해야 직성이 풀리는 무서운 인간이기도 했다.

물론 아무리 그렇다 한들 죽음을 관장할 수 있는 사신에게까지 복수하겠다는 생각은 만용에 가깝다. 최소한 모든 사람들의 상식으로는 그랬다.

그러나 그런 복수심이 그를 더욱 집요하게 만들었고, 결국 사신들의 대화를 몰래 엿들어 탈출에 가장 중요하다는 헬 소드까지 입수하는 쾌거를 이룬 상태였다.

스르르.

　어쨌든 이렇게 혼자 떠들던 천린이 갑자기 빠르게 이동했다. 비록 영혼의 상태인지라 그 자신의 소리는 전혀 나지 않았지만 그가 들고 있던 검이 아주 미세한 파공음을 흘렸다. 이 검이 바로 '헬 소드' 다.

　그렇게 눈부신 속도로 죽음의 세계 안에 있는 성 내부를 빠르게 돌던 그가 어느 순간 멈추었다. 거대한 문이 정면으로 바라다 보이는 곳 근처였다.

　'면상이 푸르죽죽했던 녀석이 분명히 그랬다. 이 헬 소드가 환생의 문을 열 수 있는 열쇠도 된다고. 그리고 이제 저기만 통과하고 나면 환생의 문으로 이어지는 통로가 나온다. 벌써 서른세 번에 걸친 조사와 이곳에 떠다니고 있는 혼령들을 통해 들은 내용이니 틀림없을 것이다.'

　그는 잠시 생각을 정리하다가 이번에는 들고 있던 헬 소드를 고쳐 쥐었다. 그 거대한 문 앞에 키가 족히 4, 5미터쯤 되어 보이는, 머리 양쪽에 뿔이 달린 괴이한 존재들이 무시무시한 방망이를 들고 서 있었던 것이다. 문을 통과하려면 무조건 그들부터 처리해야 했다.

　'이 검이 그들 말대로라면 나는 탈출할 수 있을 것이고 실패하면 결국 또다시 잡혀가겠지. 하지만 두려울 것은 없다. 나는 이미 한 번 죽은 사람이 아닌가. 가자!'

　피잉~!

또다시 검에서 미세한 파공음이 났다. 동시에 뿔 달린 괴물들이 그를 발견하고는 재빨리 들고 있던 방망이를 들어 올렸다. 가까이 가서 보니 그 방망이가 거의 천린의 몸뚱이만큼 컸다.

"또띠야~ 까따라! 캬오~!"

부웅~!

뿔 괴물들은 알아들을 수 없는 소리를 지껄이면서 그 큰 방망이를 장난감처럼 휘두르며 덤벼들었다. 그 기세가 실로 섬뜩했다. 그러나 더 큰 문제는 보기에 미련해 보이던 괴물들의 움직임이 번개처럼 빠르다는 데 있었다.

"엄청난 놈들이로구나. 그러나 영혼만 남아 있다 해도 나는 고금제일인이다! 타핫!"

비록 영혼의 상태였지만 천린은 간단하게 공격을 피하며 괴물들의 방망이를 모두 두 동강 내버렸다.

"끼잉?"

"한눈팔 새가 없을 텐데? 오옷!"

"캬오오오!"

스르르! 쿠웅!

쿵!

한 번의 칼질로 그 큰 괴물들을 동시에 쓰러뜨렸다. 과연 고금제일인이라는 말이 어색하지 않을 놀라운 솜씨였다. 물론 이건 헬 소드가 있기에 가능한 일이었다.

"문은… 뚫고 간다. 이야아압!"

콰앙!

그렇게 그가 문을 부수며 안으로 들어가자 소리 없이 두 개의 희미한 형체가 허공에 나타났다.

"허허, 그놈 참……."

"진, 진짜 대단합니다. 아무리 헬 소드를 가지고 있다곤 하지만 어찌 '지옥쌍괴수'를 단숨에 눕힐 수 있는 건지 모르겠네요."

그들은 바로 죽음의 신 카리우스와 사신 마웬이었다.

"어쨌든 어서 따라가 그가 환생할 곳을 슬쩍 정해놓아라."

"네, 폐하!"

카리우스의 명령이 떨어지자 이번에는 마웬이 천린의 뒤를 따라 거대한 문 안으로 사라져 갔다.

2

천린은 환생하기 직전까지 수도 없이 같은 생각을 반복했다.

'이번에 새로운 삶을 살게 되면 최대한 평범하게 살아보자. 적당히 착한 여자를 만나 결혼도 하고 애도 낳고 하는 그런 보통 사람의 인생을 살아보고 싶다. 기왕이면 내가 새롭게 태어날 집은 중류층의 보통 가정이면 더욱 좋겠지.'

그의 소망은 지극히 소박했다. 그는 이미 전생에서 최고의 자리까지 올라가 보았으며 수많은 찬사와 존경을 받아보았다. 하지만 그럼에도 그는 진짜 행복을 맛본 적이 없다. 금은보화가 가득하고 명예가 극에 이르렀지만 그 누구도 그를 진심으로 좋아해 주지 않았다. 아무리 자신 앞에서 굽실거리며 아부의 말을 늘어놓아도 그는 직감적으로 그것을 알 수 있었다. 인생의 최고에 도달했을 때 그는 오히려 이런 삶이 허무하다는 것을 깨달았다.

'아이는 더도 말고 덜도 말고 딱 열만 낳았으면 좋겠다. 아들 다섯에 딸 다섯만 있으면 남부러울 게 없을 것 같은데…….'

아이들에 대한 욕심이 조금 과한 것은 그의 환경 탓이다. 어릴 때부터 고아로 자랐으니 이처럼 대가족을 만들고 싶었는지도 모른다. 대가족까지는 아니더라도 아무튼 그의 염원은 그저 평범한 삶을 통해 느낄 수 있는 행복감이라고 할 수 있었다.

그러나 인생이 늘 그렇듯 꿈과 현실은 달랐다.

"어, 어째서… 우리 아기가 울지를 않는 것일까요?"

"그러게 말이야. 막 태어난 아이가 울지 않으면 죽기 십상이라는데 혹시…….”

"당신! 그렇게 말 함부로 하지 말아요! 어떻게 낳은 아이인데 그런 재수없는 말을 함부로 해요!"

천린이 무려 십여 개월에 걸쳐 어느 여인의 뱃속에서 꾹꾹 참아가며 도(?)를 닦은 것은 이처럼 거지같은 집에서 환생하기 위함이 절대 아니었다. 그는 자신이 전혀 모르는 세상을 구경하고 싶어 너무도 쉽게 출산되었다. 그 덕분에 여인은 편했지만 그는 나옴과 동시에 울고 싶은 심정이 되고 말았다.

그가 태어난 곳은 그냥저냥 먹고살 만한 중류층 가정이 절대 아니었다. 아직 잘 보이지도 않는 눈으로 슬쩍 훑어본 것만으로도 이 집이 몹시도 가난하다는 것을 한눈에 알 수 있었다.

'정말 재수 없네. 내 팔자는 대체 왜 이러냐? 어쩐지 이 여자, 아니지, 이제는 어쨌든 어머니라고 해야겠지. 아무튼 어머니의 뱃속에 있는 동안 내내 감정 상태가 불안해서 느낌이 좋지 않기는 했지만 설마 이 정도로 형편없는 집일 줄이야. 휴우, 전생에서도 어릴 때는 고아로 성장하느라 거고생을 했건만 어째 이번 생에서도 앞날이 그리 순탄해 보이지는 않는구나.'

그는 이런 생각에 빠져 있느라 자신이 한 번쯤은 여느 아기처럼 울어줘야 한다는 사실조차 망각하고 말았다. 아니, 우는 것은 고사하고 그렇지 않아도 방금 출산하여 벌게진 얼굴을 잔뜩 우그러뜨린 채 인상만 벅벅 쓰고 있었다.

하긴 온전한 정신을 고스란히 가지고 있는 그가 운다는 것은 말도 안 되는 이야기일 터였다.

"그렇지만 당신도 좀 보라고. 이 녀석은 지금 울기는커녕 못생긴 얼굴에 눈을 동그랗게 뜬 채 인상만 쓰고 있는 것 같아."

"눈을… 뜨고 있다고요? 어디, 이리 데려와 봐요. 우리 아기가 어떻게 생겼는지 보고 싶어요."

천린은 새로운 어머니의 뱃속에 있은 지 4개월 정도부터 밖에서 들려오는 소리를 듣기 시작했다. 이때쯤에는 벌써 사람의 형체를 거의 다 갖추었기 때문이다. 그 덕분에 어느 정도 이곳의 언어를 익힐 수 있었다. 물론 그렇다고 해서 말까지 할 수는 없었다. 아니, 할 수 있다 해도 일부러 하지 않았을 것이다. 새로운 삶만큼은 지극히 평범하게 살기로 결심한 탓이다.

어쨌든 그랬기에 그는 두 사람의 대화를 통해 한 사람은 어머니요 또 한 사람은 아버지임을 짐작할 수 있었다.

"어머! 우리 아기 귀엽네. 눈망울이 초롱초롱한 것으로 보아 절대 무슨 일이 생기거나 하진 않을 거예요. 그리고 당신, 또 한 번만 우리 귀염둥이를 못생겼다고 하면 저 확 가출할지도 몰라요. 알겠어요?”

“아, 알았어. 알았으니 화내지 말라고. 아직 몸도 신통치 않을 텐데. 아차, 잠깐만 기다려. 내 얼른 수프라도 만들어 가지고 올게.”

이런 상황을 지켜보던 천린은 절로 한숨이 새어 나왔다. 그의 상식으로는 감히 아녀자가 남편에게 이런 식으로 대하는 것은 상상이 가지 않았던 것이다. 하긴 그의 뇌리 속에는 온통 중원에서의 삶이 가득 차 있었으니 그럴 만도 했다.

“하아⋯⋯.”

“어머! 여보, 아기가 방금 무슨 말을 한 것 같아요!”

“당신 배가 많이 고파서 헛소리가 들린 걸 거야. 조금만 참고 있어. 금방 수프 끓여서 들어갈게.”

겨우 작은 한숨을 가지고 이 호들갑이다. 천린은 시간이 갈수록 자신의 처지가 한심스러웠지만 이상하게 이 여인의 품 속만큼은 싫지 않았다. 뭔가 편안함을 주는 그 느낌이 좋아 그는 자신도 모르게 자꾸만 그 안으로 파고들었다.

꼼지락꼼지락.

“그래, 아가야. 너도 배고프지? 자, 어서 엄마 젖을 마음껏 먹고 건강하게 자라다오. 우리가 비록 가난하기는 하지만 너만큼은 배곯지 않도록 최선을 다할 거야.”

하지만 엄마의 품속보다 더 좋은 것이 있었다. 그건 바로 따뜻함과 부드러움, 그리고 저절로 미소가 떠오르게 만드는 엄마의 젖가슴이었다. 천린은 그 하얗고 풍만한 젖가슴이 자신의 입 쪽으로 다가오자 정신없이 빨기 시작했다. 그제야 자신이 몹시 배가 고프다는 사실을 자각한 것이다.

쭙쭙!

"여보, 아기가 젖을 빨기 시작했어요! 거봐요! 이렇게 건강하잖아요!"

"그래? 그거 다행이로군. 허허!"

비록 다 쓰러져 가는 나무집에 살고 있는 가난한 부부였지만 두 사람의 대화를 들으며 천린은 점점 이들이 마음에 들기 시작했다.

'단지 어머니와 아버지가 생겼다는 것만으로도 기분이 이렇게까지 좋을 줄이야. 그래, 까짓것, 고생 좀 하면 되지. 여기가 어디인지는 모르겠지만 공기가 맑은데다가 기가 충만해서 조금만 신경 쓰면 나의 무공은 빠르게 되살아날 거다. 그렇게 되면 집안을 일으키는 것도 그리 어렵지는 않을 거야. 지금은 우선 아무 생각 하지 말고 열심히 먹고 보자.'

쭈압~ 쭙쭙~

뭐가 어떻든 간에 지금 이 순간, 한 가지만큼은 분명한 것 같았다.

중원의 고금제일인이었던 천린, 그가 마침내 환생한 순간이다.

3

천린의 이름은 숀으로 결정되었다. '숀' 이란 말에는 '울지 않는 아이' 라는 뜻이 들어 있었다.

어쨌든 숀은 정말 희한한 아이였다. 그는 우선 절대 우는 법이 없었다. 배가 고플 때도, 어딘가를 다쳤을 때도, 심지어 뜨거운 수프를 엎어 크게 데었을 때도 녀석은 울지 않았다.

하지만 이런 일은 그 이후에 일어날 사건에 비하면 그저 전조에 불과했다.

"여보, 우리 숀이 뛰고 있어! 저기 봐봐!"

"네에? 뛴다고요?"

태어난 지 겨우 칠 개월 만에 걷는 것까지는 그럴 수도 있겠다 싶었다. 아이에 따라서는 발육이 빠른 아이도 있을 테니까. 그러나 기가 막힌 일은 그 아이가 걸음마를 시작하자마자 불과 보름 만에 뛰고 있다는 점에 있었다.

부부는 이 장면을 단둘밖에 볼 수 없다는 것이 안타까웠다. 실로 진귀한 광경이었다. 겨우 생후 7개월 된 아이가 뛰고 있다니, 그것도 편편한 실내도 아닌 거친 숲속에서 말이다.

사실 숀의 부모는 약초 채집을 해서 먹고살았다. 하루 온종

일 산을 돌아다녀야 하는 일인지라 숀만 집에 두고 다닐 수가 없는 형편이다. 그래서 어쩔 수 없이 이처럼 늘 함께 다니고 있었다.

처음에는 아빠가 칡뿌리를 이용해 가방 비슷하게 만들어 그 안에 숀을 넣고 다녔었다. 그러나 녀석이 꽉 찬 두 살이 된 후부터는 아예 산길을 함께 걸어서 다니기 시작했다. 실로 기가 막힌 일이었지만 놀라운 일은 그게 끝이 아니었다.

"엄마! 아빠! 간또야, 간또 차자써!"

"어머나! 여보! 방금 들었죠? 우리 숀이 간도를 찾아냈어요! 정말 놀라운 일이에요!"

"나도 들었어. 허허허, 이거 우리 숀이 말로만 듣던 희대의 천재가 아닐까? 내가 볼 때는 천재가 맞는 거 같은데……."

이건 그냥 보통의 천재 수준이 아니었다. 걸음마 이후 뛰는 것도 그랬지만 겨우 두 살배기가 벌써 약초까지 찾아내다니……. 아무리 흔한 약초라고는 하지만 간도라고 불리는 약초는 그렇게 간단하게 찾아낼 정도는 아니었기에 부부는 더욱 놀랄 수밖에 없었다. 아마 다른 사람들에게 이런 말을 한다면 절대 믿지 않았을 것이다.

그러나 헬 소드를 이용해 환생하는 바람에 예순세 살 노인의 기억을 고스란히 가지고 있는 숀의 입장에서는 하품이 날이야기이기도 했다.

'쩝, 겨우 이런 하찮은 일로 놀라다니… 쪽팔리게시리. 그나저나 이거 아이 놀이도 생각보다 재미있는데? 요즘 심법을 익히면서 나 자신이 어린아이라는 것을 자꾸만 상기시키고 있긴 하지만 이대로만 간다면 남들이 보기에도 전혀 어색하지 않는 사람이 될 수도 있을 것 같네.'

사실 63세 노인의 정신을 가지고 있는 상황에서 아이 행세를 한다는 것은 그리 쉬운 일이 아니다. 그나마 다행인 것은 손은 마음을 다스릴 수 있는 심법을 연마하그 있다는 것이다. 심법 연마는 그의 내공을 나날이 높게 만들어 주고 있을 뿐 아니라 그에 못지않게 현재의 상황을 받아들이고 적응하기 수월하게 해주고 있었다.

"당연하죠! 누구 아이인데. 호호, 그나저나 우리 손이 벌써부터 밥값을 하기 시작했네요. 여기 봐요. 간도가 열 뿌리는 넘게 있는 것 같아요."

"허허, 이놈이 복덩이라니까. 손과 함께 채집을 나선 이후로는 허탕 치는 법이 없으니 말이야. 이러다가는 우리 금방 부자 되겠어."

사실 간도라는 약초는 그리 귀한 약초는 아니다. 하지만 찰과상에 효험이 있는 약초인지라 제법 잘 팔린다. 그게 열 뿌리면 아무리 안 되도 동전 사, 오십 리켄(100리켄은 1실버)은

족히 될 터였다. 그 정도 돈이면 세 식구가 이삼일은 충분히 먹을 수 있는 식량을 구할 수 있었다.

"참, 오늘은 듀렌이 오는 날 아니에요?"

"벌써 그렇게 됐나? 이거 우리 숀 때문에 요즘은 시간 가는 줄도 모르겠다니까. 자, 그럼 이제 서둘러 집으로 갑시다."

"네."

숀은 두 사람의 대화를 들을 때마다 한 가지 의문이 생겼었다. 비록 평소에는 여느 시골의 부부들처럼 말도 막하고 행동도 딱 약초채집꾼 같았지만 가끔 보이는 말투는 전혀 달랐다.

어딘지 모르게 기품이 느껴졌던 것이다. 이는 숀에게 두 사람의 신분에 대한 의혹을 심어 주고 있었다. 게다가 두 사람의 대화 속에 등장했던 듀렌이라는 사람의 존재도 모호한 면이 많았다. 나이는 분명 자신의 부모보다 많았는데 만나기만 하면 계속 말려도 극존칭을 써가며 두 사람을 공경하는 자세를 보이곤 했다. 물론 이런 사실은 오로지 숀만 눈치채고 있었다. 이제 겨우 두 살배기가 된 아이만 말이다.

"숀, 어서 이리 와라. 오늘은 아빠가 만든 특급 '마법 양탄자' 를 타고 가자."

"응!"

쪼르륵~

아빠의 말이 떨어지기 무섭게 숀이 잽싸게 달려갔다. 이제 달리는 폼도 제법이다. 게다가 속은 비록 63세의 징그러운 노인이었지만 그런 모습은 무척이나 귀엽고 깜찍했다.

'걸어가도 충분하지만 이 재미를 놓칠 수야 없지. 흐흐……'

전생에서는 전혀 느껴보지 못했던 행복이다. 아빠라는 사람이 넓은 등에 그를 걸쳐 메고 걸어갈 때의 그 기분은 정말 마법 양탄자를 탄 것 이상으로 즐겁기만 했다. 그런 소소한 행복감이 평생을 메마르고 삭막한 감정만 가지고 살아갔던 손의 마음을 조금씩 녹이고 있었다.

"이제 오십니까?"

넙죽.

다 쓰러져 가는 모옥에 도착하자 좁은 마루에 앉아 있던 중년의 사내 한명이 벌떡 일어나더니 허리를 깊숙이 숙이며 인사를 해왔다. 비록 아직 슈덤벨 대륙의 예법에 익숙한 손은 아니었지만 저런 인사법은 일반 평민이 하는 인사법이 아니라는 것 정도는 충분히 짐작할 수 있었다.

"어허~ 또 그러시네. 행여 누가 보면 어쩌려고. 제발 앞으로는 그냥 아는 동생 대하듯 하시라니까요."

"죄송합니다. 하지만 아무리 상황이 여의치 않다고 해도 도저히 그런 불경을 저지를 수는 없습니다."

아버지는 중년의 사내의 인사를 받자마자 얼른 주변을 한

번 살펴보았다. 크게 경계하는 눈치다.

"아찌 안녕!"

"오, 숀! 오랜만이네. 이런, 그사이 또 많이 컸구나."

중년의 사내 역시 아버지의 그런 태도에 잠깐 긴장하는 모습을 보이다가 숀이 아버지 등 쪽에서 귀여운 얼굴을 내밀며 인사를 건네 오자 얼른 밝은 표정으로 바꾸며 대꾸했다.

"으음, 좋소. 그럼 일단 안으로 들어가서 이야기합시다. 여기서는 안 되겠소."

"알겠습니다."

그러나 결국 아버지는 주변을 살펴보다가 얼른 중년의 사내를 방 안으로 끌고 들어갔다. 아내를 비롯해 아직 등에 짊어지고 있는 숀과 함께 들어간 것은 물론이다.

"안 뵌 사이 안색이 조금 핼쑥해 지신 것 같습니다. 저희가 불충한 바람에 이런 고생까지 하시다니……. 정말 송구스럽습니다."

"이보게 듀렌, 그게 어찌 자네들 탓이겠는가. 다 부덕한 내 탓이지. 그리고 아직 놈들이 어디 숨어 있을지 모르니 제발 말조심 좀 하게. 그들의 촉각에 걸리기라도 하면 큰일이네. 얼마 전까지야 두려울 게 별로 없었다고 해도 이제는 우리 숀이 있지 않은가."

전에는 듀렌이 오면 아버지와 단 둘이 나가서 주로 대화를

하는 바람에 손은 두 사람의 사이를 자세히 알 수 없었다. 하지
만 오늘은 자신이 있는 곳에서 이런 이야기를 스스럼없이 나
누었다. 어차피 가족인지라 피곤한 지금 굳이 그럴 필요를 느
끼지 못했던 모양이다. 그 덕분에 손은 부모님들의 정체(?)에
대한 어떤 새로운 실마리를 잡은 기분이 들었다.

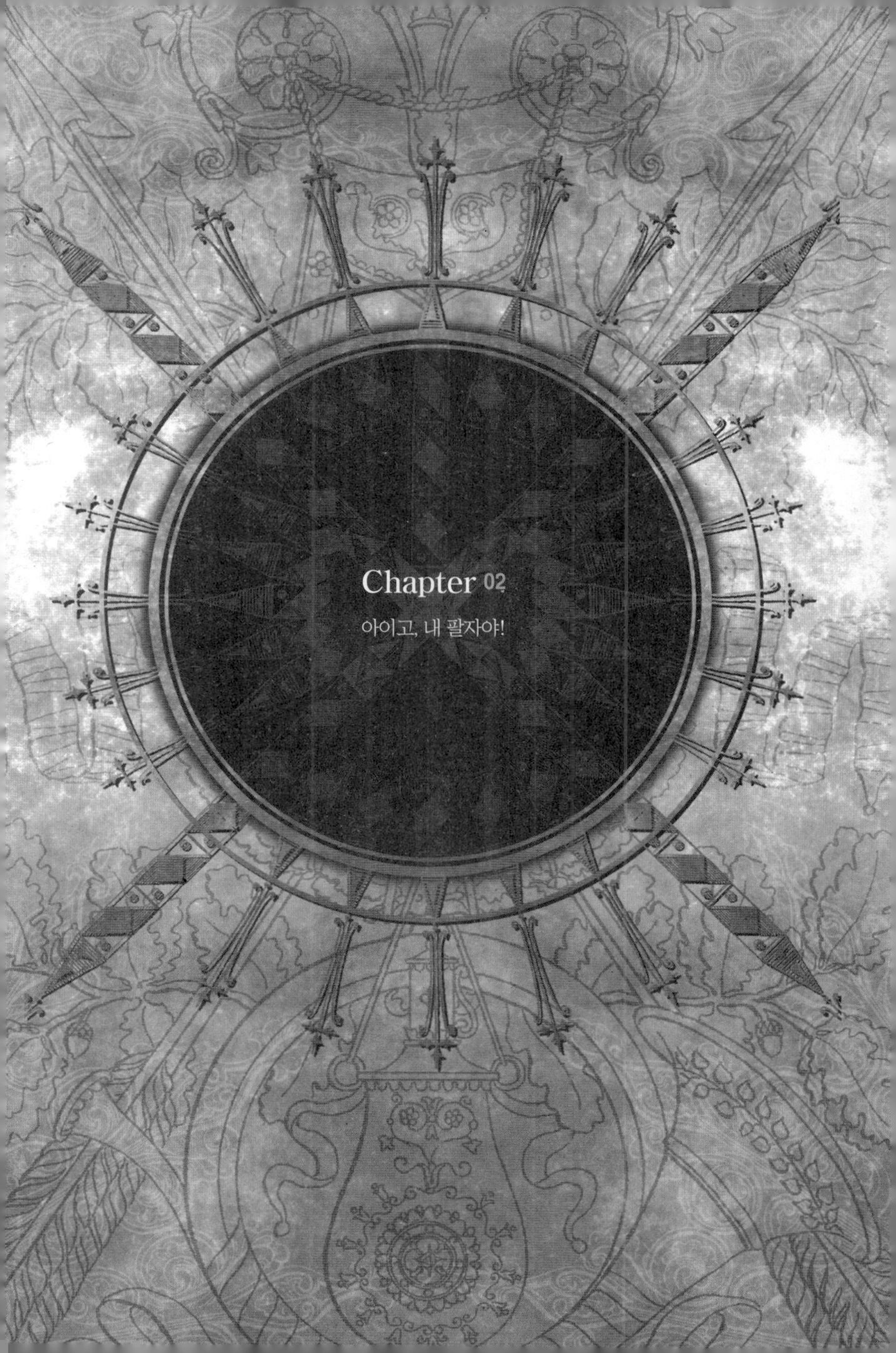
Chapter 02
아이고, 내 팔자야!

건들면 죽는다

건들면 죽는다

손이 환생한 이후 2년 동안 그들 가족은 단 한 번도 산에서 내려간 적이 없었다. 매일같이 산을 오르락내리락하며 채취한 약초는 언제나 듀렌이 와서 사갔으며 모든 생필품 역시 그가 공급해 주었다.

이 말은 손이 새로운 세상에 태어나 만나본 사람이 모두 세 명뿐이라는 것을 뜻했다. 그런데 며칠 전 듀렌이 와서 아버지와 은밀한 대화를 나눈 후부터 그들 생활에 변화가 찾아왔다.

"정말 괜찮을까요?"

"듀렌이 장담한 이상 큰 문제는 없을 거요. 그리고 그의 말대로 우리 입장만 생각할 수는 없잖소? 지금처럼 숲에서만 살아간다면 숀이 정상적인 아이로 성장하기 힘드오.”

주섬주섬 짐을 꾸리던 숀의 부모님이 대화를 나누기 시작했다. 며칠 전과는 말투도 상당히 달라진 모습이다. 그것을 방 한쪽 구석에서 가만히 듣고 있던 숀은 속으로 생각했다.

‘이렇게 사는 것도 나름 평화롭고 재미있었는데……. 하긴 아무리 그래도 진짜 재미는 더 많은 사람들과 어울려 보는 것 아니겠어? 어쨌든 이거 은근히 설레네.’

그는 떠나는 것이 아쉽기는 해도 약간은 지루했던 숲속 생활에서 벗어난다는 사실에 마냥 가슴이 두근거리고 있었다. 이제야 환생한 세상의 제대로 된 모습을 알 수 있다는 기대감 때문이다.

“그건 그렇지만 저는 어쩐지 불안해요. 그들이 얼마나 집요한지는 누구보다 당신이 잘 아시잖아요.”

“솔직히 말하자면 나도 형님들이 두렵소. 아니, 형님들이 고용한 무리가 너무나도 무섭소. 하지만 아무리 그렇다고 해도 우리의 안위만을 위해 숀을 시골 무지렁이로 키울 수는 없다는 생각이요. 그리고 듀렌이 그러지 않았소? 더 이상의 추적은 없는 것 같다고. 그들은 아마 우리가 죽었다고 결론 내린 것이 분명하오. 그러니 마을에서 산다고 해도 특별히 세인들의 주목만 받지 않는다면 별 문제는 없을 것이오.”

‘관심을 받지 않는 것은 나 역시 바라는 바지. 역시 나의 아버지가 된 분이라 그런지 나와 통하는 구석이 있네.’

아버지의 이런 대꾸에 어머니는 여전히 어두운 안색이었지만 손은 혼자 신이 났다. 그가 이번 생애 가장 바라는 것이 바로 ‘될 수 있으면 평범하게 살기’이기 때문이다.

“휴우, 당신이 그렇게까지 말씀하시니 저도 따를 수밖에요. 대신 한 가지 약속을 해주세요.”

“말해보시오.”

“꼭 우리를 지켜주신다고.”

어머니가 손에게 다가가더니 그를 꼬옥 끌어안으며 이렇게 말했다.

“나의 명예와 목숨을 걸고 맹세하겠소. 당신과 손은 반드시 내 손으로 지켜줄 것을.”

‘흐음, 나를 지켜주기 위해 진심으로 목숨까지 걸어주다니… 역시 핏줄이라는 건가?’

아버지의 맹세에 손은 눈시울이 슬쩍 붉어졌다. 전생을 합쳐서도 이런 경험은 처음이기에 감동받은 것이다.

‘아버지, 그 맹세는 당신보다 내게 더 어울리오. 아직은 힘이 턱없이 부족하지만 나의 내공을 어느 정도라도 되찾게 된다면 내가 반드시 당신과 어머니를 지켜줄 것이라오. 어쨌든 내게는 처음으로 생긴 진짜 부모 아니겠소?

이런 그의 속마음을 알았다면 부모는 둘 다 황당해했겠지만 다행히 그럴 일은 없었다. 하지만 그의 이런 결심은 참으로 중요한 사건이라고 할 수 있었다. 최소한 그가 무공을 본격적로 되찾기 위해 노력하게 되는 최초의 계기가 되기도 했기 때문이다. 단순히 심법만 수련하는 것과 모든 무공을 되찾는 것에는 엄청난 차이가 있었다.

"당신의 말을 믿겠어요. 그럼 이제 저도 서두를게요."

"고맙소."

결국 어머니도 산을 내려가는 일에 적극적으로 동참하기 시작했다.

"이제 우리 아들만 '마법의 양탄자' 에 태우면 끝이로군. 자, 손, 이리 오너라."

"응!"

쪼르륵.

깊은 상념에 잠겨 있다가도 마법의 양탄자 소리만 나오면 본능적으로 헤헤 웃으면서 아버지에게 다가가는 손이었다. 63세 노인네가 보일 행동은 아니었지만 그 누구도 그가 노인네임을 모르는 이상 전혀 부끄러워할 필요가 없었다.

어쨌든 지금 중요한 사실은 그들 가족이 산을 내려간다는 데 있지 않겠는가. 이 말은 정말로 희한하고 특이한 아이 한 명이 세상에 등장한다는 것과 같았다.

그런데,

"거참, 이상하네. 분명 이쯤에서 마차와 함께 기다린다고 했는데……."

"어쩐지 좋지 않은 예감이 들어요."

숀을 등에 태우고 손수레를 끌며 산에서 한참을 내려오던 아버지가 멈춘 곳은 숲속 가운데에 있는 작은 공터였다. 이때 처음으로 숀은 자신과 부모님이 머물던 산이 생각보다 깊다는 것을 알 수 있었다. 어른 한 사람이 쉬지 않고 반나절 이상을 내려왔건만 여전히 숲은 계속되고 있었던 것이다.

그랬기에 듀렌은 산 중턱쯤까지 마차로 마중을 나오겠다고 했던 모양이다. 그나마 길다운 길은 여기서부터 시작되고 있었다.

"아무리 마차를 끌고 온다고 해도 마을에서 여기까지 오려면 상당한 시간이 걸릴 것이오. 그러니 너무 걱정하지 말고 조금만 더 기다려 봅시다."

"알겠어요. 그럼 당신도 많이 힘드실 텐데 숀을 제게 주세요. 제가 안고 있을게요."

"무슨 소리! 내 비록 지난 삼 년간 악적들에게 쫓기며 숲을 전전하긴 했지만 칼론 왕국 최고의 기사 루카스가 바로 나요. 이 정도로 힘들다는 것이 말이 되오? 당신은 그저 당신 몸만 잘 신경 쓰면 되오."

손은 아버지가 왕국 최고의 기사라고 큰소리치자 고개를
살짝 갸우뚱했다.

'근데 최고의 기사는 뭐지? 무사와 비슷한 직업일까? 어
라? 가만 보니 지금은 그게 중요한 것이 아니구나. 어째서인
지 이 인근에서 너무 익숙한 기운이 느껴지고 있다. 살을 콕
콕 찌르는 것 같은 이 기운은… 분명 살기다. 내 비록 내공은
아직 바닥 수준이지만 살기 하나 제대로 감지하지 못할 리는
없다. 이 사실을 어떻게 해서든지 알려야 할 텐데 이를 어쩌
지?

손은 이런 생각을 하며 심각한 고민에 빠져들었다. 자신의
아버지가 큰소리 치고 있지만 아직 살기를 감지하지 못한 것
같았다. 이때는 몰랐지만 나중에 알고 보니 슈덤벨 대륙에서
는 아무리 뛰어난 기사라고 해도 기를 감지할 수 있는 능력은
없었다.

'점점 가까이 다가오고 있다. 상황이 이렇다면 결론은 한
가지다. 그건 듀렌이라는 자가 배신을 했거나 뒤를 밟히거나
둘 중 하나라는 이야기겠지. 어느 쪽이 되었든 지금은 이 위
기를 벗어나는 것이 더 중요하다. 젠장, 태어난 지 겨우 이 년
밖에 되지 않았는데 벌써 이런 생사의 위기에 놓이게 되다
니… 정말 빌어먹을 팔자라니까.'

그는 속으로 이렇게 중얼거리면서도 쉴 새 없이 머리를 굴

리기 시작했다.

"아빠, 나 쉬 마려."

"아, 우리 아들 급한가 보구나. 잠시만."

그러다가 무슨 생각이 났는지 손이 아버지의 등 위에서 또렷이 의사 표현을 했다. 이미 이 정도의 언어 능력을 보이는 일은 그의 부모들에게는 일상이 되어 있었다. 그랬기에 아버지는 아무 생각 없이 그를 아래로 내려주었다. 그러자 손은 제법 빠른 속도로 공터의 서쪽 방향으로 이동했다.

"손! 어딜 가려고 그래! 그냥 여기서 싸면 된다!"

"시여!"

"허, 저 녀석이 벌써 부끄러움을 느끼는 것일까?"

"그걸 이제 아셨어요? 우리 손은 돌도 지나기 전부터 부끄럽다고 벌써 대소변을 혼자 가렸던 영특한 아이라고요. 그런 아이가 두 살이나 되었으니 당연한 거죠."

"허허, 거참. 저놈, 나중에 커서 뭐가 되려고 벌써 저러누."

아버지는 너털웃음을 터뜨리며 이렇게 말했지만 그 속에는 똑똑한 아들에 대한 기대심이 엿보이고 있었다. 그렇게 잠깐 동안 부부는 불안한 마음을 감추며 손에게 시선을 집중한 채로 잠시 시름을 잊었다. 그런데 그런 그들의 눈에 들어온 손의 행동이 조금 이상해 보였다. 소변을 볼 줄 알았더니 이리저리 오가며 땅을 유심히 보질 않나, 나뭇가지를 꺾어 사방에 늘어놓지를 않나 확실히 뭔가 정상적이지 못한 행동을 하고 있지 않은가.

그러나 숀의 부모가 그의 그런 행동을 보며 의문을 갖기도 전에 더 큰 문제가 곧바로 뒤를 이었다.

"꺄아아악!"

"숀!"

"숀!"

숲 쪽으로 걸어가던 숀의 입에서 실로 엄청난 비명이 터져나왔던 것이다. 그 소리에 놀라 아버지와 어머니가 동시에 그가 있는 쪽으로 몸을 날렸는데,

"죽어라!"

"타핫!"

갑자기 그들이 있던 자리로 커다란 기합과 함께 무서운 칼바람이 몰아쳤다.

2

만일 그때 숀이 비명을 지르지 않았다면 그의 부모는 크게 다치거나 죽었을지도 모른다. 그만큼 느닷없이 기습을 해온 자들의 실력은 엄청났다. 그러나 어쨌든 그들의 첫 번째 공격은 애꿎은 땅바닥만 쳤을 뿐이다.

"운이 좋군. 그래봐야 소용없겠지만."

"네놈들은 누구냐!"

재빨리 정신을 수습한 루카스가 아내와 아들의 앞쪽으로 나서며 호통을 쳤다. 그러고는 언제나 허리에 매달고 다니던 벌목도를 굳게 손에 쥐었다. 약초 채집하러 다닐 때 길을 내기 위해 가지고 다니던 도이다.

"불필요한 질문을 하는군. 어서 쳐라!"

"네!"

나타난 괴한은 모두 네 명. 네 명 모두 복면을 쓰고 있었다. 그들 중 한 명이 차가운 목소리로 짧게 공격 명령을 내리자 세 명이 들고 있던 검을 빠르게 수습하며 곧장 루카스를 향해 달려들었다.

원래부터 합공을 연습한 자들이었는지 그들의 공격은 촘촘하고 치밀해 보였다.

"어림없다. 타핫!"

쉬익~ 깡! 챙!

루카스의 반응은 의외로 놀라웠다. 그는 단 두 번의 손놀림으로 세 자루의 칼을 모두 막아내고 있었다.

"……."

휙! 휘익~ 탕! 차창!

그러나 공격한 자들은 전혀 당황한 기색도 없이 곧바로 이

어서 또 다른 공격을 감행했다.

'대응하지 말고 차라리 내가 있는 곳에 가만히 있지. 기껏 힘들게 진을 구축해 놓았는데 자칫하면 헛수고가 되겠구나. 얼핏 보면 아버지의 검술 실력이 저들보다 조금 높은 것 같기는 하지만 이대로 가면 당할 게 분명하다. 말 한마디 없이 공격만 하는 것으로 보아 고도로 훈련된 녀석들이 분명하거든. 게다가 저들은 지금 일부러 시간을 끌기 위해 필살기는 사용하지 않는 것 같아. 대체 뭘 기다리는 것일까? 혹시……'

손은 아버지와 괴한들의 싸움을 지켜보며 이런 생각을 하다가 뭔가 떠오른 듯 얼른 주변을 살피기 시작했다.

겨우 생후 이 년밖에 안 된 아이의 몸을 가지고 있긴 했지만 태어나자마자부터 내공을 연마해 왔기에 그의 신체적인 능력은 현재 웬만한 어른보다 나은 편이었다.

그런 그의 눈에 마치 들고양이처럼 눈을 번들거리며 다가오는 그림자가 포착되었다. 그는 바로 처음 이 무리에게 차가운 목소리로 공격 명령을 내렸던 자다. 그건 그가 공격자들 가운데서 가장 강하다는 것을 뜻했다.

'빌어먹을, 내 예상이 맞았군. 저들이 지금 노리고 있는 대상은 아버지가 아니라 나나 어머니 둘 중 한 명이다. 이제 어쩌지? 진을 가동시키게 되면 아버지가 위험하고 그렇다고 이

대로 있으면 우리 중 한 명이 당할 게 분명하다.'

손은 지금 생전 처음으로 어려운 선택의 기로에 놓이게 되었다. 과거에는 가족이 아예 없었기 때문에 이런 곤란한 경우는 겪을 일이 없었다. 그랬기에 그 당시에는 더욱 냉정할 수 있었는지도 모른다.

'차라리 나를 노리는 것이라면 방법이 있다. 아직 무공다운 무공을 쓸 수는 없지만, 나에게는 살수의 비술과 내공 없이도 쓸 수 있는 각종 사술이 있지 않은가. 하지만 만약 어머니를 노리는 것이라면……?'

손은 이런 생각을 하면서 자신을 꼭 끌어안고 장내를 바라보며 입술을 깨물고 있는 여인을 올려다보았다. 비록 아직 제대로 된 이름도 모르고 있는 여인이지만 손은 이 여인을 바라볼 때마다 말로 설명할 수 없는 기묘하면서도 끈끈한 무엇인가를 느끼고 있었다.

사사삭.

그가 이런 생각을 하며 갈등에 잠겨 있는 동안에도 리더는 시시각각 빠르고 민첩하게 다가왔다. 이제는 정말 시간이 촉박했다.

'이렇게 되면 어쩔 수 없다. 일단 우리가 먼저 모습을 감추고 적의 반응을 살펴보자. 이들이 정확히 누구를 노리고 있는지부터 파악해야 한다.'

신분을 감추고 있는 아버지에 관한 정보나 어머니에 대해 알고 있었다면 간단했을 것이다. 그는 고금제일인이라고 추앙받을 만큼 완벽한 무인 아니었던가.

작은 정보만으로도 이런 문제쯤은 쉽게 알아차릴 수 있을 정도의 경험이 있었지만 안타깝게도 지금은 아는 것이 하나도 없었다. 그랬기에 그는 아버지의 안위를 걸고 일종의 고육지책을 선택했다.

"마마… 숨 막혀… 끼잉……."

"이런, 미안하다, 아가야."

그는 우선 자신을 꽉 끌어안고 있는 어머니의 힘부터 풀게 했다. 그러고는 얼른 품속에서 빠져나와 지금까지 내내 손에 꼭 쥐고 있던 막대기를 땅바닥의 어느 한 지점에 힘껏 꽂았다. 적들의 리더가 은밀하게 거의 다가왔을 때였다.

그러자,

"뭐야? 방금 여기 있었는데 갑자기 어디로 사라졌지? 이런 젠장!"

리더는 그 자리에서 벌떡 일어나며 이렇게 소리쳤다. 바로 눈앞에서 너무나 황당한 일을 겪게 되자 흥분한 것이 분명했다.

"어머나! 저, 저 사람이 언제 여기에……. 이리 와, 숀. 어서!"

와락!

어머니는 잠깐 떨어져 있던 손을 얼른 안아 들며 뒤로 조금 물러났다. 그녀도 갑자기 모습을 드러낸 리더를 보고 크게 놀란 모양이다.

'이 만상무영진(萬像無影陣)의 지속 시간은 겨우 일각도 채 안 된다. 이곳 시간으로 오 분여 정도겠지. 그전에 뭔가 결론을 내려야 한다.'

만상무영진은 말 그대로 그림자조차 보이지 않게 하는 진이다. 그 속에 있는 이상 그와 어머니는 우선 안전했다.

그렇기에 손은 태연하게 주변을 살피며 지금의 상황을 냉정하게 분석하기 시작했다. 그의 무공이 어느 정도 경지만 되었어도 더 완벽한 진을 설치할 수 있겠지만 지금은 이게 최선이었다. 그나마 다행히 그러는 사이 그가 그렇게 고민하던 문제가 단번에 풀렸다.

"모두 멈춰라! 아이가 사라졌다! 어서 녀석부터 찾아라!"

"네!"

리더가 다급한 나머지 스스로 목표물을 밝힌 것이다.

'후후, 내가 목표다 이거지? 그렇다면 일이 조금 쉬워질 수도 있겠는데? 위험은 어느 정도 따르겠지만 약간의 연극만 해주면 될 테니까.'

아무리 고금 절대의 무공을 가지고 있다 한들 겨우 두 살

된 몸으로 저들과 정면으로 싸울 수는 없다. 하지만 그는 무공 외에도 신기막측한 계략을 짜낼 수 있음은 물론 갖가지 술수와 수작을 부릴 수 있었다.

본디 살수는 가장 확실한 방법으로 자신의 생존과 상대의 제거를 모색하는 게 기본이다. 온갖 기문진과 싸워야 할 때도 있고, 다양한 상황에 마주하게 되는 경우가 많아 계략이 필수라 할 수 있다.

과거 그가 살수 노릇을 할 때 방심하다가 실수로 내공을 모두 잃은 적이 있었는데 그런 몸으로도 무림의 일류고수를 무려 여섯 명이나 처치했을 정도이니 말해 무엇하랴.

"누구 마음대로 가는 거냐? 받아라!"

"으음, 막내가 저자를 막고 있어라. 다치게 하는 것은 몰라도 죽이는 것은 삼가야 한다."

"네!"

루카스도 리더의 말을 들었다. 그 역시 괴한들이 자신의 귀한 아들 손을 노리고 왔다는 것을 깨달을 수 있었다. 뿐만 아니라 무슨 수를 쓴 것인지는 몰라도 아내가 손을 데리고 이곳을 도망쳤다는 것도 알게 되었다. 그러니 당연히 이들을 막으려고 할 수밖에.

하지만 막내라는 자는 그리 호락호락한 자가 아니었다. 루카스는 미칠 듯이 초조했지만 막내는 시종일관 여유 있는 모습으로 그를 그곳에서 떠나지 못하게 했다.

3

복면인들이 주변을 샅샅이 살피고 있는 가운데 시간은 자꾸만 흘러가고 있었다. 아버지는 여전히 막내라는 자와 쉴 새 없이 싸우고 있었지만 상황은 별로 달라지지 않았다.

어머니는 어째서 적들이 자신과 손을 발견하지 못하고 찾고 있는지 전혀 이해하지 못했다. 그럼에도 여전히 손을 끌어안은 채 숨을 죽이며 눈치만 보고 있었다.

'어머니의 심장 뛰는 소리가 듣기 좋구나. 이건 참 신기한 경험이네. 그나저나 이제 만상무영진이 사라질 시간이 다 되어간다. 미리 준비를 해두고 있어야겠군.'

손은 어머니의 심장 소리를 들으며 이런 생각을 하고 있었다. 대체 무슨 생각을 하고 있는 것인지는 아직 알 수 없었다. 단지 그의 생각이 끝날 때쯤 장내의 상황에 중요한 변화가 생겼을 뿐이다.

바로 손이 설치했던 진이 사라진 것이다.

"여기 있습니다!"

"어서 죽여라!"

파팟!

"아악! 손! 안 돼! 거기 서!"

진이 사라지자마자 복면인 가운데 한 명이 어머니와 손을 발견했고, 곧 그것을 모두에게 알렸다. 그 순간 손은 재빨리 어머니의 품에서 빠져나와 앞으로 내달리기 시작했다. 어머니의 애타는 부름도 무시한 채 말이다. 그러자 순식간에 복면인들은 손을 포위했다.

"흐흐, 알아서 죽을 곳을 찾아 기어 나오는군."

"마마… 무서버……."

주춤주춤.

손만 따로 떨어져 나와 있는 것을 발견하자 리더의 목소리에 만족함이 묻어나왔다. 그렇지 않아도 루카스나 여자를 죽이면 안 된다는 명령을 받은 상태였기에 골머리가 지끈거리는 상황이었다. 한데 목표물만 예쁘게 혼자 떨어져 나왔으니 그럴 만도 했다.

그렇게 그들이 다가오자 손은 더욱 어설픈 몸짓으로 뒤로 물러나며 두려움을 내비쳤다. 누가 봐도 어린아이가 겁에 잔뜩 질려 떨면서 뒷걸음질치는 안타까운 모습이었다.

"죽여라!"

"네! 타핫!"

쉬익~!

그러나 복면인들은 감정이 전혀 없는지 그런 손을 싸늘한 얼굴로 바라보다가 마침내 그의 목을 노리고 검을 휘둘렀다.

"아악! 숀~!!"

그 모습을 보고 어머니는 까무러쳤고 아버지 역시 방심하는 바람에 막내의 칼등에 급소를 맞고 기절해 버렸다. 하지만 정작 숀은 기적적으로 검에 맞지 않았다. 절묘한 순간에 돌에 발이 걸려 뒤로 넘어졌기 때문이다. 최소한 복면인들 눈에는 그렇게 보였다.

"재수 좋은 놈. 죄송합니다, 조장님. 깨끗이 끝내겠습니다."

"잠깐! 굳이 우리 검에 피를 묻힐 필요가 없을 것 같다. 놈이 죽었다. …심장과 호흡이 멈추었군."

조장으로 불리는 자의 감각에 숀의 숨소리와 심장 뛰는 소리가 멈춘 것이 감지된 것이다. 그런 조장의 말에 검을 내치려던 복면인은 손을 멈추었다.

"일단 그놈의 맥박과 호흡을 다시 한 번 확인해 보고 죽은게 확실하면 이대로 가자. 어차피 놈의 죽음만 확인하면 된다. 굳이 피를 볼 필요는 없지. 물론 그만큼 우리를 믿고 있기에 가능한 이야기겠지만."

"알겠습니다!"

일반 목표물이었다면 이런 경우에도 확인 차 목을 잘랐겠지만 상대는 핏덩이에 가까운 어린아이다. 죽은 녀석을 또 죽이는 짓을 하고 싶지 않았는지 조장은 그렇게 지시를 내렸다.

지시를 받은 복면인은 손의 상태를 살피더니 말했다.

"맥이 전혀 뛰지 않습니다. 숨도 완전히 끊어졌군요. 벌써 체온까지 급속도로 떨어지고 있습니다."

"됐다. 그렇다면 철수한다."

"네!"

휙~ 휙!

그렇게 복면인들은 순식간에 사라져 갔다. 목적을 이룬 이상 남아 있을 이유는 없었다. 그들이 사라지고 나자 숲은 다시 고요함을 되찾았다. 소리라고는 서늘한 바람에 흔들리는 나뭇가지의 비명이 전부였다.

그런 가운데 어느 정도의 시간이 흐르자 루카스부터 정신을 차리기 시작했다.

"으윽! 방, 방심을 하다니……. 아차! 우리 손은?"

벌떡!

"손! 여보!"

그는 정신을 차리자마자 벌떡 일어나더니 손과 아내를 찾기 시작했다. 그러던 그의 눈에 아내가 먼저 눈에 들어왔다.

"여보! 이봐, 샤롯데, 어서 일어나 봐!"

"으음, 여, 여보……. 아, 손! 우리 손이……!"

그녀의 이름이 샤롯데인 모양이다. 어쨌든 루카스가 흔들

며 이름을 부르자 겨우 정신을 차린 샤롯데는 미친 듯이 손을
찾았다. 그러다가 갑자기 자리에서 일어나 아들이 사라졌던
방향으로 다짜고짜 뛰었다.

"아악! 숀! 내 아들! 어서 정신 차려봐! 응? 어서!"

"여, 여보……."

"숀!! 아아아악!"

그리고 곧 그녀의 처절한 울부짖는 소리가 터져 나왔다. 그
소리가 어찌나 컸는지 이미 한참 전에 그 자리를 뜬 복면인들
의 귀에까지 들어갈 정도였다.

"여보, 이제 그만하고 우, 우리 아들을… 양지바른 곳에 묻
어줍시다. 크흑!"

"그건 안 돼요! 우리 숀은 아직 죽은 게 아니라고요! 여기
봐요. 이렇게 아직 웃고 있잖아요."

웃기는커녕 억울하다는 듯 오만가지 인상을 다 쓴 채 혀까
지 빼 물고 있었건만 어머니 샤롯데는 숀이 웃고 있다고 우겼
다. 상심이 큰 나머지 정신이 반쯤 나간 모양이다.

그 모습을 보고 있어야만 하는 루카스의 가슴 역시 찢어지
는 듯했다. 그러나 이렇게 그냥 두다가는 샤롯데마저 잃을지
도 모른다는 불안감이 엄습했다.

"여보, 나도 인정하기 싫지만 우리 아이는 이미 죽었소. 그
러니 제발 정신을 차리란 말이오!"

"아니야! 그럴 리가 없어! 우리 숀은 이렇게 쉽게 죽을 아이가 절대 아니라고요! 흑흑흑!"

어머니는 서러워도 너무나 서럽게 울었다. 그녀의 울음에서는 삶의 희망을 모두 잃어버린 사람의 처절함이 느껴졌다. 그러자 신기하게도 죽어 있던 숀의 눈에서 한줄기 물방울이 흘러내렸다. 루카스나 샤롯데는 발견하지 못했지만 그건 눈물이 분명했다.

어머니의 울음은 너무도 처절했다. 숀의 숨과 심장이 멎은 지 한 시간. 좀 더 시간이 흐른다면 그녀가 미쳐 버릴지도 모른다. 그런데 그때였다.

"크허엇! 콜록콜록! 캑캑!"

갑자기 숀이 숨을 내뱉은 것이다.

"숀! 오, 나의 아들!"

"이, 이건 기적이야! 숀!"

와락!

어떻게 되살아난 것인지는 아예 머릿속에 없었다. 그저 사랑하는 아들이 살아났다는 것 하나만으로도 충분했다. 그렇게 세 가족은 얼싸안고 울고 또 울었다. 기쁨의 눈물이다.

그리고 그게 결국 또다시 냉혈한 천린의 눈물샘마저 자극했다. 그는 전생과 이생을 통틀어 처음으로 울고 또 울었다.

'귀식대법이 성공했군. 그런데… 나 때문에 울어주던 사람이 내 평생에 존재했던가……?

살수로 살아왔던 전생, 그리고 새롭게 맞이한 생. 두 생을 다 합쳐 언제나 피로 점철되고 무정하기만 했던 삶이었다.

그 삶에 처음으로 손을 위해 울어주는 사람이 생겼다. 처음으로 누군가 앞에서 진심으로 울 수 있는 자격이 손에게 생긴 기분이었다.

"으앙~ 으아앙~!!"

이들과 함께라면 쪽팔림쯤은 아무것도 아니라는 생각이 들었던 것이다.

고금제일 살수 무(霧), 천린이 손으로 살기로 결심한 순간이었다.

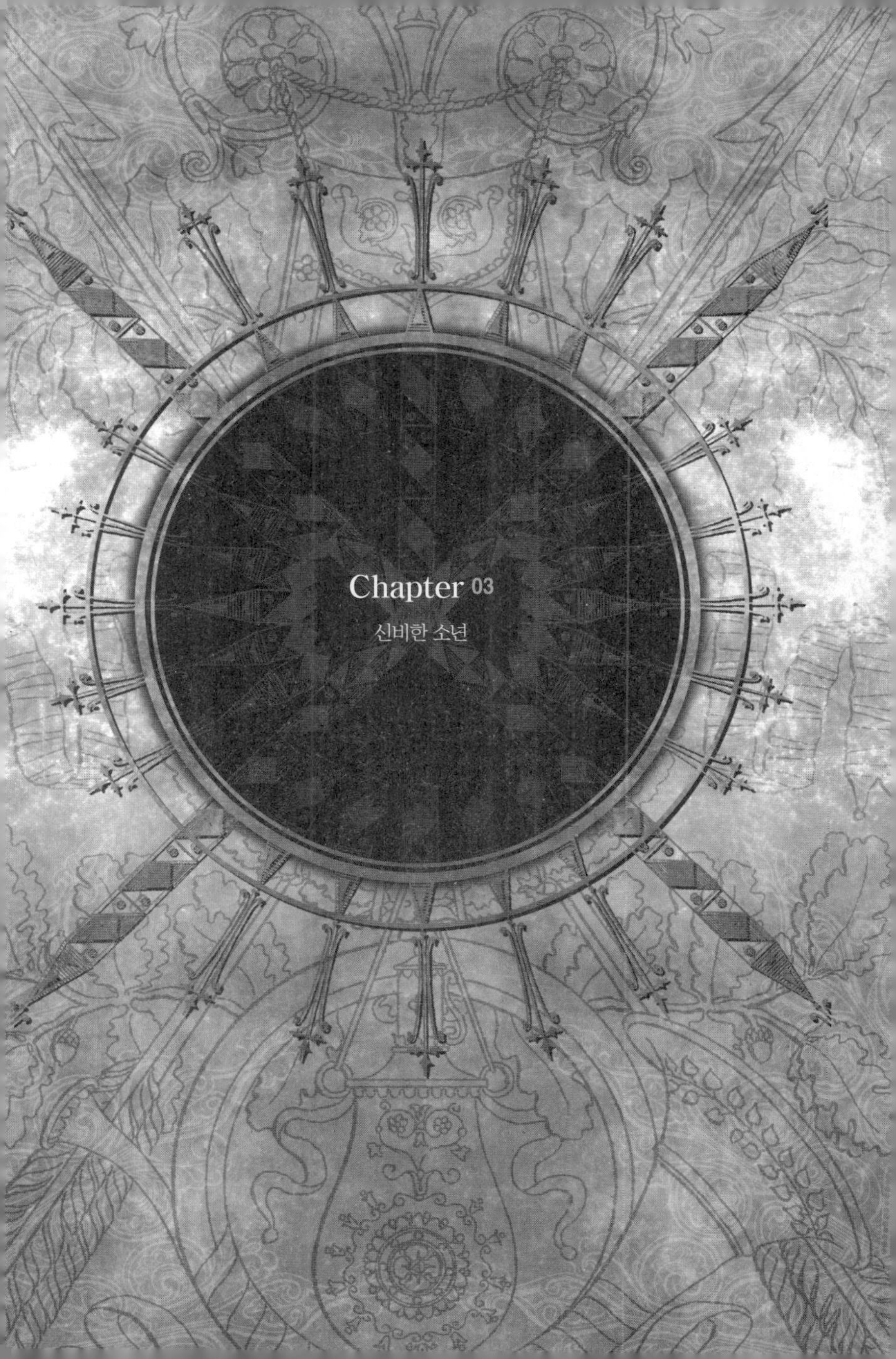

Chapter 03
신비한 소년

건들면 죽는다

1

  슈덤벨은 바다를 중심으로 모두 네 개의 대륙으로 나뉘어
져 있다.

  그중 알카인 산맥은 동쪽에 위치한 텀블 대륙에 있었는데,
이곳은 깊고 험할 뿐 아니라 몬스터들의 출몰이 심한 곳으로
도 유명했다.

  하지만 이 산맥의 아래쪽에는 크고 작은 마을이 수없이 많
이 형성되어 있었다. 위험이 높은 대신 숲에서 나는 열매와
사냥에 적합한 각종 짐승이 풍부했기 때문이다.

  "자! 알카인 산맥에서만 잡을 수 있는 코돔 고기를 1킬로그

램에 단돈 50리켈에 팝니다! 어서 오세요!"

"애완용 고블린입니다! 어서 와서 구경하세요! 잘 훈련된 고블린이기 때문에 아이들에게 선물해 줘도 위험하지 않습니다!"

그런 마을들 가운데 카덴시라는 곳은 가장 규모가 크고 복잡했다. 이곳은 알카인 산맥을 찾는 관광객들을 위한 편의시설이 모두 갖춰져 있었다. 거기에 팔지 않는 것이 없다는 최고의 만물시장까지 있어서 정말 많은 사람들이 찾아들곤 했다. 그런 만큼 시장은 하루 종일 시끄럽고 복잡했다.

오늘도 역시 아침부터 만물시장 거리는 붐비고 있었다. 그런데 그 복잡한 거리 한복판에 꽤 고급스러운 마차가 한 대 등장했다. 마차 주변을 세 명의 기사와 다섯 명의 병사가 호위하고 있는 것으로 보아 귀족이 타고 있는 마차인 것 같았다. 그 점을 느꼈는지 길가에 모여 있던 사람들은 마차가 지나갈 때마다 분분히 자리를 비켜주고 있었다.

"어머! 저건 고블린이잖아? 와, 진짜 신기하다. 누나, 나 여기서 내릴래."

"하지만 마하엘, 그건 조금 위험하다. 이곳은 별의별 사람들이 다 모여들어서 질이 좋지 않은 자들도 많다는 소문이 떠돌고 있거든. 그리고 우리는 지금 귀한 약재를 구하기 위해 온 거지, 놀러 온 것이 아니잖니?"

그런데 그렇게 지나가던 마차의 창이 슬쩍 열리더니 호기심이 가득하면서도 귀여운 눈동자 하나가 나타났다. 그 눈동자의 주인은 고블린을 팔고 있는 모습에 호기심이 동했는지 자신의 옆자리에 동석하고 있던 소녀에게 갑자기 내리겠다고 우겼다.

하지만 소녀는 일언지하에 그의 부탁을 거절했다. 나이가 열서너 살 정도밖에 되어 보이지 않는 소녀는 아름다운 모습에 매혹적인 목소리를 가지고 있었다. 아직 어려서 그렇지 이대로 두어 살만 더 먹게 되면 극찬이 쏟아질 만한 모습이다.

하지만 연약해 보이는 외모와는 달리 그녀는 꽤나 단호했다.

"치이, 아무튼 누나는 너무해. 그렇지만 어머니를 위한 약재를 구하러 온 것은 맞으니 내가 참아야지, 뭐. 그런데 '약초 골목' 은 아직도 멀었어?"

"이제 곧 도착할 것입니다, 도련님."

그의 질문에 이번에는 자리 한쪽에 조용히 앉아 있던 중년의 여인이 대꾸했다. 복장으로 보아 이들 남매의 하녀인 모양이다.

"마하엘."

"응, 누나."

"오늘 너는 우리 렌탈 남작 가문을 대표해서 온 거야. 그건 너도 알지?"

"누나도 있는데 왜 내가 대표야?"

"너는 씩씩한 사내아이잖니. 그러니 네가 우리 가문의 대표일 수밖에. 그런 만큼 처신을 잘해야 가문에 누가 되지 않는 거란다."

어리다고만 하기에는 소녀의 기품과 카리스마가 놀라웠다. 그래서인지 이제 대략 열한두 살쯤 된 소년은 그녀 앞에서 꼼짝도 하지 못했다.

"휴우, 알았어. 알았으니 제발 그놈의 잔소리 좀 그만해."

"호호, 미안하다."

"틀린 말도 아닌데 미안까지는 아니지. 아무튼 누나는 너무 원칙주의자라서 재미가 없다니까."

대화로 미루어볼 때 남매는 렌탈 남작 가문의 후손인 듯했다. 남작이라면 그리 높은 작위라고는 할 수 없지만 그래도 명색이 귀족이다. 그런 만큼 행동거지에 신경을 쓰는 것은 당연한 일이라고 할 수 있었다.

"모두 정지!"

"정지!"

두 사람이 마차 안에서 이런 대화를 나누고 있을 때 갑자기 가장 선두에서 말을 몰던 기사가 오른손을 들며 일행을 세웠다. 그러고는 마차 쪽으로 다가와 말했다.

"파비앙 아가씨, 도착했습니다. 내리시지요."

"드디어 다 왔나봐!"

"그렇게 급히 움직이면 안 된다니까."

기사의 말에 소년 마하엘은 함성을 지르며 서둘러 내렸다. 누나의 잔소리가 뒤따랐지만 그건 안중에도 없다는 태도다.

"여, 여기가 그 유명하다는 '약초 골목' 이야?"

"그렇습니다, 도련님."

또다시 하녀가 얼른 대답했다. 사실 알카인 산맥의 '약초 골목' 은 대륙 사람들이 거의 다 알 정도로 유명했다. 워낙 험하다는 산에서 캐내는 각종 희귀한 약초들이 엄청나게 거래되는 곳이기 때문이다.

그러나 마하엘은 이곳이 설마 이 정도로 크고 넓을 줄은 상상도 하지 못했다. 말이 골목이지, 대로만큼 넓은 그 거리는 끝이 보이지 않았다.

그 길고 긴 거리의 좌우 양쪽으로 각종 약초 가게가 즐비하게 있을 뿐 아니라 보따리 장사꾼들까지 여기 저기 모여 앉아 약초를 팔고 있었으니 그의 눈이 휘둥그레지는 것도 무리는 아니었다.

그건 조용한 모습으로 주변을 살피고 있는 파비앙도 비슷했다. 그녀 역시 이런 대규모 시장을 본 적이 없는 모양이다.

"그럼 어서 서두르자. 어머니께서 많이 기다리고 계실 거야."

“물론 그래야지. 하지만 과연 그 약초가 있을지…….”

마하엘의 말에 파비앙의 표정이 급속도로 어두워졌다. 자신들이 구해야 하는 약초가 얼마나 희귀한 것인지 알고 있는 탓이다.

“그 약초가 그렇게 구하기 힘들어?”

“아주 희귀하다고는 하는데 여기라면 왠지 있을 것 같기도 하네. 어서 찾아보자.”

“응!”

파비앙이 먼저 앞장을 서자 그 뒤를 마하엘이 얼른 따라붙었다. 물론 기사들과 병사들이 그들의 주변을 호위하는 것은 당연했다.

“저기… 혹시 ‘세틴츄’ 라는 약초 있나요?”

“죄송합니다만, 세틴츄는 없습니다. 다른 가게에 가도 그건 구하기 힘들걸요?”

그런데 시작부터 상황은 답답하기만 했다. 시장이 시작되는 지점부터 하나도 빠짐없이 가게와 거리 상인들에게 물어보았지만 ‘세틴츄’ 라는 약초를 가지고 있는 사람은 없었다. 왕국에서 가장 용하다는 의원의 말에 따르면 어머니의 병을 고치기 위해서는 반드시 세틴츄가 필요하다고 했건만 다른 약초는 다 있어도 그것만은 없었다.

“누, 누나, 나 힘들어.”

"마하엘, 너는 이제 곧 기사가 될 사람 아니니. 겨우 이 정도로 힘들다고 하면 되겠어?"

"그, 그건 그렇지만… 그래도 힘든 걸 어떻게 해?"

벌써 두 시간 이상이나 돌아다녔지만 그 어디에서도 세틴츄를 구할 수는 없었다. 게다가 돌아다니는 것에 질렸는지 동생마저 자꾸 투정을 부리니 참을성 많은 파비앙도 지쳐 갔다. 그녀도 이제 고작 열네 살인 것이다.

그렇게 다들 지치고 지겨워질 만할 때 갑자기 마하엘의 눈빛에 생기가 돌기 시작했다. 약초 거리 한 귀퉁이에서 놀고 있는 신기한 동물을 발견한 것이다.

"누나, 저쪽으로 가보자. 왠지 저쪽 가게에는 있을 것 같아."

"응?"

"내가 앞장설 테니 어서 따라오라고!"

마하엘이 워낙 큰소리를 치며 앞장서자 파비앙과 하녀, 그리고 기사들은 영문도 모른 채 그 뒤를 따라갈 수밖에 없었다.

"우와, 귀엽다! 너 이름이 뭐니?"

그러던 중 마하엘이 급히 다가간 곳에는 실로 깜찍하면서도 영리해 보이는 동물 한 마리가 누군가의 등을 오르내리며 놀고 있었다.

얼핏 보면 햄스터 같기도 했지만 가까이에서 살펴보니 햄스터보다 귀가 크고 넓은 편이다. 뿐만 아니라 몸매도 햄스터보다는 훨씬 날렵해 보였다. 거기에 별빛처럼 반짝이는 커다란 눈망울과 뭉툭한 코는 단번에 녀석에게 친근감이 들게끔 하였다.

그랬기에 마하엘은 아무런 거리낌 없이 녀석에게 인사를 하며 손을 내밀었는데,

—캬아~!

"엄마야!"

일순간에 그 귀엽던 녀석의 얼굴이 살벌하게 변하더니 갑자기 마하엘에게 달려들려고 하는 것이 아닌가. 얼굴만 달라진 것이 아니라 그 작고 귀엽게 보이던 입이 벌어지자 의외로 길고 날카로운 이빨까지 드러나 마하엘로 하여금 그대로 바닥에 주저앉게 만들고 말았다.

"위험합니다, 도련님!"

그때, 선두를 이끌던 기사가 얼른 뛰어나오며 마하엘의 앞을 막아섰다. 어느새 손에는 검을 든 채라 상황은 순식간에 살벌해졌다.

"이놈은 '까테말로' 가 분명합니다! 작지만 무서운 몬스터이지요. 절대 움직이시면 안 됩니다."

"저, 저게 말로만 듣던 까테말로였군요. 그런데 어떻게 저

런 사나운 몬스터를 이런 곳에 풀어둘 수가 있죠? 아아!"

파비앙도 까테말로라는 몬스터를 알고 있는지 새파랗게 질린 얼굴로 어쩔 줄 몰라 했다. 작지만 그만큼 위험한 몬스터인 모양이다. 그런데,

"꼴라! 또 까분다. 손님들에게 그러지 말라고 경고했지?"

방금 전까지 까테말로에게 등을 내어준 채 쭈그리고 앉아서 무엇인가를 하고 있던 사내가 천천히 일어서며 말했다. 그러자 날카로운 이빨을 드러내고 으르렁거리던 까테말로가 언제 그랬냐는 듯 얼른 꼬리를 말더니 순식간에 그 사내를 향해 쪼르륵 달려갔다.

2

처음에는 다들 그 사내의 나이가 꽤 있을 거라고 생각했다. 움직임이 워낙 느린데다가 고개를 깊이 숙이고 있는 모습에서 묘한 연륜 같은 것이 느껴졌기 때문이다. 그러나 막상 그가 고개를 들며 일어서자 다들 살짝 놀라고 말았다.

"댁들은 누구신데 우리 꼴라를 괴롭히는 거죠?"

사내는 처음의 느낌보다 훨씬 어려 보였다. 잘해야 열여덟 살 정도? 게다가 무척이나 잘생긴 얼굴이다. 뚜렷한 이목구비에 피부까지 뽀해서 여자라면 누구나 반할 만한 모

습이다.

　방금 전까지만 해도 냉정해 보이던 파비앙의 얼굴에 살짝 홍조가 올라오는 것만 봐도 그가 얼마나 잘생긴 외모를 가지고 있는지 알 만했다.

　"설마 그 까테말로의 주인이 너라는 말이냐?"

　"그건 그렇소만, 당신은 날 언제 봤다고 반말을 하는 겁니까?"

　"뭣이라? 나이도 어린 놈이 감히……!"

　파비앙 일행의 길을 열었던 기사가 나서서 묻자 사내는 그 잘생긴 얼굴을 찌푸리며 맞받아쳤다. 사실 기사가 굳이 이런 질문을 한 것에는 다 이유가 있었다.

　원래 까테말로라는 몬스터는 길들이는 것이 불가능하다고 알려져 있다. 유능한 몬스터 테이머조차 이놈의 난폭함을 누를 방법이 없어 진작부터 포기한다고 들었다.

　그런 녀석을 아직 스무 살도 안 된 것 같은 자가 애완용 동물처럼 다루고 있으니 궁금할 수밖에.

　"난 당신이랑 나이나 따지고 있을 만큼 한가한 사람이 아니니 볼일이 없으면 어서 가시죠? 괜히 남의 가게 앞에서 장사 방해하지 말고."

　"이놈이 그냥 좋게 넘어가려고 했더니 기어이 제 무덤을 파는구나. 죽고 싶은 게냐?"

기사들은 명예를 위해서라면 언제든지 쉽게 목숨을 내거는 족속들이다. 그런 자가 자신보다 한참 어린 소년에게 수모를 당했으니 그냥 넘어갈 리가 없다. 그러자 소년이 자신의 옆구리에 차고 있는 칼에 손을 얹으며 낮은 목소리로 한마디 했다. 여차하면 검을 날릴 태세이다.

"이것 보세요. 당신이나 개망신당하기 싫으면 조용히 물러나시죠? 방금 당신이 누가 주인이냐고 물어보았던 이 까테말로는 남이 날 괴롭히는 꼴을 보면 절대 그냥 있지를 않거든요."

"흥, 그까짓 까테말로 한 마리가 내 상대나 될 것 같으냐? 정말 우습구나. 어디 한 번 혼나봐라! 타핫!"

벌써 사람들이 소동이 일어날 것을 예감하고 모여들어 구경을 하고 있는 상황이다. 그런 만큼 기사는 더 참을 수가 없었고, 결국 사내를 향해 검을 휘두르기 시작했다.

비록 검집째 휘두르는 것이었지만 그것만으로도 살벌한 기세가 뿜어져 나왔다. 검을 제대로 다룰 줄 아는 기사다웠다.

―캬울!

휙~ 뚜둑! 챙그랑!

그러나 갑자기 그때 사내의 옆쪽에서 희끗하는 그림자가 움직이는 것 같더니 어느새 기사의 검은 그 그림자에 의해 가로막혔다. 아니, 막힌 것만으로 끝난 것이 아니라 검이 검집째 부러지더니 요란한 소리와 함께 반 토막이 나 땅바닥에 떨어져 버렸다.

워낙 순식간에 일어난 일이라 그 누구도 지금의 상황을 제대로 파악할 수 없었다.

“저, 저기를 봐! 까테말로다! 까테말로가 기사의 검을 부러뜨렸어!”

“말도 안 돼. 까테말로가 아무리 강하다지만 어떻게 저럴 수 있지?”

까테말로.

대륙의 전역에 퍼져 있는 이 몬스터는 소형 몬스터에 속한다.

대륙의 몬스터 도감에 따르면 까테말로는 고블린 등의 소형 몬스터보다는 강하지만 오크와 같은 중형 몬스터보다는 약하다고 쓰여 있다.

이 말은 일반인들에게는 위협적인 몬스터임이 분명하지만 병기를 다룰 줄 아는 병사들에게는 함부로 덤비지 못한다는 말과 같다. 하물며 기사라면 말해 무엇하랴.

통상 일반 병사 다섯은 모여야 최하급 기사와 간신히 겨룰 수 있을 정도다. 이런 사실은 이미 상식화되어 있었기에 사람들의 놀람은 더욱 클 수밖에 없었다.

하지만 상황은 그게 끝이 아니었다. 눈 깜짝할 사이에 기사의 검을 박살 낸 까테말로가 이번에는 기사를 향해 달려들었던 것이다.

―캬오~!

"으으……."

강철을 제련한 검을 단 한 번에 두 동강 낸 녀석이다. 그런 녀석이 달려들고 있건만 기사는 속수무책이다. 이대로 가면 그는 크게 당할 것이 분명했다. 그러자 옆에 있는 파비앙이 순간 큰 소리로 외쳤다.

"제발!"

"꼴라! 멈춰!"

멈칫!

소녀의 한마디로 인해 모든 움직임이 일순간에 멈추었다. 기사를 향해 달려들던 까테말로는 주인의 한마디에 허공에서 빙그르르 돌더니 바닥에 멋들어지게 착지했고 기사는 오른팔로 눈을 가린 채 굳어 있다.

다들 숨을 죽이며 아무 말도 하지 못했다.

"고마워요. 우리가 먼저 실례를 했으니 제가 대신 사과드릴게요. 방금 전에는 미안했어요."

"흐음, 당신은 누구입니까?"

소녀의 외침 속에 들어 있는 안타까움이 사내로 하여금 까테말로를 멈추게 했다. 그러자 소녀가 다가와 살짝 고개를 숙이며 사과하는 것이 아닌가. 사내는 한눈에 그녀가 귀족가의 여식임을 알아보았기에 이때 적지 않은 충격을 받았다.

그가 이 대륙에 환생해서 생활한 지가 벌써 십팔 년째이지만 귀족가의 자식이 평민인 자신에게 예의를 갖추는 것은 처음 보았다.

이 사내야말로 십육 년 전, 기습을 당하는 바람에 부모님과 함께 홀연히 자취를 감추었던 천린, 아니, 솬이었다.

"저는 렌탈 남작 가문의 딸 파비앙이라고 합니다. 이곳에 약초를 구하러 왔다가 괜한 폐를 끼치게 되었네요."

"약초는 구하셨나요?"

"그게 워낙 귀한 약초라서 그런지 가지고 있는 사람이 없더군요."

파비앙은 어째서 자신이 이런 하찮은 평민에게 존대하고 있는 것인지 스스로도 이해가 되지 않았다. 하지만 사내에게서 풍겨 나오는 기품이 그녀로 하여금 함부로 대하지 못하게 했다. 물론 그녀였기에 그런 기품도 감지할 수 있었겠지만.

"아가씨! 그런 미천한 놈에게서 떨어지십시오! 어서……!"

"꼴라, 시끄럽구나. 그자를 좀 조용하게 만들어라."

이미 공격하려 했던 기사는 어느새 일어나서 다른 기사와 병사들과 섞여 있었다. 그 덕분에 기가 도로 살아났는지 또다시 참견을 했다. 그러자 손이 꼴라라는 이름을 가진 까테말로에게 한마디 했다.

─캬오~ 캬오오~!

픽! 픽!

"끄륵……."

그러자 꼴라가 다시 빛살처럼 허공을 날더니 몸통으로 기사를 빠르게 두 번이나 들이박았다. 그러자 기사는 괴이한 신음 소리와 함께 그 자리에 풀썩 주저앉았다.

"대, 대장님!"

"당신들도 다치고 싶지 않으면 조용히 물러나 있는 게 좋을 겁니다. 자꾸 그 녀석을 화나게 만들면 나도 통제할 수 없거든요."

"꿀꺽."

자신들 가운데 가장 강한 사람이 검 한 번 휘둘러보지 못하고 순식간에 당했다. 게다가 그 무서운 까테달로가 큰 눈동자를 새빨갛게 물들인 채 자신들을 노려보고 있지 않는가. 그런 상황에서 그들이 할 수 있는 일은 아무것도 없었다.

"자, 이제 다시 이야기를 나눠봅시다. 아가씨께서 구하고 싶어하는 약초가 뭡니까?"

"세틴츄입니다. 혹시… 있으신가요?"

벌써 몇 시간째 헤매고 다녀도 없던 약초이니 여기라고 있을 것 같지는 않았다. 그러나 파비앙은 묘하게 눈앞에 있는 이 소년을 믿고 싶었다. 일종의 희망 사항이다.

"가까운 분이 엘핀병(괴혈병과 같은 병의 종류. 비타민 C가 부족해 나타나는 병으로 17세기 유럽에서는 죽는 이들도 많았던 병)에 걸린 모양이군요. 그렇다면 세틴츄가 가장 중요한 약재가 될 수 있긴 하죠."

"그, 그 사실을 어떻게……? 혹시 병에 관해서도 잘 아시는 건가요?"

수없이 많은 약초 상인들을 만나보았지만 어째서 세틴츄가 필요한지 알고 있는 사람은 손이 유일했다. 그 점이 파비앙의 희망을 더욱 부채질했다.

"그냥 약초를 다루다 보면 알게 되는 기본 상식입니다. 그리고 사실 저에게도 세틴츄는 없습니다. 아니, 저뿐만이 아니라 지금은 그 누구도 세틴츄가 없을 겁니다. 워낙 귀한 약초이기에 그런 것도 있겠지만 사실 아직 나올 때가 아니거든요."

"그, 그럴 수가! 아아……!"

손의 말에 파비앙은 깊은 절망을 맛보았다. 의원에게 앞으로 한 달 이내에 세틴츄를 구해오지 않으면 자신의 어머니가 죽을지도 모른다는 소리를 들었기 때문이다.

"하지만 엘핀병이 확실하다면 제가 고칠 수 있을지도 모릅니다만……."

"그, 그게 정말인가요?"

순간, 파비앙이 손을 향해 성큼 다가가며 외쳤다. 실낱같은 희망이라도 있다면 무조건 매달려야 했다.

3

"…그래서 남작 부인을 치료하고 돌아오려면 대략 보름 정도 걸릴 거 같아요. 상황에 따라서는 한 달 이상이 걸릴지도 모르고요."

"무슨 말인지는 알겠다만, 꼭 그렇게 멀리까지 가야겠니?"

약초를 팔다가 집으로 돌아온 손은 부모님에게 오늘 낮에 있었던 이야기를 꺼냈다. 얼마 전까지만 해도 젊어 보이던 그의 아버지와 어머니는 그새 머리가 많이 희어졌그 얼굴에 주름살도 여기저기 생기고 있었다. 그 모습에서는 지난 세월의 고단함이 고스란히 엿보였다.

특히 그의 어머니는 다 큰 아들이 잠깐 집을 비운다는 말에도 과할 정도의 반응을 보이고 있어 여전히 불안감을 느끼고 있음을 알 수 있었다.

지난 시절 암살자들에게 공격을 받았을 때의 충격으로 인하여 남은 후유증이었다. 그 이후 별 다른 위협이 없었음에도 자식이 눈앞에서 죽었다 살아난 그 경험이 그녀를 이토록 불안하게 만든 것이다.

'진작부터 이곳을 벗어나 그날 나를 노렸던 놈들을 찾아 시원하게 복수하고 싶었지만, 어머니 당신을 두고 그럴 수 없어 여기까지 왔습니다. 이미 난 모든 걸 찾았음에도 말입니다.'

숀은 자신의 지난 시절을 돌이켜 보았다. 자연 모든 곳에 기가 풍요로운 이곳이기에 전생의 능력을 회복하는 데에는 그렇게까지 오랜 시간이 걸리지 않았다. 열여섯 살이 되던 해, 자신의 모든 무공을 회복하기까지 했다.

어머니가 불안해하는 이유를 이미 알고 있는 숀은 잠깐 동안 자신의 생각에 잠겨들었다. 사실 지난 18년은 생각보다 빨리 지나갔다.

산에서 생활하는 여유로움을 만끽하며 보냈는데 생전 처음 함께 살게 된 부모님의 애정을 듬뿍 받으며 보냈기 때문이다.

거기에 십오 세가 되기 전까지는 오로지 무공을 다시 익히느라 정신없이 바빴다. 부모님 모르게 익혀야 했으니 더 바쁠 수밖에.

처음 무공을 완성한 다음에는 행여 자신보다 강한 자들이 넘쳐 나는 것이 아닐까 싶은 우려도 있었다. 워낙 이곳의 기가 풍부했기 때문이다. 쉽게 생각해서 중원에서 최고의 심법으로 일 년 동안 내공을 연마할 경우 약 칠에서 십 년 정도의 내공을 얻을 수 있다.

그러나 같은 심법으로 이곳에서 연마한다면 무려 사십 년 정도의 내공을 얻을 수가 있을 정도였다. 그러니 그런 생각이 들 만하지 않겠는가.

'지금 현재 나의 내공은 측정이 불가할 정도이다. 진작 인간의 한계를 벗어난 것은 분명하지. 하지만 그에 비해 이곳의 무공 수준은 형편없다. 단지 몬스터나 전설로 알려진 종족들이 그나마 조금 나은 편? 그것도 겪어 보지 않았으니 정확하다고는 볼 수 없겠지만… 어쨌든 이제 더 이상 기다리고 있을 수만은 없지. 그랬다가는 전생이나 지금이나 별 차이 없는 답답한 생활이 계속 연장될 수도 있을 테니까.'

환생 이후 그의 궁극적인 삶의 목표는 산속에 숨어서 그저 조용히 지내는 것이 아니었다. 보통의 인간들과 어울려 살며 평범하고 무난한 행복을 맛보고 싶었다. 물론 결혼도 하고 아이도 낳아볼 생각이다. 그러기 위해서는 더 늦기 전에 무슨 핑계를 대서라도 산을 내려가야만 했다.

어머니의 손에 자식을 안겨주고 그 누구보다 행복한 모습

으로 노년을 보내셨으면 하는 숀의 바람이 있기에 더더욱 그
러했다.

"어머니, 그리고 아버지, 길어봤자 두 달은 넘지 않을 거예
요. 그리고 제가 언제까지나 이 숲속에서만 살 수는 없잖아
요."

"그건 네 말이 맞다. 어느새 너도 장가갈 나이가 되었으니
이제 세상으로 나가는 것이 옳겠지. 하지만 그러기에는 한 가
지 문제가 아직 남아 있단다."

"무슨 문제인데요?"

이번에는 내내 침묵만 지키던 아버지가 나서서 말했다. 뭔
가를 결심한 표정이다.

"18년 전, 우리 가족은 칼론 왕국의 인근 숲에서 살다가 국
경 지역인 이곳으로 힘겹게 이주했다. 그 이유가 무엇인지 혹
짐작이 가느냐?"

"글쎄요? 18년 전이면 제가 태어나던 해잖아요?"

숀은 18년 전의 일을 생생하게 기억하고 있었지만 아무것
도 모르는 척했다. 태어난 지 7개월밖에 되지 않았던 당시의
일을 기억한다고 하면 말이 안 되기 때문이다.

"그때의 일을 설명하자면 우선 네 출생의 비밀을 먼저 이
야기해야 할 것 같구나."

"출생의 비밀이라니요? 그게 무슨 말씀이죠?"

“사실 나는 칼론 왕국의 세 번째 왕자다.”

쿵!

어느 정도 아버지의 가문에 큰 비밀이 있을 거라고는 생각해 본 적이 있다. 그랬기에 어쌔신들이 어린 자신을 노렸다고 여겼다. 하지만 설마 아버지가 일국의 왕자일 줄은 전혀 상상치 못했다.

“원래는 왕위 계승 서열 3위였지만 아바가마의 총애를 입는 바람에 태자로 책봉되기도 했지. 그런데 그게 모든 불행의 시작이 될 줄이야……”

이제 손이 성인이 된 것을 인정해서인지 아버지는 계속해서 놀라운 비밀을 말해주었다.

결국 셋째 왕자를 태자로 선택하는 바람에 큰 왕자와 둘째 왕자는 격분했고, 그로 인해 왕실에는 무서운 일이 벌어지기 시작했다. 두 왕자가 함께 획책해 셋째 왕자가 왕을 죽이려 했다는 음모를 뒤집어씌웠다고 한다.

왕은 믿을 수가 없었지만 정황이 그렇게 돌아갔기에 어쩔 수 없이 셋째 왕자를 귀양살이라도 보내야 했다.

그러나 두 왕자는 어쌔신을 고용해 손의 부모를 죽이려 했다. 그 때문에 신분을 위장하고 도망을 다니다가 극적으로 손을 낳게 되었단다.

“한 가지 이상한 일은 16년 전, 우리를 죽이러 온 줄 알았던 어쌔신들이 어째서 너만 노린 것일까 하는 점이다. 그리고 그동안 내내 고민하다가 내린 결론은 이렇다. 칼론 왕국의 왕이시며 나의 아버지이자 너의 할아버지인 루드리히 2세께서는 무척 인자한 통치자셨다. 그분은 당시 어쩔 수 없이 나를 내치셨지만 이후 형님들의 음모를 어느 정도 눈치채신 모양이다. 때문에 그들에게 절대 나를 해치지 못하도록 어떤 조치를 취하셨겠지. 생각해 보니 그 무렵에는 추적자들도 거의 나타나지 않았거든. 그런데 그러다 바로 네가 태어난 것이지. 그 사실은 아바마마께서도 모르셨던 같다."

아버지는 제법 긴 이야기를 조리 있게 요점만 짚어서 이야기해 주었다. 어느 정도는 숀도 짐작했던 부분이지만.

어쨌든 아버지는 이 대목에서 목이 말랐는지 물을 한 컵 마시더니 다시 말을 이어갔다.

"하지만 형님들은 네가 태어난 것을 알고 또다시 불안감을 느꼈던 것 같다. 아바마마께서 너의 존재를 알게 되신다면 나까지 함께 불러들일 것임을 직감했을 테니까. 그 때문에 아예 너를 제거해 버릴 생각을 했을 것이다. 물론 이 모든 것은 나의 추측일 뿐이지만."

"그럼 그들이 아직도 저를 노리고 있다는 겁니까?"

사건의 전말을 뻔히 알면서도 숀은 일부러 이렇게 물었다.

"그건 아닐 거야. 당시 너는 잠깐 숨이 넘어가는 바람에 그들은 네가 죽은 것으로 알고 있거든.”

“그럼 우리는 왜 지금까지 숨어산 것입니까?”

“너에게 조금이라도 해가 될 만한 일이 벌어지지 않기를 간절히 바랐기 때문이다. 행여나 그들의 끄나풀이 돌아다니다가 너를 알아볼까 두려웠거든. 그만큼 나와 너의 어머니를 쫓던 자들은 무서웠다.”

알고 있는 내용도 있었고 몰랐던 내용도 있었지만 이때 손은 한 가지만큼은 더욱 확실하게 알 수 있었다. 그건 바로 자신을 아끼는 부모님의 마음과 그로 인해 빚어진 두 분의 고통이다.

‘결국 부모님과 나를 노렸던 자들이 같은 핏줄이라는 이야기로군. 내 아무리 전생에 비정했던 사람이지만 핏줄을 죽일 수는 없다. 하지만 그들의 수족까지 살려둘 필요는 없겠지. 조금만 기다리쇼, 큰아버지들. 당신들이 죽이려 했던 조카가 얼마나 착하고 상냥한지 뼈저릴 만큼 느끼게 해주겠소.’

손은 아버지의 이야기를 듣고 결심했다. 그리고 그 결심을 이루려면 반드시 적당한 기반이 필요했다. 그는 그 기반을 구축하기 위한 첫 번째 타깃으로 렌탈 남작의 영지를 떠올렸다.

‘목표를 이루기 위해서는 수단 방법을 가릴 필요가 없지.’

　새로 환생하고 꽤 많은 시간이 흘렀지만 여전히 그의 무서
운 본성만큼은 변하지 않은 것 같았다.
　살수란 본디 철저히 계획하여 살업을 이루는 법이니까.

Chapter 04

여행길에 오르다

건들면 죽는다

1

참으로 이상한 사람이다. 기껏 함께 마차를 타고 가자고 하는데도 그는 걸어가고 있다. 그 먼 길을 굳이 걸어가겠다고 하는지 이유는 알 수 없지만 이상하게 파비앙은 그가 신경 쓰였다.

"누나, 왜 자꾸 아까부터 창밖을 바라보며 한숨을 쉬는 거야?"

"누가 한숨을 쉬었다고 그러니? 그냥 어거니가 걱정되어 그런 거지."

눈치없는 마하엘이 그런 그녀를 슬쩍 약올렸다. 누나의 심리를 아는 것은 아니지만 우연치 않은 참견이 그녀를 당황하게 만든 것이다.

"아가씨, 여기서 식사를 하고 쉬었다 가는 것이 어떨까요?"

"대장님 뜻대로 하세요."

"모두 멈추어라! 여기서 점심 식사를 한다!"

"네!"

기사대장의 명령이 떨어지자 모든 사람들이 이동을 멈추고 바쁘게 움직였다. 커다란 나무 그늘 아래 간이용 천막을 치고 빠르게 식사 준비를 서둘렀다. 이런 상황에서 마차에서 내린 파비앙은 얼른 손의 동태부터 살폈다. 소녀다운 호기심이다.

"꼴라, 우리도 밥 먹을 준비를 하자."

―끼긱, 끼기긱.

그녀가 몰래 훔쳐보고 있는 손은 지금 자신의 애완동물 꼴라를 어깨에서 내리더니 가방에서 주섬주섬 뭔가를 꺼내기 시작했다. 그건 형편없어 보이는 보리빵 한 덩어리와 무슨 고기인지 알 수도 없는 시꺼먼 육포였다.

'어머, 저런 것도 먹을 수 있을까? 어머니를 고쳐줄지도 모르는 귀한 손님인데 이렇게 대접할 수는 없지.'

그녀는 속으로 스스로를 정당화시키며 고개를 끄덕였다.

그러더니 곧바로 손을 향해 다가갔다.

"아가씨, 어디 가십니까?"

"귀한 손님이 혼자 떨어져 계시는 것 같아 모셔오려고요."

하지만 그때 기사대장이 그녀의 발길을 잡았다.

"그런 일은 저희가 할 테니까 걱정 말고 쉬고 계십시오. 이 봐, 병사 하인리."

"네, 대장님."

"가서 손님을 이쪽으로 모셔오도록."

"네!"

순간, 파비앙은 기사대장의 뒤통수를 노려보며 입술을 잘 끈 깨물었다. 동생 마하일보다 더 얄밉다는 생각이 든 것이다.

"이것 보슈, 우리 아가씨가 함께 식사를 하자고 부르시오. 어서 갑시다."

"우리는 우리끼리 식사하는 것이 편하다고 전해주시오."

"거참, 형씨도 참 답답하오. 그까짓 보리빵을 먹느니 우리와 함께 먹으면 훨씬 나은 음식을 먹을 수 있을 것 아니오. 그러니 그냥 갑시다."

"미안하지만 사양하겠소."

하인리라는 병사가 다가와서 이렇게 두 번씩이나 권했지만 손은 거절했다. 사실 그의 지금 심정은 꽤나 복잡했다. 그

냥 화끈하게 싸우는 것이라면 그 누구보다 자신있는 그였지
만 지금의 상황은 그리 간단하지 않았다.

'저 소녀의 가문을 이용하려면 뭔가 끈적거리는 인간관계
를 만들 필요가 있는데 어디서부터 풀어야 할지 모르겠구나.
젠장!'

처음에는 그냥 소녀의 엄마를 고쳐준 다음 적당한 핑곗거
리를 만들어 힘으로 렌탈 가문을 빼앗아 버릴 생각을 했다.
하지만 그건 결국 또다시 과거의 잘못을 되풀이하는 짓임을
깨달았다.

한 사람이 남작 가문 전체를 힘으로 빼앗는다면 사람들은
그를 과거처럼 두려워할 것이고 그건 곧장 외로움으로 이어
질 수 있다는 것을 누구보다 자신이 가장 잘 알지 않는가.

때문에 그는 여행 내내 다른 방법으로 렌탈 가문을 이용하
기 위해 연구하고 또 연구해 왔다.

'우리가 출발한 카덴시로부터 렌탈 남작의 영지가 있는 곳
까지는 약 열흘 정도 걸린다고 한다. 가장 좋은 방법은 그사
이에 저 남매를 내 사람으로 만드는 것인데 어떤 방법을 쓰
지? 전생에서도 그 수법이 너무 비열해 단 한 번도 사용해 본
적 없는 사술로 꼭두각시를 만들어 버릴 수도 없고 이거 참
난감하네.'

중원에서 고금제일인으로 추앙받고 있을 때 천린(지금은

손)의 모습은 한마디로 추남에 가까웠다. 알고 보면 젊은 시절 그의 주변에 여자가 없었던 것도 외모의 영향이 가장 컸다고 할 수 있다.

그러나 천만다행으로 환생한 모습은 꽤나 준수했다. 아니, 그냥 준수한 정도가 아니라 눈이 번쩍 뜨일 만한 수준이라고 할 만했다. 다만 본인 스스로는 아직 그 점을 잘 모르고 있다는 것이 문제라면 문제였다.

본디 연장도 써본 사람이 쓴다고 하던가?

어쨌든 아무리 외모가 달라졌다고 하나 그 사람이 가지고 있는 본성이 바뀌는 것은 아니다. 아예 새롭게 환생했다면 모르지만 과거의 의식과 성향을 모두 간직한 처 태어난 손은 더욱 그랬다.

'그녀에게 가까이 가면 기분 좋은 냄새가 난단 말이지. 그렇지만 이상하게 호흡이 가빠지면서 심장이 심하게 요동을 쳐 위험하더군. 이건 설마… 주화입마……?'

그의 가장 큰 문제는 바로 이것이었다. 살수로 활동하던 시절이나 정당한 무인으로 활동하던 시절 차라리 돈을 주고라도 여자를 품어보았더라면 이런 증상은 못 느꼈을지도 모른다.

하지만 그는 여자 문제에 있어서만큼은 워낙 고지식하고 앞뒤가 꽉 막힌 편이었다. 때문에 전생에서는 고금제일인이라는 어마어마한 호칭을 갖고 있을 정도면서도 여자 손목 한 번 잡아본 적이 없는 숙맥이었던 것이다.

그렇다 보니 지금 자신을 찾아온 감각이 무엇인지 제대로 알지 못하고 있었다.

어쨌든 남매를 꾀려면 가까이에서 살갑게 이야기도 나누며 점수를 따야겠지만 근처에 가는 것만으로도 정신이 혼미해지니 어찌 수작(?)을 걸 수 있을 리 없다.

그야말로 지나가던 개가 자신의 뒤통수를 치며 웃을 이야기였다.

"그래요? 본인이 싫다면 어쩔 수 없죠."

"제가 저런 자들에 대해서는 좀 압니다만, 너무 친절을 베풀 필요 없습니다. 베풀어줘 봤자 고마운 줄도 모르는 자들이거든요."

병사 하인리의 보고를 받은 파비앙의 얼굴에 아쉬움이 떠올랐다. 그러자 기사대장이 다가와 위로랍시고 이따위 말을 지껄였다.

그는 이때 자신의 말을 고스란히 들으며 벼르고 있는 사람이 있다는 것은 꿈에도 모르고 있었다. 그 사람과 자신들이 있는 곳의 거리가 꽤 되었기 때문이다.

물론 그 사람은 뒤끝 작렬 손이었다. 사실 손은 천린으로 생활하던 전생부터 뒤끝이 길기로 유명했다. 한번 그에게 찍히면 심지어 화장실까지 따라가 그 속에 빠드릴 정도로 악랄했다. 불행히도 기사대장은 그 사실을 꿈에도 모르고 있었다.

'저 녀석, 좋게 넘어가려고 해도 그럴 수가 없는 녀석이로군. 그렇지 않아도 저 남매와의 관계 때문에 머리 아파 죽겠는데 감히 거기다가 재를 뿌려? 아무리 귀찮아도 친절을 베풀어줘야 할 녀석이로군.'

만일 전생에서 그가 누군가에게 친절을 베풀고 싶다고 말했다면 그 사람은 아예 땅 끝까지 도망을 가거나 자살했을지도 모른다.

그만큼 살수 무의 입에서 친절이라는 말이 나오는 것은 두려움 그 자체였다. 당연한 것이 그가 살행을 저지르기 전 보냈던 예고장에는 언제나 이렇게 쓰여 있었던 것이다.

—오늘 밤 그대의 목을 손수 떼어가는 친절함을 베풀겠노라.

살수 무.

환생한 이후부터는 될 수 있으면 누군가를 함부로 죽이지 않겠다고 나름 맹세를 하긴 했지만 강자들이 늘 그렇듯이 그것을 믿을 수 있는 근거는 전혀 없었다.

2

렌탈 남작 가문으로 가고 있는 여행이 어느새 오 일째로 접어들었다. 갑자기 비가 쏟아지는 바람에 길이 막혀 잠시 고생한 것 말고는 대체적으로 여행은 순조로웠다.

그러나 험한 산길에 접어든 후부터 뭔가 수상한 조짐이 시작되고 있었다.

'흐음, 불청객이 따라붙었군. 좀 지루해지려던 참인데 이제야 흥미가 조금 생기네. 과연 이들은 어떻게 불청객들을 처리할지 궁금하기도 하고 말이야. 아직은 저놈들의 존재를 모르고 있을 텐데 알려줄까, 말까?

일행의 뒤를 누군가가 은밀하게 따라오기 시작했던 것이다. 하지만 숀 말고는 그 사실을 눈치챈 사람은 아무도 없었다. 하긴 지금 숀의 능력은 상상을 초월하고 있다.

그는 태어나자마자 내공 심법을 연마해 왔기 때문에 아예 임독양맥이 막힐 일이 없었다. 그건 그가 이미 진작부터 초인의 길에 들어섰음을 의미했다. 그렇기에 그의 이목을 벗어날 수 있는 존재는 이 대륙에 아예 없다고 해도 과언이 아니리라.

그가 만일 스스로 평범한 사람으로 살기를 바라지 않았다면 벌써 이 대륙에는 사상 초유의 그랜드 마스터가 탄생했다고 발칵 뒤집혔을 터였다. 하지만 그는 이미 명예에도 또 재물에도 별 관심이 없었다.

오로지 평범한 여인네를 만나 평범한 가정을 이루고 싶을 뿐이다. 그래서인지 지금도 그의 시선은 파비앙을 바라보며 묘한 빛을 뿌리고 있었다. 그녀는 다행히 마차의 창 쪽에 앉아 있었기에 간간이 그 모습이 보이고 있었다.

'볼수록 매력있는 소녀군. 죽게 놔두기엔 아까워. 쩝. 정말 자꾸 왜 이러나……'

옆에서 사람이 죽는다 해도 자신에게 해를 끼치지만 않으면 멀뚱멀뚱 보고 있는 것이 그의 본래 성격이다. 그만큼 이기적이었다. 하지만 이생에서는 그런 성격도 제법 많이 고쳐지고 있었다. 그건 모두 아낌없는 애정을 듬뿍 쏟아준 어머니와 아버지 틈에서 꽤 많은 시간을 보낸 덕분이다.

천상천하 유아독존 격인 그를 바꿀 수 있었던 힘은 아이러니하게도 사랑 하나였던 모양이다. 어쨌든 그는 결심과 동시에 걸음을 빨리해 일행 쪽으로 가까이 접근했다.

"어이, 다들 잠깐만 멈춰 보쇼!"

"무슨 일인가?"

바로 뒤쪽에서 갑자기 손의 목소리가 들리자 기사대장은 속으로 조금 놀라고 있었다. 아무리 산길이고 또 행군 속도가 조금 느리다고 해도 걸어서 움직이고 있던 손이 이렇게까지 가까이에서 따라오고 있을 줄은 몰랐기 때문이다.

물론 병사들도 걸어서 이동하고 있기는 하지만 그들은 전문적으로 행군 훈련을 받아온 군인이 아닌가.

"누군가가 따라오고 있는 것 같소."

"그게 또 무슨 헛소리냐? 이 깊은 산중에 따라올 사람이 어디 있다고. 그리고 누가 따라오면 기척이 나게 마련인데 나는 들은 바가 없다. 어이, 기사 한슨, 자네 무슨 소리 들은 것 있나?"

"없습니다! 들려오는 소리라고는 새소리와 바람 소리뿐인데요?"

"관심 받고 싶은 모양인데 차라리 노래를 하거나 춤이라도 춰보지그래?"

"큭큭큭."

기껏 위험을 알려주었건만 앞뒤가 꽉 막힌 기사대장은 손의 의견을 아예 무시했다. 아니, 일부러 한슨이라는 기사까지 끌어들여 그를 조롱했다. 그러자 다른 병사들이 소리 죽여 웃었다.

'이것들을 그냥 확! 죽기 직전까지 패버려?

전생이었다면 벌써 모조리 차가운 시체가 되었을 만한 상황이지만 손은 일단 참았다. 기사대장이고 나발이고 그가 마음만 먹는다면 벌레 한 마리 죽이는 것보다 쉽게 골로 보낼 수 있다. 그러나 그렇게 하는 순간 또다시 왕따가 되어 극심한 외로움에 빠져들까 두려웠다.

거기에 그를 더욱 참게 만드는 요인이 하나 더 있었다.

"벨룸 대장님, 무슨 일이에요? 왜 갑자기 이동을 멈춘 거죠?"

"별일 아닙니다, 아가씨. 이 작자가 헛소리를 하는 바람에 그런 것이니 걱정하지 마십시오."

그건 바로 파비앙이었다. 그녀는 아직 식사 시간도 아닌데 마차가 멈추자 또 길에 무슨 문제가 생긴 줄 알고 황급히 내린 상황이다. 그리고 보니 기사대장이라는 자의 이름이 벨룸인 모양이다.

"무슨 말을 하셨는데요? 제게도 들려주실 수 없나요?"

"그게……."

"저자가 심심했던 모양입니다. 들어봤자 피곤하실 테니 그냥 마차에 오르시지요. 해가 지기 전에 야영할 수 있는 장소를 찾아야 하니 서둘러야 합니다."

"아, 그, 그렇군요. 그럼 이야기는 야영을 할 때 듣기로 할게요. 이따가 꼭 말해주세요."

파비앙이 상냥한 목소리로 이렇게 말을 걸자 손이 얼른 지금의 상황을 이야기해 주려고 했다. 그러나 그 틈을 얄미운 벨룸이 끼어들어 훼방을 놓았다. 다시 한 번 손에게 찍히는 순간이다.

결국 예쁜 소녀 파비앙이 다시 마차 안으로 들어가자 숀은 괜히 허전한 마음이 들었다. 그리고 그 허전함은 벨룸에 대한 원한(?)으로 변해갔다.

'평범이고 나발이고 일단 저걸 그냥 묻어버리고 생각해 볼까? 생긴 것도 미련스럽다 싶었는데 하는 짓도 눈치가 영 없네. 어휴! 응? 가만. 놈들의 움직임이 빨라졌어. 생각보다는 꽤 쓸 만한 놈들이로군.'

그러나 그에 대한 원한보다는 조금 더 중요한 일이 생겼다. 자신들을 쫓고 있는 그 어떤 무리의 움직임이 빨라졌다는 것은 공격 시점이 다가왔음을 의미했다.

—치익.

"쉿! 조용히 해라. 너도 심심하겠지만 지금은 네가 나설 때가 아냐."

바로 그때, 그의 가슴 쪽에서 꼴라의 머리가 살짝 올라오더니 작은 소리를 냈다. 내내 그의 품속에 있다가 어떤 낌새가 느껴지자 얼른 나온 모양이다. 그러나 숀은 오히려 아주 작은 목소리로 그런 꼴라를 제지했다.

—치이익.

"알아, 알아. 하지만 네가 벌써 나서면 재미있는 구경거리를 놓친단 말이야. 나중에 제대로 몸을 풀 수 있게 해줄 테니 일단은 참아."

원래 까테말로라는 몬스터는 체구에 비해 사납고 공격적
이며 인간과의 의사소통이 불가능하다. 그런데 신기하게도
꼴라는 까테말로가 분명한데도 손의 말을 정확히 알아듣고
있었다.

사실 여기에는 비밀이 하나 있다.

어떤 무리나 종족들은 항상 그 수장을 두게 마련이다.

왕, 군림하는 자들. 인간이 그런 것처럼 몬스터들도 마찬가
지이다. 이는 까테말로 또한 다르지 않았다.

이천 년에 단 한 번, 까테말로는 종족 전체를 뒤흔들 수 있
는 강력한 우두머리를 내어놓는다.

킹 까테말로.

손의 품에 있는 존재의 정체였다.

킹 까테말로의 능력은 아직 알려진 바가 없다. 전 대륙에
단 한 마리밖에 존재하지 않는 몬스터이니 모르는 게 당연했
다. 물론 앞으로 이놈의 능력이 하나하나 드러나기는 하겠지
만 말이다.

"다시 한 번 말하겠소. 지금 이쪽으로 어떤 무리가 다가오
고 있소. 그러니 조심하시오."

"이봐, 약초쟁이! 네가 우리 아가씨에게 사기를 쳐서 함께
가는 것은 그렇다 치자. 하지만 네깟 녀석이 감히 우리에게

조심하라 마라 하는 허튼소리는 지껄이지 마라. 자꾸 그렇게 끼어들다가 큰코다치는 수가 있다. 이건 경고……."

―키우오!

움찔.

벨룸의 몸에서 위협적인 기운이 일어나자 숀의 품속에 있던 꼴라가 슬쩍 올라오더니 이빨을 드러내며 으르렁거렸다. 그러자 벨룸은 말을 하다 말고 자신도 모르게 움츠러들었다. 녀석에게 크게 당해본 탓에 본능적으로 나온 반응이리라.

"으허험! 어쨌든 그렇게 알아라."

"내 코가 큰 건 사실이지만 그걸 다치든 말든 당신이 참견할 일은 아니오. 아무튼 알려줬으니 나중에 날 원망하지나 마소."

말이 끝남과 동시에 숀은 일행에게서 떨어져 근처에 있는 나무 아래로 가더니 그곳에 털썩 주저앉았다.

더 이상 이야기하기 싫다는 태도다. 그의 그런 싸가지없는 태도를 보고 화가 난 벨룸이 또다시 한소리 하려고 했다. 그런데 바로 그때,

"취이입~ 쳐라!"

"캬오오~! 인간 고기다! 취입! 취이입~!"

갑자기 숲속에서 실로 엄청난 오크 떼가 난입했다.

3

원래 다니던 길로만 움직였다면 이처럼 오크 떼를 만날 가능성은 거의 없었을 것이다. 그러나 벨룸의 어이없는 생각이 이런 위기를 불러들였다.

그는 애초부터 손이 눈엣가시였다. 하지만 자신이 모시는 주군의 딸인 파비앙이 비호하고 있어서 어떻게 할 수가 없었다. 거기에 손이 데리고 다니는 까테말로도 다루기 쉬운 몬스터가 아닌지라 속으로 벼르고는 있었지만 뾰족한 수가 없었다.

때문에 결국 무모한 계획을 세우고 말았다.

"애초 계획보다 복귀 시간이 조금 늦었다. 그래서 여기서부터는 돌아가는 노선을 약간 변경하기로 했다."

"그렇지만 이곳에서 우리 성으로 갈 수 있는 길은 두 군데뿐입니다. 애초 오가던 길은 안전해도 다른 길은 좀……."

"첸돌 산을 넘는 것이 약간 위험하다는 것은 나도 안다. 대신 거기만 통과한다면 최소 이틀 이상은 빨리 갈 수 있다. 게다가 우리는 정기사 세 명에 정예 병사가 다섯 명이나 된다. 그 산에 몬스터가 많다고는 하지만 대부분 중소형 몬스터들이다. 그런 이상 우리에게 큰 위협이 될 수는 없을 테니 충분히 모험을 해볼 만하다."

　자신들이 상대할 만한 몬스터가 있는 쪽으로 일행을 유도한 다음 거기서 손을 함정에 빠뜨리자는 것이 바로 그의 알량한 계획이었다.

　하지만 늘 그렇듯 이런 무모한 계획은 결국 화를 불러오는 법이다. 그는 고블린이 나타나거나 설혹 오크가 나타나더라도 수가 적은 무리일 것이라고 예측했지만 현실은 완전히 달랐다. 손에 무기까지 든 오크들은 전사로서 무려 열네 마리나 나타났던 것이다.

　그나마 마나를 다룰 줄 안다는 정식 기사 한 명이 상대할 수 있는 오크 전사의 수는 기껏해야 두 마리다. 그리고 정예 병사가 최소 두 명은 있어야 오크 전사 한 마리를 간신히 상대할 수 있다.

　그렇게 따져 본다면 이들 일행이 감당할 수 있는 오크 전사의 수는 최대 아홉 마리라는 계산이 나온다. 그뿐이 아니다. 상기의 계산은 인간이 싸우기 유리한 넓은 평야 지대에서 붙었을 때의 이야기다.

　지금처럼 숲이 깊고 우거진 곳에서 싸운다면 그 숫자는 현저하게 줄어든다. 이런 계산은 지금 일행 앞에 나타난 오크 떼가 바로 재앙 그 자체임을 알려주고 있었다.

　"모두 당황하지 말고 마차를 중심으로 원형의 군진을 펼쳐라! 절대로 단독으로 행동하면 안 된다!"

"네!"

이 와중에도 벨룸은 손을 무리 중으로 불러들이지 않았다. 오크들이 손을 노리게 되면 자신들에게 조금이라도 도움이 된다고 생각했던 것이다. 어쨌든 까테말로 한 마리가 오크 전사 하나 정도는 상대할 수 있다는 점도 계산에 들어 있었다.

"대장님, 손님도 어서 이쪽으로 데려와 주세요! 그가 있어야 어머니를 고칠 수 있어요!"

"죄송합니다만 아가씨, 지금은 그자까지 구할 상황이 아닙니다. 그리고 아가씨께서는 절대 마차 밖으로 나오시면 안 됩니다. 창에서도 떨어지십시오."

다른 것은 몰라도 파비앙은 이런 상황 속에서도 손을 챙기려 했다. 우선 그가 있어야 어머니를 고칠 수 있다는 생각이 들어 그런 것도 있지만 감정적으로도 그가 무사했으면 하는 마음이 강했던 탓이다. 그러나 기사대장은 넝정했다. 하긴 당장 보기만 해도 소름이 끼치는 오크 전사들이 입을 쩍 벌린 채 모닝스타와 같은 둔기류의 무기를 휘두르며 달려들고 있는 상황에서는 누구라도 마찬가지였을 것이다. 순진한 파비앙은 결국 그렇게 생각할 수밖에 없었다.

"취이입~! 모두 잡아라!"

"캬오오!"

"이얍!"

챙! 챙!

그렇게 인간들과 오크 전사들의 싸움이 시작되었다. 물론 숀이 있는 곳으로도 오크 전사 한 마리가 달려들긴 했다. 놈은 무기도 없는 숀을 맡게 된 것이 즐거웠던지 돼지머리에 붙어 있는 입을 쩍 벌리며 희한한 표정을 지은 채 다가왔다.

"취익~ 인간 죽자. 취이입!"

"어라? 웃어? 이런 건방진 오크 같으니라고!"

숀의 눈에는 그 모습이 놈이 웃는 것으로만 보였고, 그게 그 오크 전사의 불행의 시발점이 되고 말았다.

휘리릭~!

우선 숀은 장내의 상황을 빠르게 살펴보았다. 행여 자신이 그나마 호감을 가지고 있던 파비앙이 위험하지 않은가를 먼저 체크한 것이다. 그녀가 이상 없다는 것이 확인되자 다른 사람들의 상태도 점검했다.

비록 현저히 밀리고 있기는 했지만 어쨌든 훈련을 받은 사람들이라 그런지 당장 위험할 것 같지는 않았다. 최소한 이 시건방진 오크 녀석을 혼내줄 시간은 충분하다는 판단이 나왔다. 숀은 그 오크 전사를 향해 빠르게 다가갔다.

"……?"

"자, 어디 그럼 이제부터 놀아볼까?"

퍼억! 퍽퍽!

"꾸욱읍! 꾹꾹!"

실로 기괴한 광경이 펼쳐졌다. 손이 자신보다 키가 작은 오크 전사의 목을 둘러 감으며 놈의 튀어나온 주둥이를 한 손으로 휘감아 잡았다. 그러더니 다른 손으로 놈의 복부를 때리기 시작한 것이다.

비록 내공을 거의 주입하지 않는 주먹질이었지만 주먹이 박힐 때마다 놈은 머릿속이 하얗게 비어버릴 만큼 커다란 고통을 맛볼 수밖에 없었다.

하지만 그렇다고 고통의 비명을 지르거나 동료 오크들에게 도움을 요청할 수도 없었다. 손이 주둥이를 얼마나 꽉 잡고 있는지 숨 쉬기도 어려웠기 때문이다.

"감히 오크 주제에 어르신을 비웃어?"

"꾹꾹… 낑……."

오크 전사들은 말이 서툴기는 해도 인간의 언어를 어느 정도 이해했다. 행인지 불행인지 녀석도 이 지옥 같은 순간 손의 말을 알아들을 수 있었고, 절대 그렇지 않다는 듯 움직이지도 않는 고개를 흔들기 위해 애를 썼다. 그러나 그건 결국 손의 오해만 불러왔다.

"어쭈? 벗어나 보시겠다고? 어이~ 꼴라야."

불쑥!

"주인님은 아무래도 저쪽에 가서 놀아야 할 것 같으니까

네가 이놈을 조용한 곳으로 데려가서 놀아줄래?"

끄덕끄덕끄덕.

숀의 말이 끝나기도 전에 품속에서 튀어나온 킹 까테말로 꼴라가 빠르게 고개를 끄덕였다. 좋아 죽겠다는 태도가 분명하다.

"그럼 아무도 모르게 끌고 가서 손봐줘라. 대신 멍청한 놈이니 죽이지는 말고."

끄덕끄덕끄덕.

휘리릭~! 꽈악!

"꾸우우우······."

숀의 명령이 떨어지자 몸집이 작은 꼴라가 또다시 고개를 끄덕이고는 번개처럼 튀어나가더니 잽싸게 오크 전사의 발목 근처를 깨물었다. 그게 아팠는지 놈의 눈이 찢어질 듯 부릅떠 졌지만 아직도 입이 막혀 있어 소리가 되어 나오진 못했다.

"그럼 가라!"

휙~ 쿵!

"캥!"

질질질질.

"꾸웨에엑~!"

더 황당한 일은 그다음에 벌어졌다. 숀의 명령이 떨어지자 꼴라가 입으로 물고 있는 오크의 발목을 홱 잡아당기며 뛰기 시작했다.

그런데 그 힘이 어찌나 강한지 오크 전사는 그대로 뒤로 자빠져 변변한 반항조차 제대로 해보지 못하고 순식간에 숲으로 끌려 들어가 버렸다는 사실이다. 아마도 마지막에 남긴 애처로운 신음은 거의 기절 직전에 내는 소리가 아니었나 싶다.

그렇게 오크 전사 한 마리를 친절하게(?) 보내 버린 손은 손바닥을 탁탁 털더니 어딘가를 보고 썩소를 한번 날려주었다. 그가 보고 있는 그 쪽에는 하얀 마차가 서 있었고 그 앞에는 죽음의 두려움도 이길 만큼 호기심이 강한 어린 소년 마하엘이 눈을 동그랗게 뜬 채 손을 바라보고 있었다. 그가 이 일의 유일한 목격자였다.

터벅터벅.

"야~ 오늘 날씨 좋은데? 이런 날에는 친절을 베풀고 싶은 마음이 절로 일어나는 법이지. 암."

아직 어린 소년이라서 그런지 손은 마하엘을 크게 신경 쓰지 않는 것 같았다. 대신 이처럼 한가로운 말을 지껄이며 치열함의 극을 달리고 있는 전장(?)을 향해 느긋하게 다가가기 시작했다.

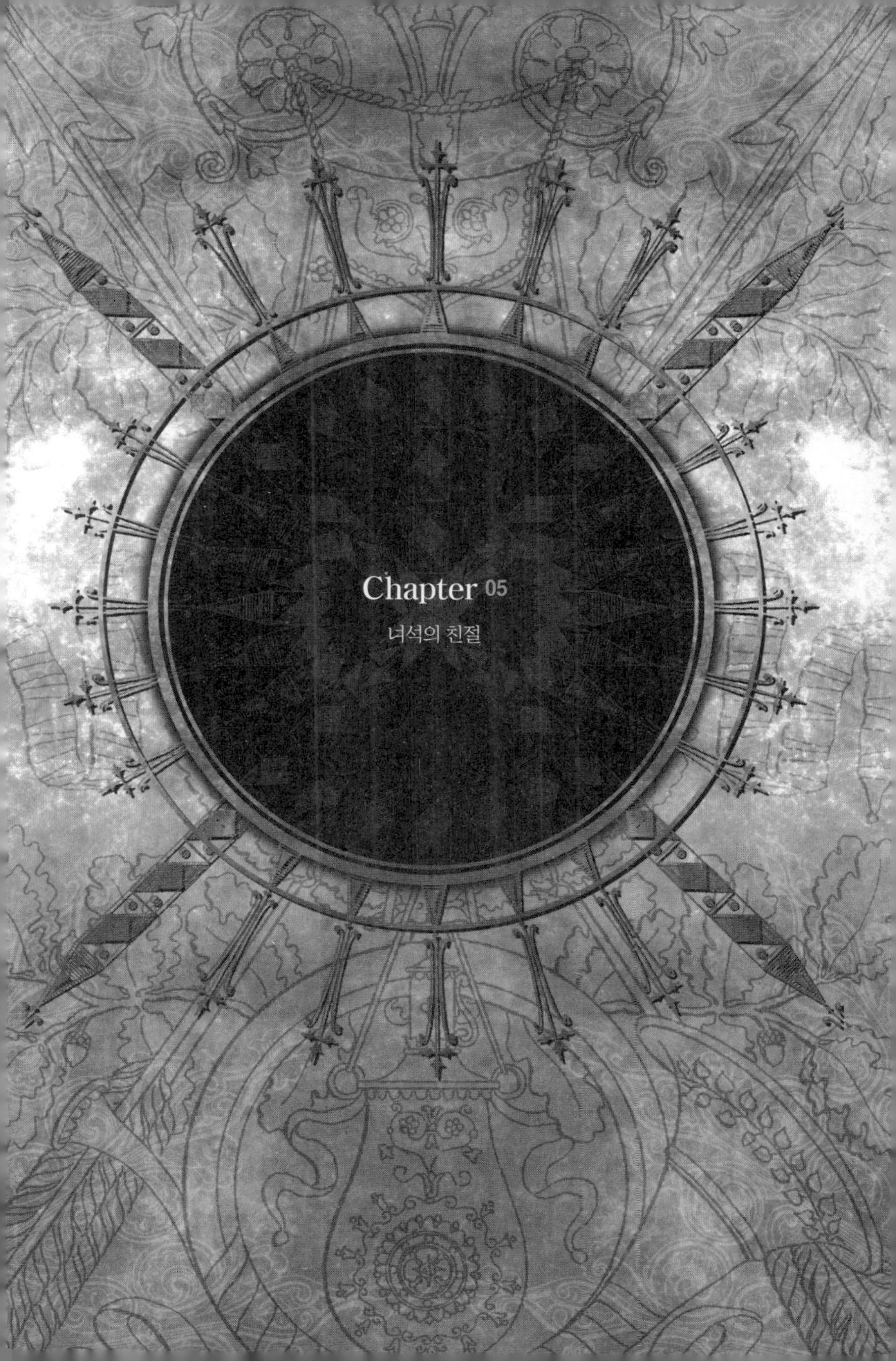

Chapter 05
너석의 친절

1

　마하엘은 이제 막 열한 살이 된 소년이다. 그 또래 귀족가의 남자아이들이 그렇듯이 그 역시 무척이나 기사가 되고 싶어했다. 하긴 남자의 속성 중 하나가 원래 강함에 대한 막연한 동경 아니겠는가.

　그렇기에 마하엘은 평소 기사대장 벨룸을 가장 존경해 왔다. 그 나이에는 약간의 편협함을 파악할 수는 없었을 테니 그럴 만도 했다. 비록 외부에서 보자면 허접한 수준에 가까웠지만 그의 영지 내에서는 가장 강한 기사라는 영향도 컸을 것이다.

사실 그에게 있어서 이번 여행은 큰 흥분을 주었다. 생전 처음으로 먼 길을 나섰기 때문이다. 그나마 그의 아버지이자 영지의 주인인 가우라 드 렌탈 남작이 사내아이는 강하게 키워야 한다는 사고방식을 가지고 있었기에 이런 여행도 가능할 수 있었다.

하지만 막상 여행길에 올라보니 모든 것이 상상과는 많이 달랐다. 모험과 액션이 난무할 줄 알았는데 실제로는 길고 지루한 이동만이 전부였던 것이다. 마차를 탄 채 가고 또 가는 시간이 계속 이어지자 그의 실망감은 그만큼 커져만 갔다. 그럴 때 만난 사람이 바로 손이었다.

'저 사람이 키우고 있는 까테말로를 갖고 싶다. 나도 저런 몬스터 한 마리만 있으면 세상에 무서울 게 없을 것 같은데…….'

그와의 첫 만남에서 마하엘이 느낀 감정은 이게 전부였다. 손이 비록 키도 크고 훤칠하게 잘생겼지만 그의 눈에는 그저 별 볼 일 없는 평민에 불과했다. 까테말로가 없으면 기사대장 벨룸에게 한주먹거리도 되지 않는 그런 하찮은 사람 말이다.

하지만 명색이 남작의 대를 이을 소영주인 사람이 아무리 평민이라 해도 다른 영지에 기거하고 있는 사람의 소유물을 함부로 빼앗을 수는 없었다.

'우리 영지까지 간다고 하니 저 사람이랑 친해진 다음 달

라고 해봐야겠어. 안 준다고 하면 아버지께 말씀드려서 꼭 갖게 해달라고 부탁드려야지.'

아직 치기 어린 아이다운 생각이다. 하긴 그가 살고 있는 곳에서는 아버지가 곧 신이나 마찬가지이니 이런 식의 사고방식을 가질 수밖에 없었는지도 모른다.

어쨌든 이런 음흉(?)한 생각을 하게 되자 빨리 집으로 돌아가고 싶은 마음이 간절했다. 다행히 그가 서두르지 않아도 귀갓길은 바로 시작되었고, 또다시 길고 지루한 여행이 시작되었다.

"아함~! 누나, 아직도 집에 도착하려면 멀었어?"

"원래대로라면 앞으로도 오 일은 더 가야겠지만 방금 전 기사대장님의 말씀대로 간다면 사흘 후면 도착할 수 있을 거야. 단지 이 지역은 몬스터 출몰이 잦은 지역이라 약간 겁이 나기는 하지만."

"그 말 진짜야?"

"또 뭐가?"

몬스터라는 말 한마디에 마하엘의 귀가 쫑긋해졌다. 호기심 많은 사내아이다운 반응이다. 그가 살고 있는 영지 주변에도 간간이 몬스터가 출몰하긴 하지만 성안까지 들어오기 전에 모두 잡히기 때문에 그는 아직까지 사나운 몬스터를 본 적이 없는 것이다.

“정말로 이쪽에 몬스터들이 나타나는 거야?”

“너 또 무슨 생각을 하고 있는 거니? 설마 몬스터가 나타났으면 하고 바라는 건 아니겠지?”

“누나도 심심하잖아. 이럴 때 몬스터가 등장하면 신날 거 같지 않아? 어차피 우리에게는 엄청난 실력을 가진 기사대장 아저씨가 있으니 큰 위험은 없을 텐데, 뭐.”

마하엘이 이렇게 철없는 소리를 마구 지껄이자 파비앙은 걱정스럽다는 눈빛으로 그를 바라보며 다시 입을 열었다.

“그건 그렇지가 않아. 물론 어떤 일이 있어도 대장님이나 기사들, 그리고 병사들이 우리가 위험에 처하지 않도록 막아 주겠지만 그분들이 다칠 수도 있지 않겠니? 누나는 이번 여행에서 누구라도 다치는 것은 싫어. 그러니 그런 말은 함부로 하지 마.”

“그건 아가씨 말이 맞습니다요.”

파비앙의 말에 이번에는 하녀까지 나서서 동조했다. 그러자 마하엘의 표정이 시무룩해졌다. 나중에 친구들에게 신나는 모험담을 들려주고 싶었건만 자칫하면 돌아가는 길도 별일 없이 지나갈 것 같다는 생각이 들었기 때문이다.

그런데 그때 갑자기 생전 처음 들어보는 엄청난 괴성과 함께 난리가 시작되었다.

“취이입~ 쳐라!”

"캬오오~! 인간 고기다! 취입, 취이입~!'

바로 중형급 몬스터 가운데서도 가장 무섭다는 오크 전사들이 떼로 등장했던 것이다.

처음에는 마차의 창을 통해 살짝 바라보았다. 그러다가 결국 시야가 답답해 누나와 하녀가 지금 벌어지고 있는 소동에 놀라 그쪽에 신경 쓰는 사이 마차에서 살짝 내렸다. 그러자 그의 눈앞에는 정말로 무서운 광경이 펼쳐지고 있었다.

"취입~! 인간들! 죽어라!"

"으윽!"

"위험해! 저쪽을 막아라!"

까앙! 챙! 챙!

확실히 기사들은 오크 전사들에 비해 뛰어났다. 그러나 그들에 비해 병사들은 조금만 방심하면 공격에 당할 정도로 힘겹게 싸우고 있었다. 비록 기사들이 매순간 도움을 주고 있기는 했지만 마하엘의 눈에도 상황은 그리 좋아 보이지 않았다.

"캬오~!"

움찔.

자신의 코앞에서 싸우는 것도 아닌데 오크 전사들이 괴성을 지를 때마다 마하엘은 두려움에 떨었다. 상상으로 생각했던 것과 실제로 맞닥뜨리게 된 몬스터는 완전히 달랐다.

만일 이대로 시간이 흘렀다면 그는 자칫 몬스터에 대한 두려움으로 평생 시달렸을지도 모른다. 그렇게 마하엘은 움츠러든 상태로 조심스럽게 주위 상황을 살펴보고 있었다. 그런 그의 시선으로 한 사람의 위험한 순간이 포착되었다.

"취익~ 인간! 죽자! 취이입!"

"헉! 저, 저 사람, 위험하다!"

바로 오크 전사 한 마리가 약초장수 손을 막 덮치려는 순간을 발견한 것이다. 비록 키는 손보다 작았지만 덩치는 거의 두 배에 가까웠다. 그만큼 오크 전사는 무지막지한 근육질의 몬스터였다.

어쨌든 그런 단단하고 사나워 보이는 오크 전사가 무기도 없는 손을 향해 모닝스타를 휘두르며 덮치고 있으니 그 뒤는 보지 않아도 알 수 있을 정도였다. 머리가 깨져서 쓰러지는 모습이 눈에 선했다. 하지만 그때, 그야말로 기절초풍할 광경이 펼쳐졌다.

약초장수는 그런 긴박한 상황에서도 전혀 놀라지도 않았을 뿐 아니라 오히려 모닝스타를 너무나도 간단하게 피하더니 오히려 그 오크 전사에게 바짝 달라붙었다. 그러더니 그놈의 주둥이를 한 손으로 움켜잡고는 다른 손으로 신나게 두들겨 패는 것이 아닌가.

"저, 저럴 수가……!"

그것은 보는 것만으로도 충격 그 자체였다. 지금 바로 옆쪽에서는 명색이 기사대장이라는 사람도 오크 전사 한 마리를 맞이해 쩔쩔매고 있건만 손은 오히려 오크 전사를 마치 어린 아이라도 상대하듯 힘 하나 안 들이고 두들겨 패고 있으니 실로 놀랍고 기이할 따름이다.

게다가 그가 그렇게 갖고 싶어하는 까테말로까지 나타나더니 결국 그 오크 전사를 마치 장난처럼 간단하게 깨물어 눕히고는 태연하게 숲속으로 끌고 들어가 버렸다.

그리고 바로 그 순간, 마하엘은 세상에서 가장 두서운 눈빛을 보고야 말았다.

처음에는 그저 흠칫할 정도였다. 자신이 지켜보고 있다는 것을 애초부터 알고 있다는 듯 자신을 향해 재수없는 미소를 한번 날려줄 때까지는 말이다.

그러나 그 이후 장내를 스윽 훑어보기 시작한 그의 눈빛에서는 소름 끼치도록 살벌한 차가움이 어려 있었다. 그건 어쩌면 그만의 착각이었는지도 모른다.

하지만 그 직후 마침내 손이 어슬렁거리는 몸짓으로 싸움터로 끼어든 후부터는 마하엘은 자신의 느낌이 옳았다는 것을 깨달을 수 있었다.

2

숀은 어떻게 하면 자신의 무지막지한 능력을 드러내지 않은 채 자연스럽게 이 상황을 정리할 것인지를 고민(?)하며 전투 현장을 살펴보았다.

'너무 튀어서도 안 되고 그렇다고 손맛을 볼 수 있는 이런 기회를 얼렁뚱땅 넘겨서도 안 되지. 게다가 저 재수없는 기사 놈을 어느 정도 혼내주기도 해야 할 텐데, 흐음, 어떤 방법을 써볼까나?'

남들은 지금 오로지 살기 위해 있는 힘을 다해 싸우고 있건만 그에게는 그저 일종의 게임일 뿐이었다. 원래 중원의 무공은 극에 도달할수록 오히려 무공을 익힌 흔적이 사라진다. 자연과 순환하기에 구태여 기를 담는 데에만 의지하지 않아도 될 만큼 자연인에 가까워지는 편이라고들 한다.

그렇기에 기사들이나 병사들은 그가 어슬렁거리며 다가와도 그다지 신경 쓰지 않았다. 그래도 양심은 있어서 싸우는 척이라도 하려나 보다 하고 생각했을 뿐이다.

"캬오! 죽어, 인간!"

퍽!

"끄악!"

바로 그때, 마침내 첫 번째 희생자가 발생했다. 병사 하인리가 동료 병사를 돕기 위해 잠깐 몸을 돌린 사이 다른 오크 전사가 그 틈을 노려 둔기로 그의 어깨를 내려친 것이다.

그 한 방으로 다행히 죽지는 않았지만 그는 바닥에 그대로 주저앉고 말았다. 그러자 방금 하인리의 어깨를 쳤던 그 오크 전사의 둔기가 이번에는 그의 머리를 노리고 힘차게 날아들었다.

"아아! 어머니!"

질끈.

이것으로 이생과는 작별이라고 생각했는지 그는 이 순간 가장 보고 싶은 어머니를 떠올리며 눈을 꼭 감고 말았다. 그런데,

"아이고, 아파라. 야, 이놈아! 이거 안 놓을래? 어서 놓으란 말이다!"

슬쩍.

벌써 둔기가 머리를 쳐도 수십 번은 쳤을 시간이 흘러도 아무런 소식이 없자 그렇지 않아도 궁금한 참이었다. 그럴 때 바로 옆에서 너무나도 이질적인 목소리라 들려오자 그는 눈을 뜰 수밖에 없었다. 그리고 눈을 뜨자마자 어찌나 황당했는지 입을 딱 벌린 채 그 자리에 굳어버릴 수밖에 없었다.

바로 약초장수 손이라는 자가 방금 자신을 쳤던 오크와 뒤엉킨 채 호들갑을 떨고 있었는데 그 모습이 정말 희한했다.

오크 전사의 이빨은 손의 어깨를 물고 있었고 손의 손가락은 그런 오크의 콧구멍에 박힌 채 밀어내기 위해 안간힘을 쓰

고 있었던 것이다.

"저, 저런……."

하지만 어이없는 모습은 그게 끝이 아니었다.

"야야! 밀지 마! 밀지 말라고, 이놈아!"

뒤뚱뒤뚱.

숀과 그 오크 전사가 한몸이 된 채 자꾸만 다른 사람들이 싸우고 있는 쪽으로 이동하는 것이다. 얼핏 보기에는 숀의 어깨를 물고 있는 오크가 자신의 콧속에 박혀 있는 손가락을 빼내기 위해 안간힘을 쓰고 있는 것처럼 여겨졌다. 그러나 마냥 그렇다고만 하기에는 그들의 움직이는 동선이 이상해도 너무나 이상했다.

"크워웍!"

위잉~!

"으윽! 더 이상은 도저히……."

하인리와 같은 동료 병사인 크누센이 오크 전사의 공격을 간신히 막아오다가 결국 힘에 부쳐 비틀거리며 위기에 몰릴 때, 숀과 한 몸 상태인 오크 전사가 절묘하게 그사이에 끼어들었다. 그 순간 둔기가 무섭게 날아왔고, 그것은 불행히도 하필 그때 끼어든 오크 전사의 머리통을 냅다 갈겨 버리고 말았다.

퍼억!

"꾸아악! 취입~ 감히 날 쳐? 취이익! 너도 죽어라!"

"취입~ 실, 실수… 취입……."

그렇지 않아도 재수없는 인간 때문에 성질이 나 있는 판에 동료 오크 전사가 자신을 때렸으니 그냥 넘어갈 리 없었다. 손이 끌고 온 오크 전사는 머리를 움켜쥐고 쓰러졌다가 다시 벌떡 일어나더니 괴성을 지르며 동료 오크를 향해 몸을 날렸다. 결국 두 마리의 오크 전사는 서로 싸우느라 장내의 상황에서 점점 멀어져 버렸다.

"저기… 감사합니다. 덕분에 살았네요. 이보게, 크누센. 자네도 감사드리게. 이분이 아니었으면 자네나 나나 큰일 날 뻔했네."

"감사합니다."

"감사는 무슨, 어쩌다 재수가 좋아서 도움을 준 것뿐인데. 그나저나 당신들은 어서 다른 동료들을 도우는 게 좋겠소."

"네, 그럼."

하인리나 크누센은 우연이든 아니든 일단 손 때문에 살 수 있었다는 것을 알고 있다. 그랬기에 고마움을 표시한 것이다. 그러나 손은 그런 그들에게 현실을 알려주며 동료를 먼저 챙기게 했다.

그리고 자신은 다른 오크 전사를 향해 다가갔다. 이번에는 땅에 떨어져 있는 나무 막대를 든 채였다.

그의 행동을 처음부터 끝까지 지켜보고 있던 마하엘은 자신도 모르게 고개를 갸웃거렸다. 대체 저런 허접한 막대기를 들고 무엇을 하려는지 궁금했던 것이다. 물론 해답은 바로 나왔다.

그는 그 가냘픈(?) 막대기로 또 하나의 무지막지한 오크 전사의 뒤통수를 냅다 갈겼다. 혹시 뭔가 다른 꼼수라도 있는 것은 아닐까 싶었지만 그런 것은 전혀 없었다. 그 한 대에 화가 난 오크 전사가 콧김을 씩씩 내뿜으며 곧장 손에게 달려드는 것으로 보면 꼼수가 있을 리 없었다.

"으악~! 무식한 돼지머리가 사람 잡네!"

"취입! 버릇없는 인간! 죽는다!"

쿵쿵쿵!

손이 도망가자 막대기로 얻어맞은 오크가 씩씩거리며 그 뒤를 바짝 따라갔다. 돼지머리 소리에 더욱 화가 난 듯했다. 그러나 손은 소리만 지를 뿐 전혀 긴장한 표정이 아니었다.

마하엘은 그 점을 분명하게 볼 수 있었다. 게다가 그가 도주하고 있는 방향에는 기사대장 벨룸이 오크 전사와 일대일로 자웅을 겨루고 있었다.

손과 오크 전사가 그쪽에 도착하던 그때, 벨룸은 마침 검을 움직여 상대 오크 전사의 몸에 일격을 날리는 참이었다. 그럴 때 하필 손이 그사이에 뛰어들었고, 그 뒤를 오크 전사가 바짝 쫓고 있었다.

"죽어라~ 괴물아! 타핫!"

"꾸엑!"

정말 재수없게 벨룸이 휘두른 검은 방금 손을 쫓던 녀석의 등짝을 베어버렸다. 그나마 뛰어오다가 당한 것이라 상처는 그리 깊지 않았다. 결국 그 점이 문제였다. 그건 곧 또 한 마리의 오크 전사가 벨룸을 노리게 되었음을 의미하니까.

"크와와! 이 인간! 죽었어! 취이입!"

물론 기사 한 명이 이삼십 분쯤 검을 휘두르면 오크 전사 한 마리 정도는 물리칠 수 있다. 사력을 다한다면 연속 두 마리까지는 어찌 어찌 그렇게 이길 수도 있지만 그 두 마리가 한꺼번에 덮치게 되면 상황은 엄청나게 불리해진다.

기사대장 벨룸은 이때부터 여기저기를 얻어맞아 가며 억지로 오크 전사 두 마리를 상대해야만 했다.

그나마 다행히 손의 계속되는 엉뚱한 활약으로 인해 다른 기사들과 병사들이 오크들을 물리치고 그를 도와줬으니 망정이지 하마터면 곧장 골로 갈 뻔했다.

"손님, 정말 감사합니다."

"내가 뭘 한 게 있다고 다들 이러는 거요?"

"무엇을 하셨든 손님 덕분에 오크 전사들을 물리친 것은 분명합니다. 정말 대단한 기지와 순발력이었습니다."

"거참, 하하, 하하하!"

위기를 겨우 벗어나고 나자 모두가 숀을 칭찬했다. 죽음 직전에서 그에게 구함을 받지 않은 사람이 없었다. 얼굴과 온몸이 퍼렇게 멍든 벨룸은 제외였지만 그도 알고 보면 숀 덕분에 생명을 구한 것이나 마찬가지였으니 노골적으로 원망할 수도 없었다.

어쨌든 이렇게 숀은 평범한 사람이 어쩌다 운이 좋아 도와준 것 같은 연기를 완벽하게 해낼 수 있었다.

여전히 입을 딱 벌린 채 놀란 얼굴로 쳐다보고 있는 단 한 사람만은 빼놓아야겠지만.

마하엘이 이처럼 완전히 얼어붙은 것에는 또 하나의 이유가 있었다. 상황이 종료될 때쯤 나타난 꼴라를 본 것이 그것이다.

─꺼윽~!

사라질 때와는 달리 배가 잔뜩 부어오른 꼴라는 입가에 오크 전사의 것이 분명해 보이는 털을 잔뜩 붙인 채 크게 트림을 하며 등장했던 것이다.

그때 문득 마하엘은 기적처럼 중요한 사실 하나를 떠올릴 수 있었다. 꼴라는 분명 죽이지 말라는 명령은 받았지만 먹지 말라는 명령은 받은 적이 없다는 사실을.

무서운 오크 전사를 물리치고 난 후 한동안 쉬면서 정비를 했다. 비록 운이 좋아 물리치기는 했지만 그 후유증이 만만치 않았던 것이다. 특히 치열하게 싸운 기사들과 병사들은 여기저기 상처가 지독했다.

"으윽! 거, 거기를 꽉 묶어주게."

"자네도 생각보다 크게 다쳤구먼. 어서 성으로 돌아가 치료부터 해야지, 자칫하면 병신 되겠어."

병사 크누센이 동료 하인리의 어깨를 붕대로 감아주며 혀를 찼다. 오크 전사가 휘두른 둔기에 맞았으니 오죽하겠는가. 하지만 정작 하인리는 자신이 살아남은 것에 감사하며 이를 악물었다.

'어머니, 저 이번에도 살아남았습니다. 몸은 비록 이 모양이라도 금방 나을 겁니다. 으윽……'

그는 절대 죽어서는 안 되는 이유가 있었다. 그건 바로 병든 노모가 있기 때문이다. 그가 죽게 되면 의지할 곳 없는 노모도 큰일이 날 터라 절대 죽을 수 없었다. 그랬기에 끔찍한 고통이 찾아와도 악착같이 참고 있었다.

"크윽!"

"이거 정말 큰일이네. 상비약은 거의 다 썼는데 부상자는 아직 많이 남아 있으니……."

기사들은 벌써 어느 정도 치료가 된 상태다. 그들은 벌써 상처를 빠르게 치료해 주는 고급 포션을 들이켠 것이다. 게다가 마나를 다룰 줄 아는 사람들이라 그 효과는 더욱 컸다.

하지만 그에 비하면 병사들은 상황이 최악이었다. 그들은 변변한 약도 부족했다. 처음부터 부족했던 것이 아니라 아까 오크 전사들의 공격을 받을 때 지니고 있던 약 가방이 찢어지는 바람에 대부분 짓밟혀서 쓸모가 없게 된 것이다.

이럴 때는 기사들이 솔선수범해서 포션이라도 나누어 주면 좋으련만 그들은 하찮은 병사들을 위해 그 비싼 포션을 나누어 줄 정도로 너그럽지 못했다. 그들 역시 비싼 포션을 구하는 것이 쉽지 않아 그럴 수밖에 없는 것도 있을 터였다.

"아무래도 안 되겠어. 그 사람이라면 뭔가 방법이 있을 거야."

"아가씨, 어디를 가시려고 그럽니까?"

아직 어린 파비앙이었지만 이런 상황을 모를 리 없다. 그녀는 무서운 전투 이후 아직까지도 들려오고 있는 병사들의 신음 소리가 너무나 안타까웠다. 이럴 때 그녀가 할 수 있는 일은 아무것도 없었다. 하다못해 이곳이 마을이었다면 의원이라도 불러줄 수 있겠지만 아직은 첩첩산중이 아닌가.

때문에 혼자 고민하던 파비앙은 갑자기 벌떡 일어나더니

쉬기 위해 쳐놓았던 천막을 나가려고 했다.

"약초 장사꾼에게 가보려고. 그 사람은 어머니 병도 고칠 가능성이 있다고 했잖아. 그렇다는 것은 어느 정도 치료에도 조예가 있는 것 아니겠어? 그 사람에게 부탁해 볼 거야. 우리 병사들을 치료해 달라고."

"누나, 나도 같이 가!"

"같이 가는 건 좋은데 버릇없이 굴지 않겠다고 약속해."

"응, 약속할게."

파비앙이 나서자 마하엘도 얼른 따라나섰다. 그가 지금 가장 관심을 갖고 있는 사람은 바로 숀이었다. 이런 기회를 놓칠 리 없었다. 게다가 누나의 말이 아니라도 절대 숀에게 버릇없이 굴 생각은 없었다. 아직 앞날이 창창한 나이에 그 살벌하게 귀여운(?) 까테말로에게 먹히고 싶지는 않기 때문이다.

남매가 그렇게 숀이 앉아 있는 쪽으로 가고 있었지만 이번에는 아무도 막지 않았다. 기사대장 벨룸도 상태가 말이 아닌지라 신경 쓸 겨를이 없었다.

"저기… 숀님."

"아, 귀하신 분이 이렇게 누추한 곳까지 어쩐 일이시오?"

"죄송하지만 한 가지 부탁드릴 게 있어서 왔어요."

손은 여러모로 신기한 사람이었다. 파비앙은 그와 벌써 일주일이나 함께 여행을 했건만 그가 편안한 잠자리에서 자는 것을 본 적이 없다. 하다못해 병사들도 잠을 잘 때는 간이 막사를 치고 그 안에서 밤이슬을 피하며 잔다.

계절은 봄이었지만 아직 산중의 날씨는 서늘했다. 아니, 서늘한 정도가 아니라 밤이 되면 몹시 추웠다. 그런데도 그는 가벼운 옷차림으로 근처 숲에서 아무렇게나 잠을 자는 것 같았다.

더 이상한 것은 식사할 때다. 아무리 함께 먹자고 해도 그는 늘 자신이 챙겨온 것만 먹었다. 그런데 문제는 그것의 대부분을 까테말로에게 준다는 점이다.

파비앙이 안타까운 마음으로 자세히 살펴보았지만 그는 그저 나무뿌리 같은 것만 몇 가닥 씹는 게 고작이었다. 그녀가 비록 오래 산 편은 아니지만 어쨌든 지금까지 살면서 손처럼 적게 먹는 사람은 본 적이 없다.

"무슨 부탁인지 몰라도 일단 말씀해 보시오."

"저희 병사들을 치료해 주세요. 답례는 성에 가서 꼭 해드릴게요."

손이 자리하고 있는 곳과 다른 일행이 있는 곳은 그리 멀지 않았다. 그렇기에 병사들도 이 어린 아가씨의 말을 들을 수 있었다. 그들은 그것만으로도 감격했다. 귀족가의 여식이 병사들까지 챙기는 경우는 거의 없는 사회였기 때문이다.

"내가 그들을 치료할 수 있을지는 어떻게 알고 온 거요?"

"그냥 직감이에요. 저희 어머니를 치료해 보신다는 말씀을 하셨을 때부터 저는 손님을 믿고 있거든요."

만일 누군가가 그의 목에 칼을 들이대며 사람들을 고치라고 했거나 아니면 엄청난 돈을 들고 와서 ㅅ 건방지게 이런 말을 했다면 하품만 했을 그다.

그러나 고작 열네 살밖에 안 된 귀족가의 소녀가 예의를 갖추어 한낱 병사들을 위해 진심으로 부탁하는 모습은 그에게 신선한 느낌으로 다가왔다.

"정말 나를 믿소?"

"저도 당신을 믿어요!"

그가 다시 한 번 묻자 갑자기 마하엘이 크게 외쳤다. 미소가 저절로 나오게 만드는 귀여움이다.

"하하! 재미있군. 도련님은 대체 뭘 믿는다는 거요?"

"그, 그냥 당신이 하는 일은 뭐든 다 믿을 거예요!"

손이 자신을 바라보며 되묻자 마하엘은 움찔했다. 그만이 손의 능력을 고스란히 목격했는지라 본능적인 두려움이 엄습한 것이다. 그러나 남작가의 후계자답게 진땀을 흘리면서도 할 말은 하는 용기를 보여주었다.

"내가 본래 나와 관련 없는 일에는 참견하지 않는 사람이지만 이번만큼은 예외를 둬보지. 대신 그 답례를 먼저 요구해도 괜찮겠소?"

"제, 제가 드릴 수 있는 거라면 뭐든지 드릴게요."

대답을 하면서도 파비앙은 살짝 떨었다. 그의 눈빛이 심상치 않은 것 같아서이다. 그건 아마 손이 엉큼한 생각을 하는 바람에 자신도 모르게 드러난 그의 속마음 때문인지도 몰랐다.

'아후, 진짜 어린 소녀만 아니었더라도 어떻게 해볼 텐데……. 정말 이 소녀는 보면 볼수록 예쁘고 사랑스럽구나. 이런 여자라면 함께 가정을 이룰 만도 할 것 같긴 한데 언제다 클 때까지 기다리누. 젠장!'

그가 사악하고 잔인하며 냉정한 사람인 것은 맞지만 그렇다고 최소한 어린 아가씨를 붙잡고 수작을 걸 만큼 파렴치한은 아니었다.

"나 물 한 잔만 가져다 주시오. 그게 내가 원하는 답례요. 대신 반드시 아가씨가 가져와야 하오."

"그런 거라면 백 번도 떠다 드릴 수 있어요. 잠시만요!"

팔랑팔랑~

"너는 여기서 나랑 함께 있는 것이 더 좋은 모양이로구나?"

씨익~!

화들짝!

"누나, 같이 가!"

파비앙이 급히 막사로 뛰어가자마자 솬은 마하엘에게 반말로 이렇게 물었다. 그 뒤로 섬뜩한 미소를 날리는 것을 잊지 않은 채. 그러자 놀란 마하엘이 마치 비경을 지르듯 애절한 목소리로 누나를 부르며 얼른 도망갔다.

"하하! 하하하!"

부모님 외에 그로 하여금 가식없는 웃음을 짓게 한 사람은 이 남매가 유일했다. 이건 별게 아닌 일 같지만 알고 보면 그 속에는 실로 큰 의미가 숨어 있다. 남매의 미래가 달라질 만큼.

4

사실 파비앙은 자신이 부탁했으면서도 솬이 진짜로 병사들을 낫게 해줄 것이라고 확신할 수는 없었다. 그의 실력을 믿지 못하는 것은 아니다.

다만, 아무리 그가 의학적인 능력이 있다곤 해도 이런 산중에서 무엇을 가지고 그들을 낫게 할 수 있을지 답이 보이지 않았기 때문이다.

워낙 고운 마음씨를 가지고 있는 그녀인지라 급한 마음에 부탁을 하긴 했지만 상황을 알고 보면 그야말로 암담했다.

"저기… 그런데 손님, 지금 마차 안에도 당장 상처 치료에 필요한 약품은 거의 없어요. 규정상 그런 치료약은 병사들이 직접 지니고 다니게 되어 있거든요. 그런데 아까 오크 전사들과 싸울 때 대부분의 약 주머니가 찢어지는 바람에 상황은 정말 좋지 않아요. 어떻게 하죠?"

그녀는 손이 최소한 기본적인 약재라도 요구할 것이라고 지레짐작하고 그의 눈치를 살피며 간신히 이렇게 말했다. 하긴 치료 능력이 아무리 좋다고 해도 사제나 치유 능력이 발달된 백마법사가 아니고서야 아무것도 없이 부상자들을 치료할 수는 없을 터였다. 그녀는 부탁을 하고 나서야 이 점이 떠올랐던 것이다. 그만큼 경황이 없었지만,

"그런 걱정은 하지 마시오. 이곳이 다행히 숲이라서 치료제는 사방에 널려 있거든."

"네? 그, 그게 무슨……."

"그걸 다 설명하려다간 날이 새도 부족할 거요. 그러니 우선 치료부터 합시다. 빨리 서두를수록 치료 효과는 커지는 법이니까."

"알겠어요."

손이 은근슬쩍 말을 놓는데도 파비앙은 그 사실을 인지하지 못했다. 그가 워낙 구렁이 담 넘어가듯 느물거리며 사이사

이에 반말을 넣는데다가 지금의 상황이 워낙 다급한지라 더 그랬다.

어쨌든 말을 마친 숀은 파비앙이 가져온 물을 시원하게 한 모금 들이켜더니 그제야 어슬렁거리며 움직이기 시작했다. 이때 파비앙은 숀의 특징이 하나 더 있다는 것을 문득 깨달았다.

'이 사람은 그 어떤 경우에도 서둘러 움직이는 법이 없네. 아까 오크 전사들과 숨 막히는 싸움을 할 때도 이 사람만큼은 처음부터 끝까지 느긋하게 움직였던 것 같아. 그래서인지 이 사람과 함께 있으면 왠지 마음이 안정되는 기분이 들어.'

어쩌면 다른 사람들은 답답해서 속 터진다고 난리를 칠지도 모른다. 하지만 파비앙은 언제나 여유를 부리고 있는 그의 모습이 오히려 든든하게만 느껴졌다.

"꼴라야, 너는 저쪽으로 가서 '힌야 줄기'를 잘라와라. 그쪽으로 개울물이 흐르고 있으니 그 근처에 분명 있을 거다."

―갸르릉.

꼴라는 싸움에 임하거나 성질을 부릴 때는 섬뜩한 기음을 냈지만 이처럼 숀이 부드러운 말투로 뭔가를 시킬 때는 정말 귀여운 소리를 내곤 했다. 그게 더욱 신기한 마하엘이었다.

"옳지. 역시 있었군. '간도'는 흔한 약초지만 상처 치료에는 쓸 만하지. 특히 이것에다가 여러 가지 약초를 적절한 비

율로 섞어서 사용하게 되면 그야말로 최고의 약으로 변신할
수도 있다.”

손이 허리를 살짝 숙인 채 어슬렁거리며 여기저기를 돌아
다니며 뭔가를 채취하는 동안 파비앙 남매는 그의 뒤를 졸졸
따라다녔다. 대체 이 사람이 뭘 하려는 것인지 궁금했던 탓이
다.

“자, 이제 힌야 줄기는 꼴라가 가져올 것이니 두 가지 약초
만 더 찾으면 되겠군. 거기 도련님.”

“네, 넵!”

한참 숲 여기저기를 돌아다니던 손이 갑자기 자신을 부르
자 마하엘이 부동자세까지 취하며 얼른 대답했다. 바짝 군기
가 든 모습이다.

“주변을 잘 살펴보다가 혹시 꽃은 노랗고 잎사귀는 빨간
식물이 보이면 바로 알려줬으면 좋겠는데?”

“알겠습니다! 제가 눈이 좋은 편이라 금방 찾을 수 있을 겁
니다!”

“풉! 마하엘이 웬일이니? 평소에는 꼼짝하는 것도 싫어하
더니…….”

마하엘의 그런 모습이 귀여웠는지 파비앙이 살짝 웃으며
이렇게 말했다.

‘아흐, 이 아가씨가 정말 일에 집중하기 힘들게 만드네. 하

지만 참 곱긴 곱다.'

그 모습을 보고 숀은 하마터면 자신도 모르게 그녀의 볼을 잡아당길 뻔했다. 그만큼 사랑스러웠던 것이다. 어린 소녀지만 시간이 흐를수록 숀은 그녀가 옆에 있다는 것이 너무도 즐거웠다.

알고 보면 약초 따위를 찾는 것은 오 분도 채 걸리지 않을 일이었지만 이처럼 질질 시간을 끄는 것도 그런 즐거움을 조금이라도 더 맛보기 위해서였다.

"찾았어요! 이 꽃 맞죠?"

"어디 보자. 오호라! 그래, 맞네. 이야, 이거 우리 도련님 다시 봐야겠는데?"

"헤헤."

평민이 귀족가의 자제를 일반 아이 다루듯 하고 있는데도 마하엘이나 파비앙은 조금의 거부감도 느끼지 못하고 있었다. 그건 아마도 숀이 가지고 있는 선천적인 기품이 그만큼 대단하기 때문이리라.

물론 다른 사람들이 보았다면 난리가 나겠지만 그들의 이런 모습을 볼 수 있는 사람은 주변에 아무도 없었다. 누가 가까이 다가오든 숀의 이목에 걸려들 수밖에 없었고, 그런 경우 그는 가증스럽게 존댓말을 쓸 게 분명하다. 그의 계산에 의하면 아직은 튈 때가 아니니 당연했다.

─갸르릉~

"찾아왔구나. 잘했다, 꼴라야."

슥슥.

─갸릉~ 갸릉~

주인의 칭찬이 마냥 좋은지 꼴라가 온몸을 숀의 손에 비비며 살인적인 애교를 부렸다. 그러자 그 모습을 보던 마하엘이 마른침까지 삼키며 조심스럽게 질문했다.

"그 까테말로… 사, 사람도 먹어요?"

"애, 마하엘! 그게 무슨 헛소리야? 저렇게 귀여운 녀석이 어떻게 사람을 먹는다고 그런 황당한 말을 하는 거니?"

숀이 마하엘의 이런 질문에 뭐라고 대답하기도 전에 파비앙이 나서서 한마디로 상황을 정리했다. 하긴 그녀야 저 작고 귀여운 녀석이 생각만 해도 소름 끼치게 무서웠던 오크 전사를 뜯어 먹었다는 사실을 알 길이 없으니 당연한 반응이다.

"자자, 지금은 그런 이야기를 할 때가 아니오. 이제 재료가 다 모인 것 같으니 어서 캠프로 돌아갑시다."

"아, 죄송해요. 알겠어요. 어서 가요. 마하엘, 너도 어서 가자."

"응."

마하엘은 몰라도 파비앙에게 꼴라의 본모습을 알려주기 싫었기에 숀은 일부러 서둘렀다. 그러면서 슬쩍 마하엘에게

다가가 작은 목소리로 속삭였다.

"사실은 사람 고기를 제일 좋아한단다. 그러니 조심해라."

부르르.

"네, 넵!"

어느 정도는 과장이었지만 이것으로 마하엘은 숀을 신처럼 떠받들 터였다. 그렇게 무서운 몬스터를 수하로 부리고 있으니 말이다.

어쨌든 그렇게 일행에게로 돌아간 숀은 그때부터 모두에게 또 다른 놀라움을 선사하기 시작했다.

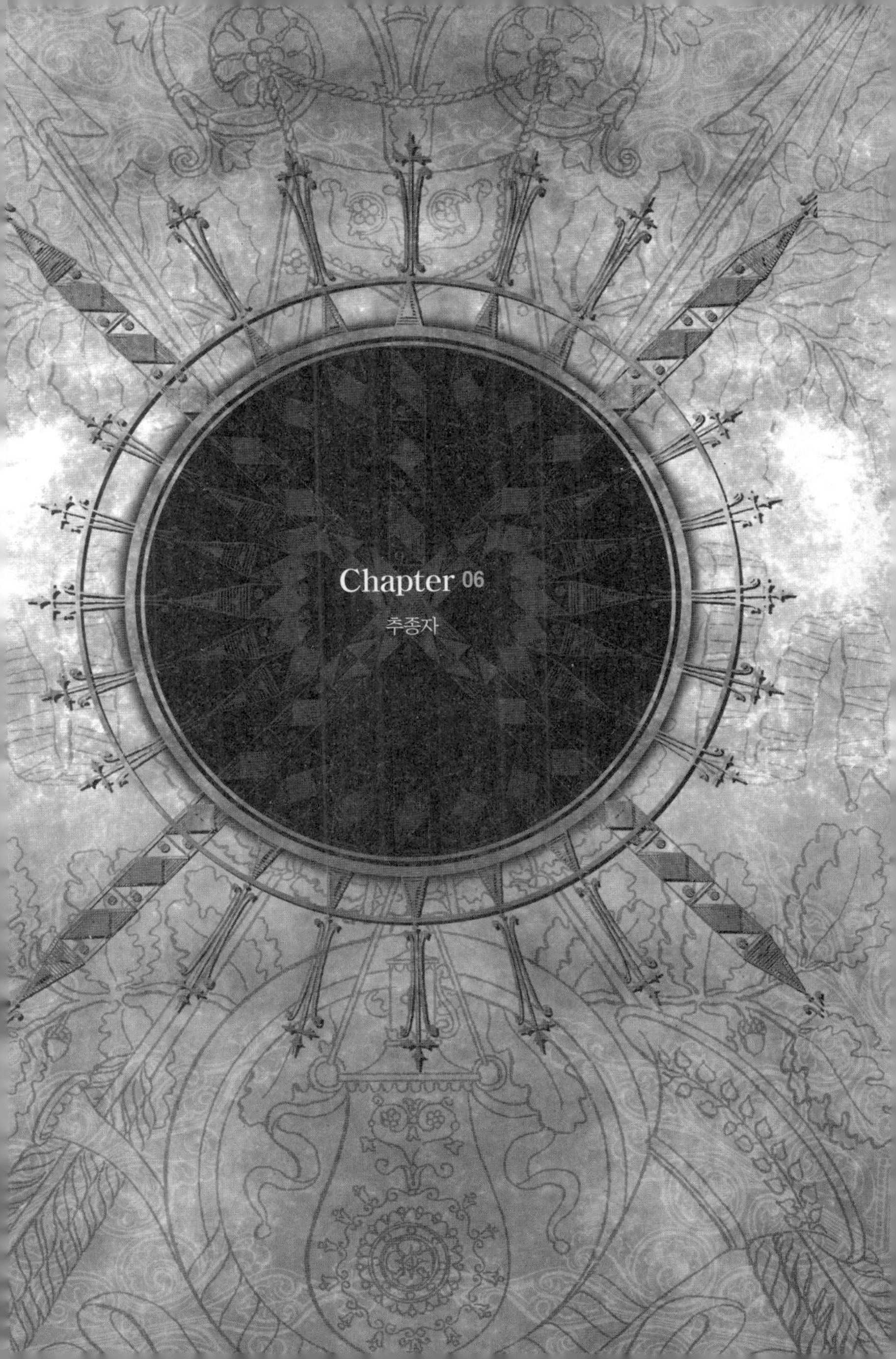
Chapter 06
추종자

건들면 죽는다

1

　손이 처음 약초 뭉치들을 들고 올 때만 해도 사람들은 별 기대를 하지 않았다. 그들이 보기에 손이 들고 온 약초들은 자신들도 흔하게 봐온 평범한 것들뿐이었기 때문이다. 저런 허접스러운 약초로 치료하기에는 그들의 상처가 크고 심했다.

　"끄응! 젠장, 정말 아프네."

　"그러게 말이야. 끙끙, 말로만 듣다가 막상 겪어보니 진짜 지독한 놈들이었어. 또다시 오크 전사 놈들과 싸우느니 차라리 제대를 하는 게 나을 것 같아. 아이고, 무르팍이야."

워낙 먹고살기가 만만치 않다 보니 영지군으로 지원할 수밖에 없었다. 큰돈을 벌 수 있는 직업은 절대 아니었지만 최소한 가족을 굶길 염려는 없었기 때문이다. 그러나 그 대가치고는 커도 너무 컸다. 잘못했으면 죽을 수도 있는 상황이 아니었던가. 이런 불평이 나올 만도 했다. 아니, 조금이라도 덜 아팠으면 오히려 살아 있음에 감사하고 아무런 불평도 하지 않았을지 모른다.

"다들 여기를 주목해 주세요."

"말씀하십시오, 아가씨."

"지금부터 제 옆에 계신 손님께서 여러분을 치료해 주실 겁니다. 그러니 우선 증상이 가장 심한 분부터 말씀해 주세요."

다른 사람이 이렇게 말했다면 소리부터 버럭 질렀을지도 모른다. 그들도 눈과 귀가 있는 이상 방금 전 나타난 손이 허접스러운 약초더미를 들고 등장한 것은 알고 있기 때문이다.

하지만 아무리 그렇다 한들 그를 믿고 있는 사람이 다름 아닌 파비앙이다. 병사들은 그녀가 실망하는 모습을 보고 싶은 마음이 눈곱만치도 없었기에 결국 상처가 심한 순서대로 손을 들기 시작했다.

"제, 제가 가장 심한 것 같습니다요."

특히 방금 손을 든 하인리는 손 때문에 목숨을 건진 사람이었기에 그가 설혹 상처에 침을 뱉는다 해도 어깨를 디밀었을 것이다.

"당신은 우선 뼈부터 제자리로 돌려놓은 다음 외상을 치료해야 할 것 같군. 많이 아플 테지만 이를 악물고 참으시오."

"알겠습니다."

그 말이 떨어지기 무섭게 손은 하인리의 팔을 잡더니 어깨를 누르며 잡은 팔을 비틀었다.

우두둑~!

"끄아아악!"

"참으라고 했소!"

끼리릭!

"끄으으으……."

비틀 때는 그야말로 죽을 것 같더니 막상 손의 손길이 멈추자 하인리는 움직이지도 못할 것 같은 어깨가 조금씩 가벼워지는 느낌이 들었다.

"아! 이, 이제 조금 나아지는 것 같습니다!"

"일단 뼈는 맞춰졌으니 병신이 될 일은 없을 거요. 자, 다음은 약초를 붙일 것이니 웃옷을 모두 벗으시오."

"네!"

훌러덩!

손의 말이 끝나기가 무섭게 하인리는 얼른 웃통을 벗어젖

했다. 그 모습에 파비앙이 얼른 고개를 돌렸지만 손은 오히려 그런 그녀를 불렀다.

"아가씨는 지금 얼른 아까 나에게 가져다주었던 물을 전부 가져오시오. 양이 많아 혼자 들기 힘들 테니 이 녀석과 함께 가시오. 꼴라, 따라가라."

―갸릉~ 갸르릉~

"아까 손님이 드셨던 그 물이오?"

"그렇소. 내가 맛을 보니 독성도 없고 크게 오염되어 있는 것도 아니라서 상처를 씻어내기에 딱 알맞더군."

"아, 알겠습니다."

이 대목에서 파비앙은 진심으로 놀랐다. 자신을 골탕 먹이기 위해 장난으로 물을 떠오라고 하는 줄로만 생각하고 속으로 약간은 새침해졌던 그녀다. 그런데 알고 보니 그는 그때부터 상처 치료를 염두에 두고 있었던 것 같지 않은가.

'겪으면 겪을수록 신비한 사람이다. 분명 평민 같은데 기품도 범상치 않고. 저 사람이 귀족이라면 얼마나 좋을까. 게다가 잘생겼… 어머! 내가 지금 무슨 생각을……. 미쳤어, 미쳤어.'

혼자 생각하다가 흠칫 놀란 파비앙이 빨개진 볼을 양손으로 감싸며 얼른 걸음을 빨리했다. 그 뒤를 꼴라가 재빠르게 따라간 것은 물론이다.

“이 물통 하나는 가져가야 할 것 같아.”

“그건 왜요?”

마차에는 아직 세 통이나 커다란 나무 둗통이 놓여 있다. 하지만 파비앙이 그중 하나를 가져가려 하자 하녀가 의아하다는 듯 물었다.

“병사들을 치료하려면 상처를 씻어내야 한대.”

“아, 그럼 제가 함께 들고 가겠습니다. 아가씨 혼자 힘으로는 어림도 없습니다.”

“아니. 여기 같이 온 귀염둥이가 도와줄 거니 내가 그냥 가져갈게.”

—캬아~

“에그머니나!”

파비앙의 말에 꼴라가 이빨을 드러내며 괴성을 질렀다. 그러자 하녀는 기겁을 하며 얼른 마차 좌석의 구석 쪽으로 도망쳤다.

“호호, 위험하지는 않으니 걱정 마. 그럼 이따 봐. 가자, 꼴라.”

—갸르릉.

신기하게도 파비앙이 말을 걸자 꼴라가 예의 그 귀여운 소리를 내며 그녀의 다리에 머리를 슬쩍 비볐다. 왠지 가증스러움이 느껴지는 모습이다.

"그런데 너 정말 이 물통을 들 수 있니?"

—갸룽~!

덥석!

파비앙의 말이 끝나기도 전에 꼴라가 입을 쫙 벌리더니 나무 물통의 밑동을 그대로 물었다. 그나마 입이 몸집에 비해 큰 편이긴 하지만 간신히 튀어나온 곳을 물 수 있었다. 하지만 아주 가뿐하게 그것을 문 채로 움직이는 것이 아닌가. 실로 보면서도 믿기 어려운 광경이다. 안에는 물이 들어 있기 때문에 무게도 상당하다. 게다가 물통은 꼴라보다 족히 스무 배 이상은 크다. 그런데도 녀석은 마치 깃털이라도 물고 가듯 앞장선 채 산뜻하게 걸어갔다.

"와아~ 너 정말 힘이 세구나! 멋지다, 얘!"

—캬아~

쿠웅!

그 칭찬 한마디에 꼴라는 좋다고 화답했다. 그 바람에 물통이 바닥에 떨어져 버렸다. 그러자 녀석은 얼른 손이 있는 쪽을 바라보았다. 그가 봤는지 못 봤는지 눈치를 보는 모양이다. 그런데,

"꼴라, 엉뚱한 짓 하면 혼난다. 어서 당장 가져와."

흠칫!

—갸룽갸룽.

덥석!

다다다다다!

손의 한마디에 바짝 긴장한 것 같은 녀석이 순식간에 물통을 다시 물더니 쏜살같이 그의 앞에 도착했다. 파비앙의 입이 딱 벌어지는 순간이다.

하지만 손은 치료에 신경을 쓰고 있어서 그런지 꼴라에게 더 이상 뭐라고 하지는 않았다. 대신 물통에서 얼른 물을 따라 그릇에 받더니 그것으로 하인리의 어깨 상처부터 씻어내었다. 그러고는 물통이 오는 동안 대충 빻아서 뭉쳐 놓은 약초를 그 위에 발라주었다.

"조금 따가울 거요."

촤아아~

"으윽……."

그러자 그 순간, 정말 모두의 눈이 튀어나올 만큼 놀라운 일이 벌어졌다.

"우욱! 뜨, 뜨거워. 아악!"

처음에는 어깨에서 갑자기 김이 올라왔다. 마치 뜨거운 목욕탕 안에서 올라오는 수증기 같았다. 그러더니 그다음은 하인리가 뜨거워 죽겠다고 비명을 질러댔다.

하지만 사람들은 그런 그를 보면서 안타깝게 여기기는커녕 놀라움을 감추지 못했다. 그가 비명을 지르고 있는 동안에도 갈라져서 피가 계속 흘러나오던 곳이 순식간에 아물고 있는 것을 보았기 때문이다.

"어, 어떻게 저런 일이……."

"오오, 이건 기적이다! 여보게, 하인리! 자네는 완전히 살았어! 살았다고!"

사실 이런 현상은 각종 약초를 섞어서 사용함으로써 그 효능이 높아진 것은 맞지만 그보다는 손이 암암리에 내공을 이용해 약효를 극대화시켜 주었기에 가능한 현상이었다.

그러나 그런 것은 꿈에도 모르는 사람들은 이 순간 경이롭다는 표정으로 모두 경배하듯 그를 올려다보고 있었다.

2

하인리는 워낙 상처가 컸기 때문에 치료할 때 어느 정도 고통을 느낄 수밖에 없었다. 그러나 다른 병사들은 약초를 붙이자마자 빠르게 회복되었기에 언제 치료를 했는지도 모를 정도였다.

"정말 감사합니다. 감사합니다, 손님."

"손님은 저희의 은인이십니다. 앞으로 뭐든지 필요한 일이 있으면 말씀만 하십시오."

병사들은 전투에서 크게 다치면 변변한 치료도 받지 못한 채 자칫 병신이 되는 경우가 허다했다. 그들에게 주어진 치료 방법이란 간단한 외상약이 전부였기 때문이다.

이번 오크 전사와의 전투 때도 그랬다. 어쩌면 전부 몰살당했을지도 모를 만큼 끔찍한 지경이었는데 그것을 손이 끼어들어 놀라운 기지와 재치로 상황을 반전시켰다. 그렇게 목숨은 겨우 건졌지만 그들이 입은 상처는 컸다.

그런데 그 암담했던 상처마저 완벽하게 치료해 준 것이다. 그러니 이런 반응을 보이는 것은 지극히 당연했다.

"어허, 다들 이러지 마시오. 나는 당신들이 예뻐서 치료해 준 것이 아니오. 단지 앞으로 여행길이 많이 남아 있으니 어쩔 수 없이 고쳐준 거요. 그러니 귀찮게 하지 마시오."

"네네, 알아 모시겠습니다. 절대 귀찮게 하지 않을 테니 걱정하지 마십시오."

손이 퉁명스럽게 한마디 했지만 병사들은 누구 한 명 싫어하는 기색 없이 얼른 이렇게 대답했다. 말만 번드르르하게 하면서 뒤통수를 치는 인간들보다 오히려 무뚝뚝해 보이는 손이 더 좋아지는 그들이었다.

"저기… 손님, 아직 한 사람이 더 남았는데요. 다른 기사들은 대부분 포션을 먹고 요양을 해서 괜찮은 편인데 유독 벨룸 기사대장님은 상처가 깊어서 아무래도 손님의 도움이 필요할 것 같아요."

"어디 한번 그에게 가봅시다."

파비앙의 말에 숀이 점잖은 목소리로 이렇게 대꾸했다. 하지만 이때 마하엘은 보았다. 그의 입꼬리가 살짝 올라가는 것을. 그건 분명 사악한 표정이었다.

"으으… 으으으……."

오크 전사 한 마리를 물리치기 위해 온 힘을 다하고 있었다. 빨리 해치우기 위해 그만큼 힘을 더 쏟았던 것이다. 그런데 하필 그때 다른 녀석이 합공을 해오는 바람에 벨룸은 처음부터 두 마리를 상대하는 것보다 훨씬 힘든 가운데 싸울 수밖에 없었다. 그는 어째서 한 마리가 더 달라붙었는지조차 정확히 알지 못했다. 그게 설마 숀의 치사하고 야비한 음모였다는 것은 더더욱.

오크 전사들이 도망치고 나서 모든 사람들이 숀 덕분에 이겼다고 하는 것을 들었기에 오히려 그에게 고마운 마음까지 들었다. 그때 다른 기사들과 병사들이 그를 도와주기 위해 달려오지 않았다면 틀림없이 자신은 죽었을 것이다.

문제는 살긴 살았는데 그에게 남은 상처가 생각보다 상당히 심각하다는 데 있었다. 온몸의 마나를 있는 대로 쥐어 짜내서 싸우는 바람에 더욱 그랬다.

'녀석, 감히 이 어르신의 일을 훼방 놓고 시건방을 떠니 이런 꼴을 당하지. 하지만 아직 멀었어. 옛날 같았으면 사지를 하나씩 뜯어내고 들개 먹이로 던져줬겠지만 그나마 이 어르신께서 많이 착해진 것을 감사해라. 물론 약간의 친절은 받아야겠지만. 흐흐.'

숀은 벨룸의 앞에 서자 괜히 즐거워졌다. 그의 사악한 뒤끝이 발동되었기 때문이다. 과거 전생에서 상대를 쓰러뜨릴 때의 기분 좋은 긴장감만큼은 아니다.

하지만 어쨌든 감히 자신에게 버릇없이 굴었던 녀석을 응징할 수 있다는 것은 확실히 기분 좋은 일임에는 틀림없었다. 이를 보면 아무리 버리려고 해도 원래의 천성은 결국 남게 되는 모양이다.

"휴우, 이거 생각보다 상태가 심각하군. 탈골도 심하고. 우선 뼈부터 자리를 찾게 해야 하니 아파도 참아야 하오."

"끄응, 알았으니 어서 치료나 해라."

숀이 벨룸의 몸 여기저기를 만져보더니 이렇게 결론을 내리며 한마디 했다. 그러자 벨룸은 이를 앙다물면서 내뱉듯 대꾸했다. 그게 그의 마지막 실수였다. 이때라도 자신을 치료해 줄 사람이니 조금이라도 공손히 대했더라면 이후에 다가올 고통이 덜했을지도 모른다.

우두둑!

"으아악~!"

"어허, 기사라는 양반이 이리 참을성이 없어서야. 이제 겨우 시작일 뿐이니 잘 참아보시오.”

뚜둑!

“크억!”

팔을 비틀었다가 놓더니 그다음에는 허벅지를 발로 밟았다. 그러나 그건 그의 말대로 시작에 불과했다. 그다음에는 척추를 꼬집어 뜯듯 잡아당겼다가 놓았으며 어깨를 자신의 무릎으로 누르더니 양팔을 뒤쪽으로 돌려 엑스 자 꺾기를 시도했다. 이건 인간을 치료하는 것이 아니라 아예 새로 재구성하는 게 아닐까 싶을 정도였다. 그러니 그에 따르는 고통이 어떠했겠는가.

“끄아아악!!”

“이거 정말 시끄러워서 치료를 못하겠네. 이 사람 진짜 기사 맞소?”

“네, 맞아요. 우리 영지에서는 가장 뛰어난 기사예요.”

파비앙이 얼른 대답했다.

“요즘 기사는 원래 이렇게 엄살이 심하오? 아까 하인리 씨와 비슷한 치료를 하는 것뿐인데 어째서 기사라는 이 사람이 더 난리인 게요?”

으쓱.

손이 고개를 갸웃거리며 이렇게 말을 하자 하인리의 어깨가 슬머시 올라갔다. 자신이 기사대장보다 참을성이 많다는 게 증명된 상황이니 우쭐해진 모양이다.

하지만 아까 하인리 자신이 정말 지금과 같은 치료를 받았다면 벌써 까무러쳤을 터였다. 그나마 기사대장쯤 되니 정신을 잃지 않고 이만큼이라도 버티고 있는 것이다.

어쨌든 그렇게 사람 하나를 장난감 취급하며 한참을 가지고 놀던 손이 슬쩍 그의 귀로 입을 가져가더니 한마디 했다.

"앞으로 나대지 마라. 이건 그러지 말라는 뜻에서 주는 작은 교훈이다."

"이… 이… 끄아악!"

우두두둑!

그에게만 들릴 만큼 작은 목소리였기에 벨룸 외에는 아무도 듣지 못했다. 오로지 벨룸만 뭔가 잘못되었다는 것을 깨닫고 반항을 해보려 했지만 결국 또다시 비명과 함께 기절하고 말았다. 그러자 그제야 손은 그를 제대로 치료해 주었다.

뭉게뭉게~

"오! 또 시작되었다, 신비의 치료술이."

그렇게 치료가 끝나고 나자 손은 또다시 꼴라와 함께 막사에서 조금 떨어진 나무 그늘 아래로 가버렸다. 마치 아무 일도 없었다는 듯이.

그 모습이 마하엘에게는 더욱 멋지게 다가왔다.

'저 사람, 우리 영지에서 가장 강하다는 기사대장을 이렇게 신나게 골탕 먹인 것도 그렇고 거기에 저런 태연함까지…
진짜 짱이다! 완전 멋져!'

이후 벨룸도 멀쩡하게 낫긴 했지만 그는 숀에게 감히 시비
를 걸 수가 없었다. 치료를 받을 때 들었던 말이 꿈인지 생시
인지 분간이 안 가는데다가 왠지 그에게 시비를 걸어서는 안
된다는 묘한 정신적인 압박을 받고 있었기 때문이다.

그런 가운데 일행은 마침내 렌탈 영지로 들어설 수 있었다.

3

파비앙과 마하엘의 영지는 칼론 왕국 내에 있었다. 때문에
국경을 넘어서는 순간 숀은 만감이 교차했다. 알고 보면 자신
은 바로 이곳 칼론 왕국의 왕자가 아니던가. 생애 처음으로
자신의 본래 땅에 들어선 것이니 감개가 다 무량했다. 물론
그런 감정은 절대 겉으로 드러나지는 않았다.

어쨌든 그렇게 영지에 들어선 순간, 숀은 꽤 놀랐다. 남작
이 다스리는 영지라고 해서 작고 조용할 거라고 생각했는데
사실은 그 반대였다. 아직 성안에 들어선 것도 아닌데 여기저
기에 펼쳐져 있는 난전시장이 있을 정도로 수많은 사람들이
오가고 있었던 것이다.

"허, 생각보다 사람들이 많군. 성 밖에 있는 시장이 이 정

도로 변화하다니……."

"시골 영지치고는 그렇지요. 하지만 알고 보면 그리 놀라운 일도 아닙니다. 우리 영지는 농사짓기 좋은 비옥한 땅이 많은데다가 우리 왕국의 젖줄이라고 일컬어지는 만코로 강이 흐르고 있어서 다른 영지와의 교역도 활발한 편이거든요. 그 때문에 오가는 사람들이 많습니다. 아마 성안에 있는 시장을 보게 되시면 그 규모에 더 놀라실 겁니다."

손의 궁금증을 하인리가 바로 풀어주었다. 하인리와 병사들은 치료를 받은 이후부터 아예 손의 옆을 졸졸 따라다니며 그의 경호와 잔심부름을 자처하고 있었다. 은혜를 그런 식으로라도 갚고 싶어 하는 그들만의 성의였다.

벨룸은 그런 병사들이 못마땅한 눈치였지만 굳이 뭐라고 하지는 않았다. 그 역시 바보가 아닌 이상 이제는 손이 영주 부인을 고칠 가능성이 높다고 생각했기 때문이다.

"많은 사람들이 오가게 되면 치안에 그만큼 신경 쓰이겠군."

"네, 맞습니다. 그렇지 않아도 영지군 대부분이 도둑이나 강도, 혹은 약탈자 등을 잡기 위해 늘 동분서주하그 있습니다. 그래야 저희 영지에 오는 상인들이 안심할 수 있으니까요."

"흐음, 그런 자들이 꽤 많은 모양이지?"

"원래 어디나 돈 냄새가 풍기면 모여드는 자들 아닙니까? 이곳에는 특히 좀도둑이 많은 편이라 영주님께서도 골머리를 앓고 계십니다."

도둑들이 많다는 말에 숀의 눈빛이 조금 달라졌다. 강도나 약탈자들이야 워낙 나쁜 놈들이니 갱생의 여지가 별로 없지만 도둑들은 조금 다르다. 나름 이용해 먹을 수 있는 구석도 있는 것이다.

'중원에서도 도둑들은 나름 쓸모가 있었지. 특히 정보를 수집하는 데는 그놈들이 최고였는데 이곳도 그런지 모르겠군.'

기왕 길을 나선 김에 부모님을 불안에 떨게 만들고 있는 큰아버지들에게 본때를 보여줄 생각을 하고 있는 숀이다. 단숨에 날아가서 끝장을 볼 수도 있지만 그건 별로 통쾌할 것 같지가 않았다. 그렇게 간단하게 혼을 내주기에는 자신의 가족들이 불안 속에서 살아온 세월이 너무나 길었다. 때문에 그는 큰아버지들의 수족을 하나씩 제거하며 그들 역시 불안에 떨게 만들 계획을 세우고 있었다. 그러기 위해서는 정보 입수가 필수였다.

'다행히 이곳에서도 심심할 일은 별로 없을 것 같구나.'

그가 속으로 이런저런 생각을 하는 동안 마침내 일행은 성문 앞에 도착했다.

"나는 기사대장 벨룸이다. 도련님과 아가씨를 모시고 돌아
왔으니 어서 성문을 열어라!"

"기사대장님께서 오셨다! 성문을 열어라!'

그그그긍!

아주 큰 규모는 아니었지만 꽤나 견고하게 지은 것 같은 성
의 거대한 철문이 서서히 내려와 해자(성 주위에 둘러 판 못) 위
로 놓이기 시작했다. 다리 역할도 하는 것이다.

그러자 그곳을 지키고 있던 병사들이 모두 성문 앞에 나란
히 도열하더니 일행이 들어서자마자 절도 있는 동작으로 인
사를 했다.

"도련님과 아가씨의 무사 귀환을 환영합니다! 모두 경례!"

"충~ 성!"

비록 시골 영지였지만 제법 격식을 차리며 인사하는 병사
들을 보며 손도 내심 약간은 감탄했다.

'비록 전투력은 형편없어 보이지만 충성심은 다단한 것 같
군. 영주도 아닌 그 자식들에게까지도 이처럼 대단한 예의를
갖추는 것을 보면 렌탈 남작이라는 사람이 그래도 제법 쓸 만
한 인물인 모양이야.'

병사들의 행동을 보면 그 군주의 됨됨이까지 보이는 법이
다. 병사 수가 많은 것도 아니고 또 그들에게서 날카로운 예
기 같은 것이 느껴지지도 않는다. 하지만 최소한 이곳의 성주

가 죽으라고 지시를 내리면 죽는 시늉이라도 할 만큼의 높은 충성심이 엿보였다.

"어서 오십시오, 도련님, 그리고 아가씨. 먼 길을 다녀오시느라 고생하셨습니다."

"오랜만이에요, 드베인 집사님. 어머니께서는 좀 어떠세요?"

"크게 달라지신 것은 없습니다. 단지 두 분을 보고 싶다며 매일같이 걱정이셨습니다. 어서 안으로 들어가시지요. 성주님께서도 기다리고 계십니다."

그들이 성주 관사 앞에 도착하자 이번에는 청수하게 생긴 노인 한 사람이 하인들과 하녀들을 대동하고 파비앙과 마하엘을 향해 고개를 깊이 숙이며 환영 인사를 했다. 그가 남작가의 집사인 모양이다.

"알겠어요. 어서 아버지께 보고를 드리고 어머니부터 찾아뵈어야겠어요. 참, 그리고 아주 중요한 분을 모시고 왔으니 그분이 기거하실 수 있는 거처를 마련해 주세요."

"알겠습니다. 귀빈실을 청소해 놓겠습니다. 그럼 어서 일단 안으로……."

이제 겨우 13세 소녀라는 것이 믿어지지 않을 정도로 파비앙의 행동은 훌륭했다. 보통의 또래 소녀였다면 앞뒤 가리지 않고 안으로 뛰어 들어가 엄마부터 찾았을 텐데 그녀는 이처

럼 서두르는 기색 없이 손님까지 챙기고 있었던 것이다. 그녀
가 그래서 그런지 마하엘 역시 함부로 움직이지 않았다.

'보면 볼수록 매력 있네. 나중에 더 성장하면 큰 가문의 안
주인으로서도 손색이 없겠어.'

손은 어린 파비앙이 갈수록 마음에 들었다. 사실 알고 보면
그와 파비앙은 겨우 다섯 살 차이밖에 나지 않는다. 비록 파
비앙이 성인이 되려면 아직 몇 년은 더 있어야겠지만 조혼이
당연시 여겨지고 있는 세상인지라 그런 것은 큰 문제가 되지
않았다. 게다가 아직 남들에게 밝혀진 것은 아니지만 손은 어
쨌든 왕족이기 때문에 신분상의 걸림돌도 없었다. 하지만 그
가 가지고 있는 사고방식은 조금 달랐다. 지난 18년 동안 아
무리 현실을 직시하기 위해 노력을 해왔지만 그의 의식 속에
는 여전히 노인네 같은 의식이 남아 있었던 것이다.

그것이 가끔 기묘한 갈등을 일으키곤 했다.

"아버지, 저희 다녀왔습니다!"

"오오! 어서들 오너라!"

그런 가운데 마침내 렌탈 남작을 만나게 되었다. 그는 대략
삼십대 후반쯤 되어 보였는데 키는 작은 편이지만 어깨가 딱
벌어진 단단한 체구를 가진 사내였다.

손은 한눈에 그의 검술 실력이 기사대장 벨룸보다는 조금
낫다는 것을 파악했다.

‘흐음, 내가 어릴 때 우리를 공격했던 자들 정도의 수준은 되겠구나. 이 사람이 가지고 있는 마나를 내공으로 환산해 본다면 대략 30년 정도? 하긴 이 세계에서는 그 정도 마나만 가져도 꽤 대우를 받는 것 같기는 하다만……’

어느 때인가부터 숀은 기사들의 마나를 내공으로 환산하는 습관을 갖기 시작했다. 일부러 따져보려는 것이 아니라 저절로 느낄 수 있었다. 그건 고수가 하수의 능력을 파악할 수 있는 중원 무공의 기본이기도 했다. 그의 기준에 따르면 벨룸의 내공은 30년이었다.

“그간 별일 없으셨죠? 정말 많이 보고 싶었어요.”

“저도요!”

“허허, 대견한 녀석들. 무사히 다녀온 모습을 보니 이 아비도 기쁘구나. 그런데 저분은 누구시냐?”

한참 자식들과 재회의 기쁨을 맛보던 렌탈 남작의 눈에 어딘지 범상치 않아 보이는 사내가 들어왔다. 그는 바로 숀이었다.

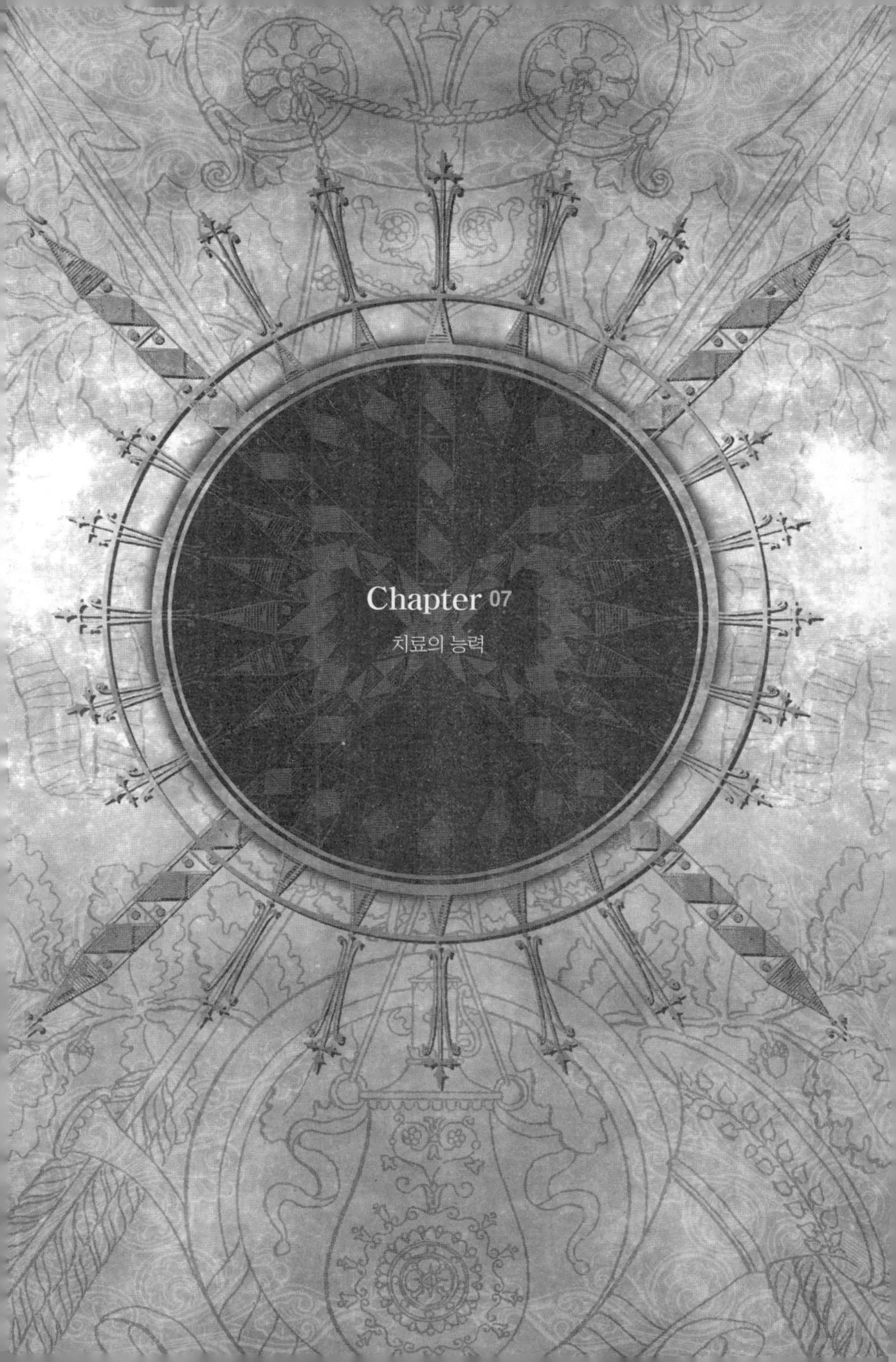

Chapter 07
치료의 능력

건들면 죽는다

건들면 죽는다

1

　워낙 모두의 관심사가 남작부인의 병세였기에 렌탈 남작은 손과 잠깐 인사를 나눈 뒤 바로 가신들을 불러 모았다. 세틴츄라는 귀한 약초도 없이 아내의 병을 고칠 수 있다는 손의 말이 쉽사리 믿어지지 않았던 탓이다.

　"저자의 말을 믿을 수 없습니다. 지금 남작부인께서 앓고 계신 병은 바로 엘핀병입니다. 왕국에서 가장 용하다는 의원 칼루아님도 세틴츄가 없으면 고칠 수가 없는 병이라고 선언하신 그런 불치의 병이란 말입니다. 그런 것을 고작 이런 뜨내기 약초장수가 세틴츄도 없이 고친다는 게 말이냐

됩니까?”

그러자 이곳 영지의 영지마법사이자 치료사이기도 한 백마법사 멀린이 흥분해서 이렇게 떠들었다. 그러더니 갑자기 고개를 돌려 손을 노려보며 다시 입을 열었다.

“이것 봐, 네가 어디서 무엇을 하다 온 녀석인지는 모르겠지만 순진한 우리 아가씨를 꾀어서 한몫 잡을 생각인 모양인데 어림도 없는 수작 부리지 마라. 목숨이 아깝거든 어서 자신의 잘못을 실토하고 냉큼 꺼지는 것이 좋을 게다. 그렇지 않으면 내가 네놈의 흑심을 낱낱이 밝힌 뒤 불태워 죽이리라.”

이번에는 아예 손가락질까지 해대며 손이 사기꾼이라도 된 양 몰아붙이고 잔뜩 겁까지 주었다.

‘이건 또 뭐냐? 보아하니 마나는 제법 있는데… 그게 모두 심장 쪽에 모여 있군. 그렇다면 이자가 말로만 듣던 마법사? 마법사들은 현명하고 지혜롭다고 하더니 그게 다 믿을 소문은 아닌 모양이네. 이렇게 앞뒤 가릴 줄 모르는 녀석도 있는 것을 보면. 쯧.’

자신을 태워 죽이겠다고 협박하고 있는데도 손은 일말의 표정 변화도 없이 여유롭기만 했다. 렌탈 남작은 그런 그를 유심히 바라보며 눈에 이채를 띠었다. 하지만 그렇다고 손을 신뢰하는 것은 아니었다. 단지 특이한 사람을 보게 되어서 호기심을 나타낸 것뿐이다.

"저기, 잠깐만요, 멀린 마법사님."

"말씀하십시오, 아가씨."

결국 참다못해 파비앙이 나섰다. 그녀는 손이 곧바로 어머니를 치료할 수 있게 될 거라고 생각했다가 상황이 여의치 않게 돌아가자 기분이 좋지 않은 상태였다.

"멀리서 힘들게 모셔온 손님을 앞에 두고 말씀이 너무 심하시군요. 아직 경황이 없어서 그분에 대한 소개를 미처 다 드리지 못했는데요. 사실 그분은 우리가 영지까지 무사히 돌아올 수 있게 도와주신 일등공신입니다. 무서운 오크 전사들이 공격해 왔을 때도 솔선수범해서 그놈들을 물리치는 데 혁혁한 공을 세우셨을 뿐 아니라 크게 다친 병사들은 물론 기사대장님까지 치료해 주신 분입니다. 어머니의 일이 아니더라도 함부로 대할 만큼 하찮은 분이 아니라 이겁니다. 아시겠어요?"

'호오? 이 아가씨가 이런 당찬 면도 가지고 있었던가? 의외인걸.'

파비앙의 매서운 참견이 의외이기도 했지만 괜히 기분은 좋아지는 손이다.

"그, 그런……."

"그게 사실인가, 벨룸?"

파비앙이 워낙 야무지게 말을 하는데다 그녀의 말대로라면 자신이 실례를 한 것도 맞는지라 결국 멀린은 말을 더듬고 말았다. 게다가 그녀의 날이 선 것 같은 말투 때문에 기가 질렸는지 사실을 확인할 정신도 없었다. 그러자 결국 렌탈 남작이 나섰다.

"아가씨 말씀이 모두 옳습니다. 그가 아니었다면 우리는 전멸당했을 것입니다. 무장한 오크 전사가 무려 열넷이었습니다."

"으음, 상당한 수였군. 그렇다면 자네와 병사들이 치료를 받았다는 것도……."

"네! 그가 아니었다면 병사 대부분은 물론 저 역시 불구가 되어서 돌아왔을 겁니다. 그는 겨우 산에서 흔하게 자라고 있는 약초 몇 가지만으로 우리의 내상과 외상을 완벽하게 치료해 주었습니다."

다른 사람도 아닌 기사대장의 말이다. 게다가 자신도 치료를 받았다고 하는데 누가 더 이상 의심을 할 수 있을까? 그런데 그때, 또다시 멀린이 나섰다. 마법사라 그런지 한번 품은 의심은 쉽게 풀지 않는데다가 집요하기까지 하다.

"몰래 고급 포션을 숨겨두고 있었다면 얼마든지 그런 일은 가능합니다. 애초부터 우리 영지에 숨어들 계획을 세운 다음 고급 포션을 몇 병 사놓고 접근할 수도 있는 것 아니겠습니까?"

"허어, 그래서 그가 얻는 게 뭔가?"

"그야 영주님의 신임을 받은 다음 아가씨데게 접근해 혼인이라도 할 생각이었는지 모르지요. 얼굴도 반반해서 어린 아가씨가 넘어가기 쉽지 않겠습니까? 그런 다음 부인마님의 병을 고친다고 쇼를 하다가 적당한 때에 핑계를 대고 손을 들어버리면 누구도 의심하지 못할 것입니다. 어차피 불치병이니까요. 아니면 처음부터 큰돈을 노리고 접근한 것일 수도 있고요."

말도 안 되는 소리라고 그냥 넘겨 버리기에는 뭔가 찝찝했다. 가능성이 전혀 없는 말은 아니기 때문이다.

"하지만 저 사람은 우리에게 포션 같은 것을 먹이거나 하지 않았습니다. 치료약은 아까 말한 대로 약초 몇 뿌리가 전부였거든요."

"흔한 약초로 병신이 될 만큼 다친 사람을 치료한다는 것은 불가능합니다. 분명 어떤 속임수가 있었을 것입니다."

벨룸은 고지식하기는 해도 경우가 없는 사람은 아니었는지 멀린의 말도 안 되는 주장에 맞서서 반박했다. 그 모습을 보며 숀은 가볍게 고개를 끄덕였다. 그래도 치료해 준 보람은 있다고 생각되었다.

하지만 아무리 그렇다고 해도 숀은 점점 기분이 몹시 불쾌해질 수밖에 없었다. 그래서인지 결국 고개를 절레절레 흔들더니 말문을 열었다.

"아가씨의 순수한 마음을 보고 먼 길을 마다 않고 온 것인
데 괜한 짓을 한 것 같군요. 나는 이만 돌아갈 테니 알아서들
하십시오. 그럼 안녕히."

"손님! 잠, 잠깐만요!"

"저런 건방진 놈이 다 있나! 감히 영주님이 가라는 허락도
하지 않으셨는데 누구 마음대로 간다는 말이냐! 당장 멈추어
라! 그렇지 않으면 가만두지 않겠다!"

그가 자신의 기분 나쁜 감정을 노골적으로 드러내며 나가
려 하자 파비앙이 가장 먼저 그를 불렀고 그 뒤로 마법사 멀
린이 오른손을 들어 올리며 협박을 했다.

숀은 이때 멀린의 마나가 손끝으로 모이는 것을 감지할 수
있었다. 아마도 공격 마법을 캐스팅하는 것 같았지만 렌탈 남
작은 그런 그를 말리지 않았다. 그 역시 숀의 태도가 마음에
들지 않은 모양이다.

"정말 왜들 그래요? 이러다가 어머니께서 돌아가시게 만들
려고 그러세요? 세틴츄는 아직 나올 시기가 아니라서 당장 구
할 수도 없다고요! 이제 칼루아 의원님께서 말씀하신 날짜도
겨우 열흘밖에 남지 않았어요. 그런데 마지막 희망이라고 할
수 있는 손님을 이런 식으로 대해서 가버린다면 멀린 마법사
님이 어머니를 고쳐주실 건가요? 어째서 치료하라고 시켜보
지도 않고 이런 무례를 저지르는 거죠?"

"그, 그건……."

"그가 대체 잘못한 게 뭔가요? 단지 평민이라는 이유 때문에 이러는 건가요? 미리 포션을 준비했다가 우리에게 의도적으로 접근했다고요? 정말 알지도 못하면서 말을 함부로 하시네요. 우리가 먼저 접근하지 않았다면 저 사람은 우리를 알지도 못했을 거예요. 그러니 그만하세요. 손님, 저희가 잘못했어요. 제발… 저희 어머니를 치료해 주세요. 부탁드립니다."

털썩!

"아가씨!"

"파비앙……!"

파비앙이 손 앞으로 가더니 그 앞에 무릎을 꿇으며 양손을 모으더니 눈물을 흘리며 부탁했다. 그러자 모든 사람들의 얼굴에 경악이 떠올랐다. 귀족이 평민에게 무릎을 꿇다니 그야말로 말도 안 되는 일이었던 것이다. 하지만 그녀의 그런 진심 어린 태도가 잔뜩 짜증이 치민 손의 마음을 가라앉혔다.

"휴우, 정말 어쩔 수 없는 아가씨로군. 어서 일어나시오. 일단 어머니께 가봅시다."

"감사합니다. 이쪽으로 가시면 돼요. 따라오세요."

이런 상황이 벌어졌지만 누구 하나 끼어들지 못했다. 평소 상냥하고 착하기만 하던 파비앙이 극도로 흥분한 모습에 놀라 렌탈 남작까지도 일단은 두고 보기로 한 것 같았다.

2

　최고의 살수가 되기 위해서는 특별한 치료 능력도 필요하다. 그런 이유로 숀은 전생에서부터 인체에 관한 연구를 오랫동안 해왔을 뿐 아니라 당시 의서 가운데 으뜸이라고 할 수 있는 비급을 입수해 그것까지 익혔다.

　그건 고금제일살수 '무'를 탄생하게 했던 비사라고도 할 수 있었다.

　어쨌든 그런 지식을 고스란히 지닌 채 환생한 숀은 우연인지 어릴 때부터 약초 캐는 일을 하면서 성장했다. 그 시간 동안 그는 중원의 약초와 슈덤벨 대륙의 약초를 비교할 수 있는 기회를 충분히 가질 수 있었다. 그가 최고의 치료 능력을 가질 수 있었던 이유다. 아직 아무도 모르고 있는 사실이지만.

　"확인하기 위해서 몇 가지 물어볼 게 있소."

　"네, 말씀하세요."

　숀은 바짝 마른 몸매에 여기저기 붕대로 감싼 채 정신을 잃고 있는 여인을 눈앞에 두고 잠시 관찰하다가 입을 열었다. 그녀가 바로 파비앙의 어머니였다.

　"이분께서는 평소에 과일이나 야채를 잘 드시지 않았지요?"

"네, 맞아요! 어머니께서는 어릴 때부터 야채나 과일보다
는 주로 고기를 많이 드셨대요."

"역시 그렇군. 좋소, 그럼 하나만 더 물어보겠소. 몸에서
이유 없는 출혈이 발생한 시기가 두 달쯤 되었을 것 같은데,
맞소?"

"그, 그걸 어떻게 아셨죠? 정확히 두 달 전부터예요."

숀이 질문을 시작하자 여기까지 따라온 렌탈 남작과 마법
사 멀린, 그리고 기사대장 벨룸까지 모두 놀랐다.

이제 막 도착해서 진찰을 시작한 그가 그간 남작부인을 진
찰했던 수많은 의원들이 전혀 몰랐던 내용을 너무도 간단하
게 알아내었기 때문이다.

"내 예상대로 이건 엘핀병이 맞소. 하지만 병세가 너무 오
랫동안 방치되어서 합병증까지 일어나고 있는 상태요."

"그, 그럼 고칠 수 없다는 말씀이신가요?"

숀의 말에 파비앙은 절망적인 목소리로 이렇게 물었고, 순
간 마법사 멀린은 그럴 줄 알았다는 표정을 지었다. 마치 네
까짓 게 뭘 할 수 있겠느냐는 얼굴이다.

"내가 처음에 뭐라고 했소? 엘핀병이 맞는다면 고칠 수 있
다고 하지 않았소? 비록 시기가 조금 늦어 약간의 어려움은
따르겠지만 내 말대로 잘 따라준다면 한 달 내로 완치할 수
있을 것이오."

"그게 정말인가? 정말 한 달 내로 아내를 완치할 수 있느냐
는 말일세!"

이번에는 파비앙이 아닌 렌탈 남작이 끼어들었다. 그는 사
실 아내를 무척 사랑하고 있었기에 최근 절망 속에서 나날을
보내는 중이었다. 그럼에도 그가 조금 전까지도 손에게 냉담
하게 굴었던 것은 다 그만한 이유가 있었다. 그는 그동안 수
도 없이 많은 의원들과 치료사들을 불러들였다.

나름 용하다는 그들은 처음에는 큰소리를 치다가 나중에
는 불치병이라는 말만 남겨놓고 줄행랑을 치기 일쑤였다. 그
로 인해 그가 받은 상처와 절망감은 말로 표현할 수 없을 정
도로 컸다. 그러니 어린 청년이 아내를 치료한다고 등장했을
때 어찌 쉽게 믿어졌겠는가.

"물론입니다. 대신 무조건 제 말에 따라주셔야 합니다."

"무엇이든 시키는 대로 하겠네. 그러니 제발 치료만 해주
시게."

결국 왕국 최고의 의원이라는 칼루아까지 초빙했지만 그
역시 세틴츄가 없으면 치료가 불가능하다고 진단내렸다. 하
지만 세틴츄라는 약초는 캐기도 어려울 뿐더러 어쩌다 캔다
해도 워낙 희귀하다 보니 구매자는 넘치지만 수요가 따라오
질 못했다. 더군다나 제철도 아니지 않은가.

그런 연유로 구하기가 하늘의 별 따기보다 힘들었다. 그럼

에도 어린 딸 파비앙은 마지막 희망을 걸고 알카인 산맥까지 갔던 것이다.

하지만 그 귀한 세틴츄 없이도 병을 고칠 수 있다는 말을 들었으니 남작의 태도가 돌변하는 것도 전혀 이상할 일은 아니었다.

"좋습니다. 그럼 우선 기초 치료부터 시작할 테니 아가씨와 남작님만 남으시고 모두 나가주십시오."

"들었는가? 어서들 나가게."

"네, 영주님!"

"저기… 아무래도 저는 남는 게 낫지 않을까요?"

멀린이 끝까지 남겠다고 또다시 한마디 했다. 그는 자신이 있어야 안심이 된다고 생각한 모양이다.

"거기 늙은 아저씨, 당신은 혹시 고귀하신 남작부인의 속살 구경이라도 하고 싶은 거요?"

"그게 무슨 소리……!"

"시끄럽소! 어서 나가라면 나가지 뭔 말이 그렇게 많아요!"

"죄, 죄송합니다. 그럼……."

숀의 교묘한 말 한마디에 렌탈 남작이 버럭 화를 냈고, 그로 인해 멀린은 결국 꼬리를 내리고 자리에서 나갔다. 나가면서 무서운 눈으로 숀을 한번 노려본 것을 잊지 않았다.

'저놈은 오늘 밤에 필히 손 좀 봐줘야겠군. 보면 볼수록 밥

맛이네.’

그게 그의 운명을 결정짓고 말았다. 숀은 자신의 품속에서 꿈틀거리는 꼴라를 슬쩍 눌러 흥분을 가라앉혔다. 놈은 주인의 기분이 나빠지면 덩달아 흥분하는 버릇이 있었다.

어쨌든 그가 그렇게 사라지자 그제야 숀은 치료 준비를 서둘렀다. 그는 가장 먼저 침대의 커튼을 내리게 했다. 그녀의 상의를 벗겨야 했기에 당연한 조치였다.

“우선 아가씨는 제가 시키는 대로 하셔야 하오.”

“네.”

“우선 부인의 상의를 벗겨낸 후 출혈이 일어나고 있는 곳에 이 약초를 붙여주시오.”

숀은 자신이 가져온 약초를 골고루 섞어 즙을 내더니 그것을 파비앙에게 건네주며 말했다.

하녀를 시킬 수도 있었지만 그는 일부러 파비앙으로 하여금 하게 했다. 그래야 가장 정성스럽게 해낼 수 있다고 판단했기 때문이다.

“다 붙였어요.”

“그럼 내가 손을 안쪽으로 넣을 테니 부인의 맥을 잡을 수 있게 해주셔야 하오.”

“이렇게요?”

“됐소. 이제 지금부터 약 오 분에 걸쳐 약효가 발동되도록 할 것이니 두 분 다 절대 움직이거나 소리를 내면 안 되오. 아시겠소?"

"그렇게 하겠네."

"네."

워낙 엄숙한 목소리인지라 파비앙뿐 아니라 렌탈 남작 역시 자신도 모르게 얼른 대답했다. 그러자 놀라운 일이 벌어지기 시작했다.

뭉게뭉게~

"아악! 아아악!"

이는 손이 남작부인의 몸속에 내공을 주입해 약효를 빨리 돌게 해주며 몸속에 들어 있는 나쁜 기운을 몰아내는 행동이었다. 그러나 부인의 입장에서는 몸이 터질 것 같을 정도로 고통스러워 한껏 비명을 지를 수밖에 없었다.

그렇다고 파비앙이나 렌탈 남작은 그를 달릴 수조차 없었다. 그의 당부가 있는데다가 침실 안에서부터 신비한 수증기가 쉴 새 없이 흘러나오는 바람에 나서기도 두려웠다. 게다가 그 수증기에서는 말로 형언하기 어려울 정도의 지독한 악취까지 풍겼다.

"으음……."

얼마나 시간이 흘렀을까, 부인의 입에서 작은 소리가 새어나오며 그녀가 눈을 떴다.

"이제 정신이 좀 드십니까, 부인?"

"아… 당신은 누구시죠?"

"어머니를 치료해 주기 위해 오신 분이에요."

"…저는 이미 가망이 없을 텐데요?"

비록 오랫동안 병석에 누워 있는 바람에 바싹 야위긴 했지만 파비앙의 어머니는 선천적으로 가지고 있는 기품을 감추지 못했다. 그녀는 방금 그렇게 고통스러운 비명을 질렀다는 것도 잊었는지 차분한 목소리로 이렇게 반문했다.

"물론 그랬겠지만 이제부터는 다릅니다. 저는 우선 부인의 몸에 일어나고 있는 출혈부터 멈추게 하였습니다. 그러니 지금부터는 제가 주는 음식만 드십시오. 그게 부인께서 평소 그렇게 싫어했던 야채와 과일이라도 말입니다. 제가 주는 약초와 음식만 열심히 드신다면 깨끗하게 나을 수 있습니다."

"나을 수만 있다면 뭔들 못 먹겠어요. 불쌍한 내 딸 파비앙과 마하엘을 위해서라도 시키는 대로 할게요. 그런데 파비앙, 마하엘은 어디 있는 거니?"

"어머니께서 치료받는 모습을 보고 놀랄까 봐 제가 방에 가 있으라고 했어요."

"아니야! 나 여기 있어, 엄마!"

숀은 진작 마하엘이 숨어든 것을 알았지만 모르는 척하고 있었다. 마하엘이야말로 자신의 비밀을 가장 많이 아는 녀석인지라 굳이 막을 필요도 없었다.

"오, 마하엘! 내 새끼!"

"아직 누군가와 신체 접촉을 하시면 안 됩니다."

흠칫.

손의 경고에 달려들던 마하엘도, 또 그를 안아주려 했던 부인도 동작을 멈추었다.

"마하엘, 이분께서 이 엄마가 나을 수 있다고 하셨으니 조금만 참고 기다리렴. 그리고 여보."

"그래, 말해보시오, 부인."

"저 지금 벌써 몸이 가벼워진 것 같아요. 곧 나을 것 같으니 조금만 더 참아주세요. 그리고… 고마워요."

"고맙긴, 당신이 견뎌줘서 내가 더 고맙소."

두 사람은 서로 애틋한 눈빛을 교환했다. 그 모습이 손으로 하여금 묘한 감정이 들게 하였다.

'그래, 바로 이거야. 사랑하는 사람과 이렇게 살 수 있다면 그게 가장 큰 행복 아니겠어? 휴우, 부럽다.'

그렇게 손의 치료는 평온 속에서 시작되었다. 하지만 평온은 그리 오래갈 수 없었다. 그날 밤, 손이 꼭 친절을 베풀어줘야 할 인간이 한 명 있었기 때문이다.

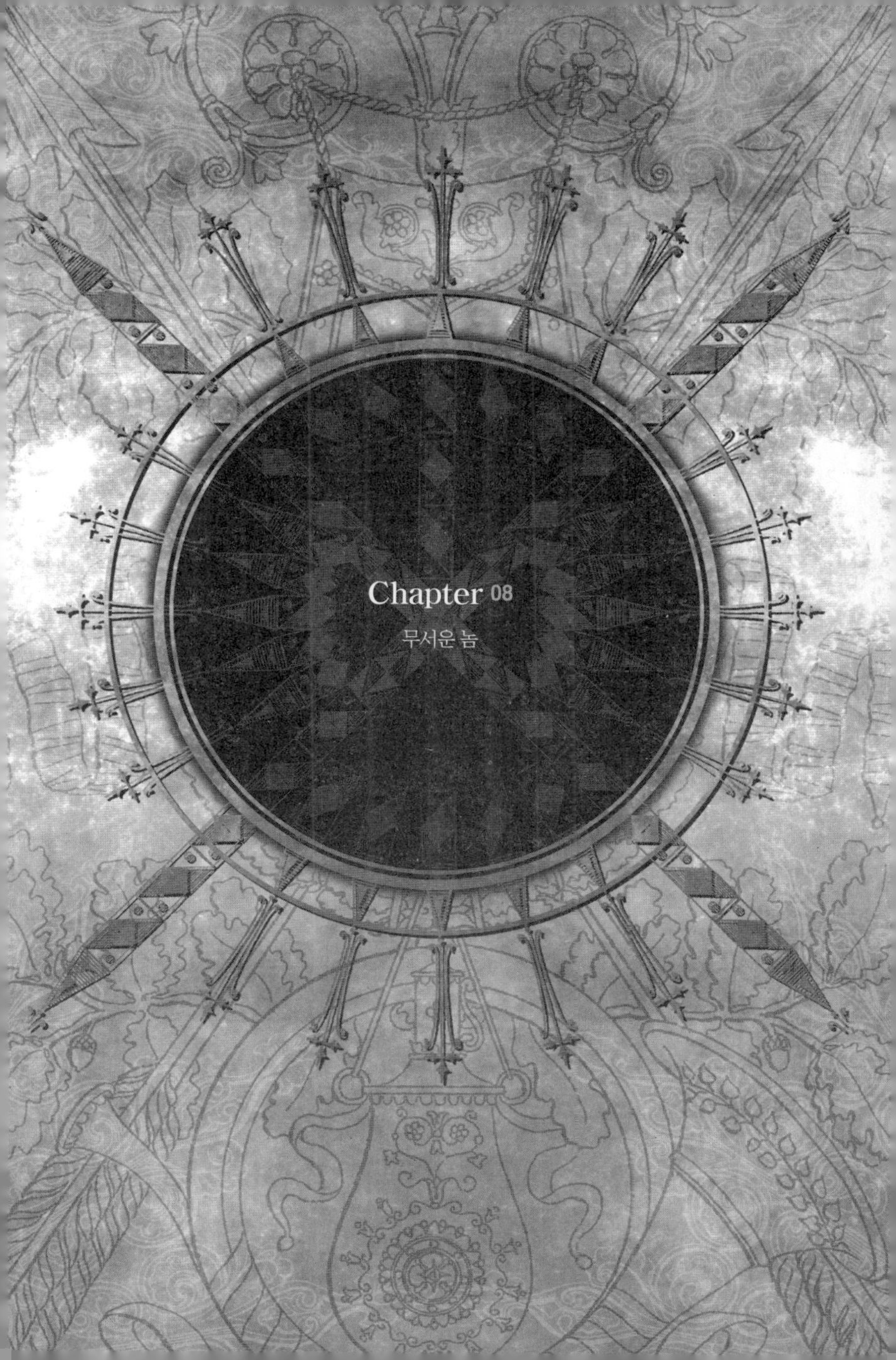
Chapter 08
무서운 놈

건들면 죽는다

1

    렌탈 남작의 명령으로 남작부인의 침실에서 쫓겨난 멀린은 곧장 자신의 연공실로 돌아가 눈을 감은 채 마나 수련을 시작했다.

    그러자 주변 공기가 심하게 회오리치며 그의 가슴 근처를 맴돌았다. 그 회오리는 무려 두 시간 동안이나 계속되었다. 그러더니 어느 한순간 빨려들 듯 가슴 속으로 사라져 버리는 것이 아닌가.

    번쩍!

    "휴우, 벌써 마나를 열두 번이나 돌렸는데도 화가 쉽게 가라앉지를 않는군. 하긴 그런 근본도 모르는 촌놈에게 당했으니 가라앉을 리가 없지. 건방진 녀석! 뭐가 어쩌고 어째? 늙은 아저씨? 게다가 내가 남작부인의 속살 구경을 한다고? 괘씸한 놈!"

그는 눈을 뜨자마자 긴 한숨을 토해내더니 이렇게 이를 갈았다. 그의 현재 마법 수준은 4서클이다. 남작 영지의 마법사 치고는 상당히 높은 단계라고 할 만했다.

사실 그 정도 수준은 되었기에 한 호흡에 마나를 열두 번이나 돌릴 수 있었을 터이다. 사실 그가 편협한 마음만 없었어도 지금쯤 실력이 더욱 향상되었을지도 모른다. 하지만 불행하게도 그는 그 점을 깨닫지 못하고 있었다.

"혹시 모르니 고 서클의 마법도 미리 메모리를 해둬야겠구나. 여차하면 통째로 구워주마. 에 마스테리온 티아루 타하힌 둔바… 메샤혼……."

원래 마법을 구현하려면 주문을 외워야 하는데 메모리를 해놓은 마법은 그런 주문 없이 곧바로 마법을 불러올 수 있었다.

마법이 3서클에 이르면 하나의 마법 메모리가 가능해진다. 4서클에 도달하면 두 개, 5서클에 이르면 세 개, 6서클이면 네 개까지 가능하다. 그러나 인간의 최후 단계로 알려진 7서클의 대마법사가 되면 5서클 마법까지는 메모리 없이도 곧바로 시전이 가능해진다고 한다.

　물론 그 정도 능력을 지닌 대마법사는 대륙을 통틀어도 단 한 명밖에 없다고 알려져 있다.

　그리고 공격 마법이 가능한 모든 마법사에게 1서클 마법만큼은 언제든 주문 없이도 사용이 가능했다.

　어쨌든 지금 멀린은 손을 혼내주기 위해 두 개의 마법을 메모리하기 시작했다.

　하나는 거대한 마법의 주먹을 불러내 상대를 가격할 수 있는 3서클의 매직 피스트였으며, 또 하나는 상대의 움직임을 현저하게 둔화시킬 수 있는 4서클의 슬로우였다. 그는 슬로우로 손의 움직임을 봉쇄시킨 다음 매직 피스트로 신나게 두들겨 팰 생각을 하고 있었다.

　"흐흐, 놈, 이제 꼬투리만 잡혀봐라. 그 자리에서 아주 박살을 내주마."

　그렇게 메모리가 끝나고 나자 멀린은 자리에서 일어나 자신의 처소로 가기 위해 마법연공실을 나섰다. 어느새 밖은 짙은 어둠이 깔려 있었다. 그러나 그는 어둠 따위는 별 문제가 안 된다는 듯 태연하게 한마디 했다.

　"라이트."

　팟!

　그러자 놀랍게도 그의 어깨 위로 빛의 구가 떠올라 주변을 환하게 밝혀주었다.

그런데 바로 그 순간, 갑자기 그의 귀로 소름 끼치는 음성이 들려왔다. 마치 옆에서 들려오는 것 같기도 하고 아주 멀리서 들려오는 것 같기도 한 그런 기괴한 음성이.

[누구를 박살 낸다는 말일까? 설마 나는 아니겠지?]

"웬 놈이냐!"

[이 양반이 아까부터 자꾸 반말을 지껄이네. 귀에 거슬리게 말이야.]

"으득! 네놈은 바로 그 싸가지없는 촌놈이로구나. 쥐새끼처럼 숨어서 허튼소리나 지껄이지 말고 썩 나와라!"

멀린은 중저음으로 멋지게 깔린 목소리가 들려오는 순간, 직감적으로 그가 손임은 알았다. 하지만 주변을 환하게 밝혀주고 있는 라이트가 있음에도 그의 모습은 발견할 수가 없었다. 그게 은근히 켕겼는지 그는 슬며시 마법을 준비하며 슬쩍 뒷걸음질을 했다.

[내가 나가면 심히 고통스러울 텐데? 그래도 나갈까?]

"이노옴! 감히 날 놀릴 셈이냐? 매직 미사일!"

팡팡!

멀린은 목소리가 들려오는 곳으로 짐작되는 쪽을 향해 잽싸게 매직 미사일을 날렸다. 매직 미사일은 비록 1서클 마법이었지만 사용자의 마나 능력에 따라 위력이 달라진다.

멀린처럼 4서클의 마법사가 날린 매직 미사일의 위력은 사실 꽤 강한 파괴력을 가지고 있다.

멀린의 예상대로라면 보이지 않는 상대를 정통으로 맞추지 못한다 해도 주변의 폭발로 인해 어느 정도의 피해는 입힐 터였다. 그러나 결과는 너무나도 황당하게 나타났다.

푸시시.

그가 야심차게 날린 매직 미사일이 마치 블랙홀로 빨려들어 가듯 날아가는 도중에 허공에서 허무하게 사라져 버린 것이다.

"이, 이럴 수가!"

[주변을 소란스럽게 만들어서 사람들이 몰려들게 하지 마라. 그렇게 되면 내가 너에게 친절을 베푸는 데 지장이 생기거든.]

"미친놈! 겁쟁이처럼 숨어 있는 놈이 주둥이만 살았구나! 네놈이 사내라면 당장 앞으로 나서라!"

멀린은 방금 전 숀이 매직 미사일을 입으로 삼켰다는 사실은 꿈에서도 알 수 없을 것이다. 숀이 워낙 번개보다 빠른 동작으로 움직여 날아가던 매직 미사일을 날름 받아먹고 또다시 사라졌기 때문이다. 차라리 그런 모습을 볼 수 있었다면 겁을 집어먹고 이처럼 숀을 화나게 하는 말은 절대로 하지 않았을지도 모른다.

불쑥!

“내가 그렇게 보고 싶나?”

“으헉!”

하지만 벌써 말은 튀어나갔고, 그로 인해 그의 바로 코앞에는 섬뜩한 표정의 손이 등장해 버렸다. 그야말로 너무나 놀라 심장이 떨어져 나갈 만한 사태가 벌어진 것이다. 하지만 멀린의 불행은 이제 겨우 시작일 뿐이었다.

“여기서 친절을 베풀게 되면 주위가 시끄러워지니 조용한 곳으로 가지. 내가 벌써 꽤 괜찮은 장소를 발견해 두었거든.”

팟! 슈우욱!

“으아아악!”

사람의 목덜미를 낚아챈 채로 허공으로 까마득하게 날아올랐으니 비명이 터져 나오는 것은 당연했다. 그러나 그렇게 비명을 질러대는 그의 뇌리 속으로 더욱 섬뜩한 한마디가 들려왔다.

[네가 아무리 소리를 질러대도 들을 수 있는 사람은 단 한 명도 없다. 그러니까 조용히 말할 때 입 다물어라. 그렇지 않으면 내려놓자마자 혀부터 뽑아 버릴지도 모른다.]

찔끔!

“으으…….”

고 서클의 메모리 마법? 그딴 것은 아무 소용도 없었다. 마법을 쓰기에는 그의 머릿속이 하얘도 너무나 하얗게 비워져 버렸기 때문이다.

그렇게 멀린은 비명조차 제대로 지르지 못한 채 아득한 허공 속으로 사라져 갔다.

2

멀린은 지금 자신에게 일어나고 있는 일이 악몽인지 현실인지 구별할 수가 없었다.

처음 이 살벌한 인간에게 목덜미를 잡혀서 허공을 날아와 인적이 전혀 없는 숲속으로 끌려올 때까지만 해도 그럴 수도 있다고 생각했다.

자신 역시 앞으로 마법 실력을 한 서클만 더 올리면 플라이 마법으로 허공을 날 수 있기 때문이다. 물론 플라이 마법치고는 한 사람을 든 채 자유자재로 움직이는 것이 이상하기는 했다.

하지만 그건 다른 일에 비하면 너무 사소한(?) 것이었기에 이때는 미처 거기까지 파고들 수가 없었다.

"내가 무턱대고 친절을 베풀면 나중에 억울하다며 떠들고 다닐지 모르니 먼저 충분한 기회부터 주겠다. 자신있으면 어서 공격해 봐라."

턱.

숲에 도착하자마자 숀이라는 인간은 이렇게 떠들며 팔짱을 낀 채 자신의 코앞에 섰다. 이때는 진심으로 그가 가소로웠다. 그 어떤 인간도 코앞에서 4서클 마법이 발동되면 당해낼 재간이 없기 때문이다. 그의 상식으로는 말이다.

"슬로우!"

팟!

"크하하! 가소로운 놈! 네놈의 그 교만이 얼마나 큰 실수인지 지금부터 뼈저리게 깨닫게 해주마!"

숀이 기회를 주자마자 멀린은 그걸 철저하게 이용했다. 그는 가장 먼저 슬로우 마법으로 숀을 묶어놓은 다음 긴장을 풀었다. 슬로우에 걸린 이상 무엇을 하든 자신이 먼저 할 수 있다는 자신감이 들었기 때문이다.

이때까지만 해도 멀린은 자신이 이 재수없는 인간을 처치하고 편안하게 돌아갈 것이라고 생각했다.

"아함, 거참, 졸리네. 이봐, 노땅 아저씨. 뭘 하려거든 얼른 하라고. 난 참을성이 별로 없어서 졸리면 말을 바꿀 수도 있거든."

"미친놈, 어디 이것도 다시 피해봐라. 매직 미사일!"

슝! 슝! 슝!

푸시시.

"으헉! 이, 이게 뭐냐? 그, 그럼 아까도 매직 미사일을 먹었던 것이냐?"

멀린은 방금 자신의 눈으로 보고도 믿을 수가 없었다. 번개와 거의 비슷한 속도로 날아간 자신의 매직 미사일이 모두 쇼의 입속으로 빨려들어 가버린 것이다. 그러니 얼마나 기가 막혔겠는가.

"멍청하긴, 이건 먹은 게 아니라 너의 마나를 내 것으로 흡수한 거라고. 입으로 빨아들이긴 했지만. 쯥."

쇼의 말은 사실이었다. 과거 천린이던 시절 기로 언급하던 것이 이곳에서는 마나라 일컬어지고 있었고, 그 기운을 어렵지 않게 흡수할 수 있는 정도의 기운용을 브여주는 천린이기에 가능한 모습이었다.

그렇다 보니 멀린 입장에선 그야말로 혼란에 빠질 수밖에 없다.

슬로우 마법에 걸리면 말도 평소보다 훨씬 느려지고 어둔해지는 게 정상이다. 혀 역시 마비가 오기 때문이다. 그런데 이 인간은 입맛까지 다시며 멀쩡해도 너무나 멀쩡한 말투로 대답한다니…….

멀린의 머릿속이 뒤죽박죽되는 순간이다.

"그렇다면 어디 이것도 실컷 처먹어 봐라. 매직 피스트!"

슈욱～ 팡팡팡!

주문이 떨어지자마자 허공에서 거대한 주먹이 하나 나타나더니 곧장 숀의 몸뚱이를 가격하기 시작했다. 그 속도 역시 무지막지했기에 그것은 고스란히 숀의 몸뚱이를 때릴 수 있었다. 하지만,

"어허, 먼 길을 오느라 고생한 것을 이제야 인정해 주는 모양이군. 안마까지 해주는 것을 보니. 이러면 이거 친절을 베풀 때 약간은 봐줘야 하나? 거참, 고민스러워지네."

"으으, 사, 사람이 아니었어. 사람이라면 이런 말도 안 되는 일이 벌어질 리가 없다. 대체 네놈 정체가 무엇이냐?"

매직 피스트는 단숨에 적을 죽이는 마법은 아니다. 애초 멀린이 숀을 죽일 생각까지 했던 것은 아니기 때문이다. 그러나 일단 거대 주먹이 생성되고 그것이 공격을 시작하면 그 누구도 무사할 수는 없다.

설혹 그 대상이 최고의 기사라 해도 두세 대만 맞으면 기절을 하는 것이 정상이다.

그런데 멀린의 입장에서 숀은 섬뜩함 그 자체였다.

마법이 통하지 않는 사내.

그것도 맨몸으로 모두 맞고 있는데도 여전히 졸린다는 태도였으니 어찌 사람이 아닌 존재로 볼 법도 하다. 하긴 중원 무림에서도 최고로 손꼽히던 '무적방탄막' 이라는 호신강기 무공을 멀린이 알 리 없을 테니 당연한 일이지만.

불쑥.

"어허, 꼴라, 누가 나오라고 했느냐? 주인님 지금 바쁘지 않니? 곧 끝날 테니 얌전히 들어가 있어."

―치이.

상대가 주인을 자꾸 무시하는 게 기분 나빴는지 꼴라가 손의 품 안에서 얼굴을 삐쭉 내밀었다. 그러다가 주인의 한마디에 서운했는지 마치 계집애가 투정부리는 것 같은 소리를 한마디 남기고는 다시 사라졌다. 녀석은 가끔 자신이 수컷이 아닌 암컷인 양 착각하는 모양이다.

어쨌든 손의 이런 모습에 멀린은 어느새 두려움은 사라지고 화가 치밀었다. 손이 애완동물(?)과 노닥거리는 모습이 자신을 철저하게 무시하기 때문이라고 여겨졌기 때문이다. 그로 인해 멀린은 또다시 무서운 투지가 불타올라 결국 최후의 일격을 결심할 수 있었다.

"네놈이 인간이든 아니든 이제 끝장을 브고 말겠다. 으으, 빛의 신 타이투링님이시여! 제게 힘을 주소서! 아이메근 놀라 반야링 타투 보온~! 가라~! 파이어 볼~!"

우우웅~ 푸아악!!

멀린은 최대한 빠르게 주문을 영창했다. 그러자 실로 섬뜩해 보이는 불의 구체가 그의 양손 위로 생성되었다. 멀린은 그것을 자신의 눈높이까지 들어 올리더니 그대로 손을 향해 날렸다.

　설혹 상대가 슬로우 마법에 걸리지 않았다고 해도 당할 수 밖에 없는 빠르기였다. 그래서인지 결국 그 불덩이는 슬로우 마법까지 걸려 동작이 느려진(순전히 멀린의 생각이지만) 손의 몸뚱이에 그대로 작렬했다.

　콰콰쾅!

　"휴우, 이렇게까지 할 생각은 없었지만 너는 너무 위험한 놈이라 어쩔 수 없었다."

　4서클에 오르게 되면서 익혔던 파이어 볼. 사실 이 마법을 터득했을 때만 해도 설마 한 사람에게 쓰게 될 일이 생기리라 고는 상상도 하지 못했다.

　전쟁이 터지거나 혹은 사나운 몬스터 떼와 싸워야 하는 상황이 벌어지기 전까지는 쓸 일이 없을 만큼 무서운 공격 마법이었기 때문이다.

　그래서인지 멀린은 아직도 연기가 피어오르고 있는 정면을 바라보며 허탈한 음성으로 그렇게 중얼거렸다. 손이 아예 잿더미로 변해 버렸다고 판단한 모양이다.

　그런데,

　뭉게뭉게~

　스윽~

　"이번 것은 제법 쓸 만하네. 그런대로 토끼 한 마리쯤은 구워 먹을 수도 있겠어. 문득 너를 조수로 써보는 것도 나쁘지 않겠다는 생각이 드는군.”

“으으, 이건 꿈이야! 이럴 수는 없어! 어찌 파이어 볼을 정통으로 얻어맞고도 멀쩡할 수가 있느냐고! 당, 당신 정말 정체가 뭐요?”

너무 놀라서 그런 것인지 아니면 겁을 먹어서 그런 것인지 멀린의 말투가 확연히 달라졌다. 완전 반말에서 약간의 존댓말을 쓰는 것을 보면.

“나? 나는, 음, 앞으로 사람이 살면서 어떻게 하면 잘살 수 있는지를 친절하게 가르쳐 주는 사람이지. 특히 자신이 만나는 모든 사람들을 함부로 무시하면 안 된다는 것을 좀 더 자세하게 알려준다고나 할까?”

“대, 대체 무슨 말인지 알 수가 없군. 아무튼 좋소. 그럼 이제 나를 어떻게 할 생각이오?”

이 순간 떨리지 않으면 그게 더 이상할 것이다. 하지만 멀린은 그래도 명색이 영지마법사라 그런지 떨리는 것을 억지로 참으며 간신히 이렇게 물었다.

“앞으로 내 비밀 종복이 되어보는 건 어때?”

“뭣이라고! 그걸 지금 말이라고 하는가!”

“맞아. 사내라면 그렇게 튕길 줄도 알아야지. 그래야 나도 자네에게 친절을 베풀 기분이 나지 않겠어? 자네만 신나게 놀아놓고 그냥 돌아가면 맥 빠지잖아? 안 그래?"

씨익.

말로 형언하기 어려운 섬뜩한 미소가 숀의 얼굴에 새겨졌다.

3

기사대장 벨룸은 언제나 아침 일찍부터 성내를 순찰하는 습관이 있다. 최근에는 남작의 자녀들과 함께 알카인 산맥을 다녀오느라 근 이십 일 정도 빠질 수밖에 없었지만 돌아오자마자 그의 습관은 다시 시작되었다.

"충성! 근무 중 이상 무!"

"그래, 고생이 많군. 아가씨와 도련님은 물론 외부의 손님도 와 계신 상태이니 더욱 철저하게 근무를 서도록."

"알겠습니다!"

오늘도 눈을 뜨자마자 순찰에 나선 벨룸은 성의 정문 쪽을 돌고 나서 후문에 등장해 그곳을 지키고 있는 병사들에게 이렇게 주의를 주었다. 그러고는 막 돌아서려던 그때, 누군가가 그의 시선을 사로잡았다.

"어라? 거기 멀린 마법사님 아니십니까?"

흠칫.

“아, 기사대장님.”

그는 바로 영지마법사 멀린이었다. 성안에서 멀린과 벨룸이 차지하는 위치는 거의 비슷했다. 어떤 면에서는 기사들과 영지군까지 통솔하고 있는 벨룸의 영향력이 더 크다고 할 수도 있겠지만 멀린 역시 대륙에서는 워낙 귀한 마법사인지라 함부로 무시할 처지는 아니었다.

“이렇게 이른 아침부터 어디를 그리 급히 가십니까?”

“아, 그냥 성 밖에 볼일이 있어서요.”

“아, 네. 어라? 그런데 멀린 마법사님 얼굴이 어째 좀 이상합니다. 어제저녁만 해도 멀쩡하셨던 것 같은데 밤새 무슨 일이라도…….”

멀린의 일에 참견할 수 있는 처지는 아닌지라 벨룸은 처음에는 그냥 헤어지려고 했다. 그런데 그때 막 로브 모자의 아래로 보이는 멀린의 얼굴이 만신창이가 되어 있는 것을 발견하고는 놀라서 다시 걸음을 멈추었다.

“아, 어제저녁에 마법 연공을 하다가 실수로 작은 폭발이 일어나는 바람에……. 별것 아니니 신경 쓰지 마십시오.”

“어이구, 조심하시지. 멀린님은 우리 영지의 보배와 같은 분입니다. 그러니 항상 몸 보중하십시오.”

“그렇게 말씀해 주셔서 감사합니다. 그럼 전 이만…….”

“아, 잠깐만요.”

멀린이 모자를 고쳐 쓰고 다시 움직이려 하자 또다시 벨룸이 그를 잡았다.

"제게 다른 볼일이 있으신지?"

"그게 아니라 그냥 가시지 말고 그 사람에게 들렀다가 가시지 그래요?"

"그 사람이라니요?"

"부인마님을 치료하기 위해 온 약초장사꾼 말입니다."

부르르.

겨우 약초장사꾼이라는 말 한마디에 멀린의 몸이 한 차례 부르르 떨렸다. 어젯밤의 그 무서웠던 기억이 다시 떠올랐기 때문이다. 그는 태어나서 지금까지 어제 겪어본 것처럼 그렇게 무서운 경험을 해본 적이 단 한 번도 없었다.

"딱 한 번만 더 묻지. 내 종복이 되겠는가, 아니면 나의 친절함에 충분히 감동을 받은 다음 다시 생각을 해보겠는가?"

"미친 소리. 설혹 나를 죽인다고 해도 절대 당신의 종 노릇 따위는 할 수 없다."

아마 다른 마법사였어도 같은 대답을 했을 것이다. 자신이 무려 30여 년 동안 마법을 익혀온 것은 대우를 받으며 살기 위해서이지 약초장사꾼 따위의 종노릇을 하기 위한 것은 아니지 않은가.

현재 그가 모시고 있는 렌탈 남작도 자신을 존중해 주는 마당에 약초장사꾼 따위에게 이런 제안을 받아서 더욱 기분이 더러웠는지도 모른다.

"그럼 이번 일은 자네가 먼저 자초한 것이니 나의 친절함을 원망하지 말게."

"그놈의 친절은 얼어 죽을……."

짜악!

"끄억!"

처음 따귀를 한 대 맞는 순간에는 수치심부터 억울함까지 진짜 별의별 감정이 다 북받쳤다. 하지만 그건 그때뿐이었다. 그는 태어나서 처음으로 구타가 사람을 어디까지 떨어지게 만들 수 있는지 직접 체험하고 말았다.

짝! 짝!

"아악!"

"내가 오래전부터 느껴온 것이지만 왕후장상이라 해도 매 앞에서는 장사 없더라고. 자네도 맞으면서 지난 인생을 다시 한 번 돌이켜 보고 앞으로 어떻게 살 것인지 잘 생각해 봐. 이런 친절한 가르침을 어디 가서 또 얻을 수 있겠는가. 안 그래?"

짜악~ 짝!

"끄아아악!"

이건 정말 그냥 아픈 정도가 아니었다. 마치 수백 개의 송

곳으로 얼굴을 동시에 찌르는 것 같은 처절한 아픔이 그의 뇌리를 잔인하게 관통했다. 어떻게 겨우 뺨 몇 대로 사람을 이지경까지 비참하게 몰고 갈 수 있는지조차 이해가 가지 않았다. 그때는 정말 차라리 죽는 게 나을 것만 같았다.

"제, 제발……."

우뚝!

"……."

멀린의 제발 하는 소리에 숀은 잠시 구타를 멈추었다.

"차, 차라리 죽여주시오!"

짜아악~!

"으악!"

그러나 멀린이 악을 쓰며 이렇게 한마디 하자 다시 숀의 손이 허공을 갈랐다.

왜 하필 귀싸대기일까? 차라리 주먹으로 맞았다면 진작 종이 되겠다고 항복했을지도 모른다. 자꾸 기분 나쁘게 귀싸대기만 때리니 오기가 나서 항복조차 싫었다. 이런 것을 보면 숀은 확실히 전략적인 머리가 없는 것처럼 느껴졌다. 하지만 그것이야말로 커다란 착각이었다.

'옳거니! 잘한다. 하도 체력이 허접해서 손맛을 보기 힘들 거라고 예상했는데 제법 버텨서 날 즐겁게 해주는구나. 귀여운 녀석.'

그랬다. 결국 숀은 일부러 싸대기를 날려서 상대가 쉽게 항복할 수 없게끔 했던 것이다. 그걸 전혀 모르고 있던 멀린은 이때 오히려 어리석은 계획을 세우고 있었다.

짜악!

"크억! 꼬르륵……."

"엥? 기절한 건가? 이상하다. 그럴 리가 없는데? 어이, 엄살 부리지 말고 일어나 봐!"

흔들흔들.

분명 힘 조절을 해서 때렸건만 상대가 기절을 해버렸으니 이상할 수밖에. 숀은 멀린의 어깨를 흔들며 그를 깨워보려 했다. 그런데 바로 그때,

"플래시!"

파앗!

"억! 이게 뭐야?"

기절한 척하던 멀린이 눈을 감은 상태로 잠시 동안 대상의 눈을 멀게 만드는 플래시라는 마법을 구현했다. 이 역시 1서클의 마법인지라 주문 없이 곧바로 사용할 수 있었다. 워낙 강렬한 빛 때문에 숀도 당황했는지 주춤했다.

"옳거니! 걸렸구나. 일렉트릭 쇼크! 매직 피스트!"

파파팟! 퍼퍼퍽!

그러자 멀린은 또다시 1서클 마법인 일렉트릭 쇼크와 아까

메모리해 두었던 매직 피스트를 연속으로 사용했다. 1서클 마법이라도 마법사의 역량에 따라 그 위력은 현저하게 달라지는 법. 그것도 바로 코앞에서 적중시켰으니 이번에는 절대 무사하지 못할 것이라고 확신했다.

"크흐흐, 맛이 어떠냐? 끄웅!"

멀린은 피어오르는 먼지를 노려보며 힘겹게 웃었다. 작긴 했지만 득의의 웃음이었다. 그러나 그런 그의 감정은 그리 오래가지 못했다.

"재롱도 부릴 줄 알고. 지금부터 어금니 꽉 깨물어라. 더 이상 봐주는 것은 없다."

"으헉! 이, 이, 이, 이건… 크억!"

짜짜짜작!

그때부터 진정한 구타는 시작되었다. 어느새 멀린의 입에서는 깨진 옥수수(?)가 몇 개 튀어나왔고 코에서는 쉴 새 없이 피가 흘러내렸다. 그가 아무리 살려달라고 애원을 해도 싸대기는 멈추지 않았으며 이번에는 기절한 척을 해도 손바닥이 날아들었다.

"으으… 당, 당신은 악마… 끄륵……."

결국 이번에는 정말로 그 자리에서 기절해 버렸다. 맞아서라기보다는 정신적인 공포감이 더 큰 게 원인이었다. 그는 기절하면서 오히려 정신을 잃는 것이 다행이라 여겼다. 그만큼

맞는 고통이 컸기 때문이다. 그러나,

꾹꾹, 탁!

"캑캑!'

"내 앞에서 기절을? 어림도 없지."

아, 결국 멀린은 약초장사꾼 손의 치료 능력이 대단하다는 것을 몸소 체험할 수 있었다. 기절한 자신을 겨우 손가락 하나를 이용해 몸 몇 군데 찌르는 것만으로 멀쩡히 깨어나게 만들었으니 말이다.

그리고 그는 또다시 죽도록 맞았다.

"이봐요, 멀린 마법사님! 제 말이 안 들리십니까?"

"네? 아, 이런. 방금 뭐라고 하셨습니까? 제가 잠깐 중요한 공식이 떠오르는 바람에 잘 못 들었네요."

멀린이 어제의 그 무서운 기억을 더듬고 있다가 벨룸의 부름에 겨우 정신을 차렸다.

"아, 그 약초장사꾼 말입니다. 그 사람이 어떻게 했는지 벌써 부인마님의 상태가 많이 좋아졌다고 하더라고요. 본격적인 치료를 시작한 것도 아닌데 그런 소리가 나올 정도인 것을 보면 대단한 게 아닌지 물어본 겁니다. 그러니 멀린님께서도 그에게 치료를 받으시고 움직이시는 게 어떻겠느냐 이거지요."

“저, 전 괜찮습니다. 힐링 마법을 써서 기본 조치를 취했거든요. 그리고 지금 급하게 처리할 일도 있으니 이만 가보겠습니다. 그럼.”

“아, 네네. 그럼 조심히 다녀오십시오.”

본인이 이렇게까지 말하는데 더 잡을 수는 없었다. 그렇게 두 사람은 헤어졌고, 멀린은 바쁜 걸음으로 성문 옆에 있는 마구간으로 향했다. 그리곤 말에 올라타더니 빠르게 성문을 나섰다.

“늦으면 그 무서운 인간에게 또 맞는단 말이다. 당신이 그 아픔을 알아? 끼럇!”

두두두두!

그런 그의 입에서는 이런 독백이 흘러나오고 있었다.

Chapter 09
평범하게?

1

　　처음에는 손만 봐주려고 했다가 아예 딜런을 수하로 만든 손은 아침 식사를 끝내자마자 렌탈 남작성을 산책하며 깊은 생각에 잠겨들었다.

　　'가만히 돌이켜 보니 과거의 나는 뭐든지 혼자 해결하려는 성향이 강했다. 그 때문에 수하들을 믿지 못했고, 그건 결국 크나큰 고독으로 이어졌지. 그게 싫어서 새롭게 환생하면서 아주 평범하게 살기를 원했건만 그것도 쉬운 일은 아닌 것 같구나. 나는 생이 바뀌어도 고독하게 살 팔자인 것일까? 평범하게 잘살고 싶다고 어머니 아버지를 불안하게 만드는 사람

들을 그냥 둘 수는 없는 노릇 아니겠는가.'

요즘 그의 고민은 바로 이것이었다. 아버지, 어머니를 편안하게 살게끔 해주려면 두 사람을 불안하게 만들고 있는 원인 자체를 사라지게 만들어야 한다.

그런데 이미 그러기엔 그들에게 주어진 운명이 거리가 멀었다.

그들은 왕족이다. 자신 또한. 게다가 아버지의 형제인 큰 아버지와 작은아버지를 암살할 수도 없는 노릇이다. 자신의 핏줄, 전생에는 닿아본 적도 없는, 밉지만 핏줄이다. 그렇기에 복수의 방법은 암살처럼 단순하고 직관적인 방법이어선 안 된다.

'결국 세력 싸움인가.'

숀은 생각했다. 적들이 세력을 이루고 왕가를 차지하고 왕국을 차지하기 위해 준비하고 있으며, 자신들을 노린다면 결국 같은 수법으로 정공을 펼치는 게 맞다고. 그것은 어떤 의미에서 자신이 전생에서부터 바라던 방향과는 다를 수 있지만, 그것이 결국 바라던 바를 이루는 데 한몫할 것은 분명했다.

복수를 끝내야 평범해질 수 있는 셈이다.

'제기랄.'

대부분의 사람들은 평범하게 사는 것이 쉽다는데 그는 전생을 거쳐 이생에서까지도 평범함이 가장 어렵게 느껴졌다.
물론 무공을 아예 없애 버린다면 당연히 평범해질 수 있을 것
이다.

그러나 그건 이 세계에서 죽음으로 귀결될 것이 자명하다.

그게 아니라 해도 무공을 포기할 생각은 추호도 들지 않았
다. 바보가 아닌 바에야 이런 좋은 능력을 왜 버리겠는가. 그
로 인해 결국 평범한 삶을 살 수 없게 된다 하더라도 그것을
포기할 수는 없었다. 참으로 아이러니한 상황이었다.

'그나저나 멀린이라는 자, 그래도 명색이 마법사인데 시킨
일은 제대로 하겠지? 내 예상이 맞는다면 분명 이곳에도 쓸
만한 녀석들이 있을 거야.'

그가 여기까지 생각하며 성안에 있는 연못 쪽으로 다가가
다가 그곳에서 누군가를 발견했다. 앳되고 귀여운, 주화입
마(?)의 아가씨가 그곳에 있었다. 파비앙이었다.

"파비앙 아가씨 아니오?"

"어머! 손님, 여기는 무슨 일로……."

그녀는 사색에 잠겨 있다가 갑자기 손이 나타나자 당황했
는지 어찌할 바를 몰라 했다.

"그냥 아침 식사를 하고 주변 경치가 좋아 보여 산책을 하
는 중이었소. 보아하니 아가씨도 그런 것 같은데 내가 괜한
방해를 한 것 같군요. 그럼 나중에 봅시다."

“저기… 잠시만요!”

“무슨 할 말이라도 있소?”

바로 돌아서서 가려는 숀의 발걸음을 파비앙이 잡았다. 그러자 숀은 겉으로는 태연한 척했지만 속으로는 괜스레 기분이 좋아졌다. 어쩌면 바람에 실려 다가오는 그녀의 상큼한 향기 때문에 그런지도 몰랐다.

“그냥 감사하다는 말을 하고 싶었어요.”

“뭐가 말이오?”

“저희 병사들을 구해주신 것부터 어머니를 치료해 주시는 것까지 전부 다요. 손님 덕분에 어머니께서 쓰러진 후 처음으로 희망을 갖게 된 것 같아요. 이 은혜를 어떻게 갚아야 할지 모르겠어요.”

파비앙은 마치 훌륭한 조각가가 정성들여 깎아놓은 것처럼 잘생긴 숀의 옆모습을 바라보며 이렇게 말했다. 그녀의 진심이 느껴지는 한마디였다.

“정말 은혜를 갚고 싶소?”

“당연하지요. 제가 해드릴 수 있는 것은 무엇이든 좋으니 원하는 것을 말씀해 보세요. 어머니께서 완치되시는 날 꼭 드리도록 할게요.”

순간 숀의 입에서는 ‘바로 너!’ 라는 말이 튀어나갈 뻔했다. 그만큼 지금 파비앙의 모습은 사랑스러웠다.

'거참, 보면 볼수록 괜찮은 소녀야. 딱 보기에는 마냥 앳된 소녀인데 예의도 바른데다 생각까지 깊은 것 같으니… 나이만 아니면… 아우우……!'

그는 또다시 발동된 자신의 본능을 간신히 억누르며 점잖은 목소리로 다시 입을 열었다.

"좋소. 그럼 부인께서 건강을 완전히 되찾는 날 내가 원하는 것을 말하겠소. 대신 약속은 꼭 지키시오."

"제가 비록 아녀자이지만 지키지 못할 약속을 하지는 않아요. 그건 걱정하지 마세요."

숀이 일부러 엄포를 놓듯 말했지만 파비앙은 전혀 당황하지 않은 목소리로 또박또박 대답했다.

그런데 바로 그때, 숀의 품속에서 얌전히 있던 꼴라가 갑자기 목을 내밀었다.

불쑥.

—갸르릉~

"어머, 꼴라! 너도 있었구나? 어젯밤에는 잘 잔 거니?"

끄덕끄덕.

"허, 이 녀석 봐라? 오늘 왜 이러는 거지? 다른 사람의 말에 대꾸도 다 해주고."

파비앙의 물음에 꼴라가 열심히 고개를 끄덕이자 숀은 깜짝 놀라고 말았다. 그가 꼴라를 길들여 데리고 다닌 지가 벌써 10년 가까이 되어가지만 이 녀석이 자신 외의 사람에게 대꾸하는 것은 처음 본 것이다.

심지어 그의 부모에게도 함부로 굴지는 않았지만 대꾸를 한 적은 없었다. 그러니 황당할 수밖에.

"저기… 숀님, 실례가 안 된다면 꼴라를 제가 잠시 안아봐도 될까요?"

"그건 좀 어려울 거요. 저놈은 아무에게나 안길 만큼 착한 녀석이 아니……."

휘익~ 탁! 쪼르르륵~ 덥석!

숀의 말이 끝나기도 전에 꼴라가 그의 품에서 훌쩍 뛰어내리더니 마치 번개인 양 재빠르게 파비앙의 품 안으로 쏙 들어가 버렸다.

"얼라리? 야, 꼴라! 너 미쳤어? 거기가 어디라고 감히!"

"어머! 화내지 마세요. 놀라겠어요. 이렇게 귀여운데 화내시면 어떻게 해요. 호호!"

—갸릉갸릉, 갸르르.

아무리 작고 귀엽게 생겼다고 하지만 꼴라는 확실히 엉큼한 수컷이다. 누구보다 숀은 그 점을 잘 알고 있었다. 때문에 그 엉큼한 놈이 자신은 꿈도 꿀 수 없는 환상적인 그녀의 품 안에 안겼으니 성질이 나는 것도 당연했다. 그렇다고 파비앙이 귀엽다고 얼굴까지 비비고 있는데 놈을 매정하게 떼어놓을 수도 없었다.

'이런 젠장! 더럽게 부러운 놈. 쓰······.'

그가 진짜로 화가 나는 이유는 바로 부러움 때문이었다.

"그 녀석이 귀여운 외모를 가지고 있긴 하지만 알고 보면 무척이나 사나운 놈이라오. 그러니 어서 내려놓는 게 좋을 거요. 괜히 자칫하다가 물리기라도 하면 큰일 나요."

"이 표정을 보세요. 저를 많이 좋아하는 것 같아요. 그런데 물다니요. 그럴 리 없어요. 그렇지, 꼴라야?"

끄덕끄덕끄덕.

'나쁜 놈의 시키.'

파비앙의 말에 얄미울 정도로 열심히 고개를 끄덕이는 꼴라였다. 숀은 요즘 저 버르장머리 없는 녀석을 혼내준 지가 꽤 지났음을 깨달으며 슬며시 주먹을 말아 쥐었다. 두고 보자는 뜻이다.

그런데,

'아, 정말 아름답다. 그녀는 지금 진심으로 꼴라를 좋아하고 있구나. 나도 저런 눈빛을 받아보고 싶다.'

그녀는 너무나 순수한 눈빛으로 꼴라를 바라보고 있었다. 그런 그녀의 모습을 보는 순간, 숀은 자신도 모르는 사이에 저절로 주먹이 풀려 버렸다.

2

오전을 꼴라와 함께 파비앙과 평화로운 시간을 보내던 손은 점심 식사가 끝나자 렌탈 남작의 집무실로 향했다. 남작이 부인의 치료 때문에 궁금한 것을 묻기 위해서 불렀던 것이다.

"어서 오시게. 그래, 이곳에서 지내기에 불편한 점은 없는가?"

"네, 덕분에 아주 편안합니다."

"그나저나 정말로 내 아내가 완치될 수 있겠는가? 자네를 못 믿는 것은 아니지만 워낙 큰 병이라서……."

마음이 급했는지 남작은 대뜸 아내의 완치 여부부터 물었다. 하긴 왕국 제일의 치료사도 세틴츄 없이는 치료가 불가능하다고 말했으니 불안하지 않으면 그게 더 이상할 터였다.

"할 수 없는 일을 할 수 있다고 장담할 리는 없겠지요. 어제 말씀드린 대로 부인께서 채소와 과일을 충분히 섭취할 수 있도록 하셨습니까?"

"물론이네. 어제저녁부터 오늘 아침과 점심은 자네 말대로 채소와 야채만으로 먹게 하였네. 둘 다 아내가 워낙 피했던 음식이라 보기 조금 안쓰럽긴 했네만, 다행히 그녀 역시 싫은 내색 없이 잘 먹었다네."

"잘하셨습니다. 병이 완치되더라도 앞으로는 그런 음식을 잘 드셔야 합니다. 그래야 건강하게 지내실 수 있습니다.”

이 무렵 귀족가에서는 의외로 야채와 채소를 멀리하는 경우가 빈번했다. 고기를 잘 먹는 것이 귀족답다고 여기는 황당한 사고방식이 사회 전반에 만연해 있었던 탓이다.

특히 남작부인은 자신이 더욱 귀족답게 굴어야 남편에게 누가 되지 않는다고 판단해서 더욱 고기 위주의 식사를 해왔다. 잘못된 상식이 큰 병을 불러들이게 한 원인이었던 것이다.

반면 대부분의 평민이나 천민이 엘핀병에 걸리는 경우는 거의 없었다. 그들은 가난했기에 고기보다는 야채를 많이 먹을 수밖에 없었으니 당연했다.

“낫기만 한다면 앞으로는 무조건 자네 말대로 할 걸세. 하지만 나는 아직도 이해가 잘 되지 않네. 겨우 과일과 야채를 먹는다고 병세가 호전된다는 것이 말일세.”

“물론 그게 전부는 아닙니다. 제가 가지고 온 약초로 매일같이 특별한 치료를 병행해야 완치가 가능하니까요.”

손은 전생에 자신이 죽였던 고수에게서 의서 한 권을 탈취한 적이 있다. 순전히 자신의 생존율을 높이기 이해서였다.

그런데 나중에 알고 보니 그 비급이야말로 무림 천년사를 통틀어 가장 위대했던 의원으로 평가받던 ‘성수신의’ 의 비급이었다.

이 비급은 훗날 그가 고금제일살수가 될 수 있었던 기반을 만들어주었을 뿐 아니라 그 틀마저 깨고 고금제일의 무사로 거듭나는 데에도 큰 공헌을 해주었다.

'훗, 그 비급의 지식을 고스란히 기억할 수 있기에 나는 이 세계에서도 스스로 탈태환골을 이룰 수 있었지. 그로 인해 모든 무공도 생각보다 빨리 되찾을 수 있었고.'

그는 대화 도중 잠깐 이런 생각을 하며 가벼운 미소를 지었다. 그 모습이 렌탈 남작에게는 자신감으로 비춰졌던 모양이다.

"자네를 믿겠네. 필요한 것이 있으면 뭐든지 말만 하게."

"지금은 부인께 가서 몸 상태를 살펴보고 다음 단계의 치료를 하는 것이 가장 우선일 것 같군요."

"오! 그럼 어서 가보세."

손의 자신감 넘치는 태도 때문인지 아니면 그가 온 이후로 조금이나마 나아진 모습을 보여주고 있는 아내 때문인지 렌탈 남작은 어느새 손을 완전히 믿는 것 같았다.

어쨌든 그렇게 두 사람이 집무실을 나서자 집무실 앞에서 기다리고 있던 기사대장 벨룸과 기사 한슨이 얼른 남작의 뒤를 따라나섰다.

"아내에게 가는 것이니 자네들은 따라올 필요 없네."

"알겠습니다!"

어제 손의 말을 통해 아내가 치료 받는 모습을 보여줄 생각
이 아예 사라졌는지 남작은 두 사람을 아예 따라오지도 못하
게 하였다.

어쨌든 그렇게 그들이 남작부인의 방에 도착하자 이번에
는 파비앙과 마하엘이 얼른 다가왔다. 파비앙은 이미 오전에
손이 오늘도 어머니를 치료할 것이라는 말을 직접 들은 터라
아예 동생과 함께 미리 와 있었던 모양이다.

"어서 오세요, 아버지, 그리고 손님."

"너희가 먼저 와 있었구나. 엄마는 좀 어떠시냐?"

"많이 편안해졌으니 입구에 그러고 서 있지 말고 어서 들
어오세요."

파비앙의 인사에 남작이 묻자 남작부인이 대신 대답했다.
그러자 남작의 얼굴에 화색이 돌았다.

"오, 여보, 좀 낫다니 다행이구려."

"이게 다 손님 덕분이지요. 그저 감사할 따름입니다."

남작부인의 안색은 확실히 어제보다는 나아졌다. 하지만
아직 병의 근원이 완전히 사라진 것은 아니라서 그녀가 느끼
는 고통은 작은 것이 아닐 터였다. 그럼에도 부인은 밝은 얼
굴로 인사부터 했다.

"본격적인 치료는 이제부터입니다. 그러니 감사는 완전히
다 낫거든 하십시오."

“출혈이 멈춘 것만으로도 감사받으실 자격은 충분합니다. 그 덕분에 고통이 많이 사라졌거든요. 아니, 그 먼 길을 마다 않고 와주신 것만 해도 감사한 일이지요.”

영주의 부인쯤 되면 이 지역에서만큼은 거의 절대적인 권력을 지닌 사람이라고 할 수 있다. 그런데도 그녀는 무척이나 겸손했다. 그래서인지 손은 그녀를 치료해 주는 것이 헛고생은 아니라는 생각이 들었다.

‘이런 분이 키웠으니 파비앙이 그렇게 착했던 모양이로군. 그래, 이처럼 선한 사람들이라면…….’

전생의 손은 어떤 대가 없이 절대로 움직이는 사람이 아니었다. 그러나 환생한 이후 너무나 자애로운 부모 아래서 성장하다 보니 그의 사고방식에도 많은 변화가 일어났다.

우선 누군가 자신이나 자신의 가족을 건들지만 않으면 타인을 괴롭힐 생각을 거의 하지 않게 된 것이 가장 큰 변화라고 할 수 있었다.

그리고 설혹 대가가 없더라도 선한 사람이거나 자신의 마음에 드는 사람이라면 도움을 줄 수도 있다고 여기게 되었다. 이것은 그에게는 정말 큰 변화였고 파비앙의 가족들에게도 기적처럼 다행스러운 일이었다.

“아마 어쩌면 곧 그렇게 말씀하신 것을 후회할지도 모릅니다. 오늘 치료에는 상당한 고통이 뒤따를 것이거든요. 물론 아무리 아파도 참으셔야 합니다. 잘 참을수록 치료는 빨라진다는 것을 명심하십시오."

"아이들을 위해서라도 꼭 참을게요."

"가족 분들도 아무리 부인께서 괴로워해도 절대로 가까이 오지 마십시오. 아니, 아예 모두 나가 계시는 게 좋겠군요."

"나는 남겠네. 물론 자네 말대로 따를 테니 그 점은 걱정하지 말게."

"저도요."

"저도요!"

다들 한결같이 남겠다고 하자 손은 결국 고개를 끄덕이며 허락했다. 자신 같아도 옆에 남아 있으려 했을 터였다.

"그럼 꼭 약속하셔야 합니다. 만에 하나 부인의 신음 소리에 가까이 오거나 하면 모든 것이 수포로 돌아갈 수 있으니 그 점을 명심하세요."

"그러지."

"네!"

"좋습니다. 그럼 지금부터 치료를 시작하겠습니다."

손은 말을 끝내자마자 가지고 온 가방에서 약초를 꺼내더니 그것을 잘게 잘라냈다. 그러더니 그것을 부인에게 먹였다.

"꼭꼭 씹어서 드십시오."

"네, 아, 갑, 갑자기 배, 배가 뜨거워요. 아악!"

하지만 부인이 그것을 먹는 순간, 그녀의 얼굴은 심하게 일그러지기 시작했다. 말로 설명할 수 없는 고통이 밀려왔기 때문이다.

"입 밖으로 소리를 지르지 마세요!"

"우읍!"

하지만 손은 그런 그녀를 안쓰러워하기는커녕 오히려 버럭 소리를 질렀다. 그러더니 그녀의 팔목을 잡고 지그시 눈을 감았다. 다행히 부인은 참을성이 대단했다. 이후로부터는 비명조차도 삼켰던 것이다.

"으으… 으으으……."

그렇게 잠시의 시간이 지나자 부인의 몸에서는 땀이 물처럼 쏟아지기 시작했다. 그런데 그 땀에서는 정말로 고약한 냄새가 나는 것이 아닌가.

어찌나 지독한지 보고 있던 가족들마저 자신들도 모르게 코를 틀어쥘 정도였다. 그러나 그때 그들은 모두 보았다. 몸에서 은은한 광채까지 떠오르고 있는 손은 그 냄새를 코앞에서 맡고 있음에도 평정을 유지한 채 뭔가 기이한 주문을 외우고 있는 것을.

"아디토레 디 타라~ 깐트리옴 토이~ 타파!"

사실 이 주문은 아무 의미도 없었다. 지금 손은 내공을 이용해 약효가 부인의 몸에서 빠르게 돌 수 있게 해주고 있는 중이었기 때문이다.

내공을 쓰면서 말을 하는 것은 최고의 고수가 아니면 흉내도 못 낼 일이지만 아무튼 그는 일종의 연출이었다.

내공의 내 자도 모르는 세상에서 이런 내기를 흩용한 위력을 보이려면 그럴싸한 핑계거리가 필요했다.

그래서 그가 택한 것은 바로 엉터리 치료 주술이었다. 하지만 엉터리치고는 그 효과가 정말 대단했다.

"저, 저기를 봐요. 어머니의 표정을 보세요"

"정말! 웃고 계셔요!"

"오오……!"

파비앙의 입에서 놀람이 튀어나오자 마하엘도 소리를 질렀다. 남작은 너무나 신기한 광경에 놀라 감탄사만 연발했다.

그리고 파비앙은 점차 혈색이 나아지는 듯한 어머니의 모습을 보며 저도 모르게 한 방울 또르르 눈물을 흘리기까지 했다.

그렇게 숀와 부인의 연공은 두 차례 이어졌고, 사람들은 그들을 감탄하며 지켜볼 뿐이었다.

그리고 어느 정도 시간이 흘렀을 때, 숀이 내기를 갈무리하며 차분히 숨을 내뱉곤 입을 열었다.

"휴우, 다행히 잘 참아주셔서 치료는 무사히 끝난 것 같습니다. 앞으로 이대로 한두 번 정도만 더 치료하게 되면 완치

될 수 있을 것입니다.”

“고맙네! 자네야말로 우리 집안의 은인일세.”

“감사해요, 손님!”

“감사해요!”

솔직히 말하자면 한 번으로 끝낼 수도 있었지만 그는 일부러 두 번의 시기를 더 정해두었다. 용한 의원 정도는 몰라도 눈이 번쩍 뜨일 만큼 기적적인 의원이 되는 것은 피하기 위해서다.

그는 벌써 튀어도 한참 튀고 있었지만 저 혼자서는 여전히 이렇게 평범함을 고집하고 있었다. 실로 심각한 착각이 아닐 수 없었다.

3

“차렷! 열중 쉬어!”

척척!

“박아!”

남작 부인의 치료를 끝내고 맛있는 저녁까지 먹고 숙소로 돌아온 손은 들어서자마자 꼴라를 나오게 하더니 갑자기 군기를 잡기 시작했다. 녀석이 아까 낮에 파비앙의 품 안에서 희희낙락하던 것에 대한 보복성 얼차려다.

―끄응…….

"맞고 박을래?"

넙죽!

아무리 주인이라고 해도 꼴라의 입장에서는 억울할 수밖에 없었지만 그렇다고 개길 수도 없었다.

처음 손을 만난 그때부터 꼴라의 삶은 이미 굴종으로 얼룩져 있었다. 무엇보다 화가 난 손은 꼴라가 감당할 수 있는 수준의 존재가 아니었다. 저 인간의 성질이 얼마나 더러운지 누구보다 몸소 체험을 통해 잘 알기 때문이다.

하지만 이번엔 솔직히 꼴라는 억울했다. 체벌의 이유가 질투가 뭐냐, 질투가.

"딱 한 번만 말하겠다. 앞으로 파비앙 양이 다시 안으려고 하면 무조건 피해라. 만일 이 명령을 어길 시에는 곡소리 날 때까지 맞는다. 알겠나?"

―키잉…….

"알겠냐고!"

끄덕끄덕끄덕… 그그극…….

손의 언성이 높아지자 얼마나 급했던지 꼴라는 바닥에 박은 채 머리를 정신없이 끄덕였고 그 바람에 단단한 나무로 되어 있던 바닥이 순식간에 마치 끌로 긁어 낸듯 피였다.

그나마 꼴라의 머리가 작은 것이 다행인 순간이다. 하지만 그런 모습을 보면서도 숀은 꼴라의 체벌을 끝내지 않았다.

그는 여전히 분이 풀리지 않은 듯 이번에는 책상 모서리에 머리를 박게 하더니 그 상태로 물구나무를 서게 하였다. 그야말로 뒤끝 작렬이다.

"쓰러지거나 요령을 피우거나 하면 그 다음은 못 위에 박아야 할 거다. 그러니 똑바로 해라."

─끙끙.

아무리 꼴라라고 해도 피가 머리로 쏠리는데 기분이 좋을 리는 없을 터. 녀석은 크고 순진해 보이는 그 예쁜 눈에 눈물을 가득 담아 숀을 바라보며 애원하듯 낑낑거렸다. 녀석을 만났던 초창기에 숀이 수도 없이 넘어갔던 필살기다.

"그런 표정 지어도 소용없다."

─크르르…….

하지만 그 수법도 통하지 않자 결국 포기했는지 꼴라는 마치 투덜거리듯 기묘한 소리를 내뱉고는 수도승이 도를 닦듯 두 눈을 감고 말았다. 그런데 바로 그때, 갑자기 누군가가 방문을 두드렸다.

똑똑.

"접니다."

"들어와."

숀이 남작부인의 치료를 끝내고 가족들과 함께 저녁을 먹고 숙소로 돌아왔을 때는 벌써 사방이 어두워져 있었다. 그런 늦은 시간에 누군가가 그의 숙소를 방문했지만 그는 전혀 놀라지 않는 목소리로 상대를 맞이했다.

당연한 것이 방문객이 바로 그의 심부름을 갔던 멀린 마법사였기 때문이다.

"조금만 더 늦었으면 찾아나서려 했는데 그나마 다행이로군."

부르르.

"나름 바쁘게 뛰어다녔습니다만 워낙 두더지처럼 숨어 있는 자들이라 시간이 걸릴 수밖에 없었습니다."

찾아나서겠다는 말 한마디에도 멀린의 몸이 한 차례 떨렸다. 그가 얼마나 손을 두려워하고 있는지 보여주는 단면이다.

"호오, 그렇다는 것은 뭔가 건수를 찾긴 찾았다는 거네?"

"그렇습니다. 하지만 주인님께서 만족하실지는……."

멀린은 손의 눈치를 보면서 이렇게 대꾸했다. 그런데 그렇게 자존심이 강했던 그가 손을 서슴지 않고 주인님이라고 부르고 있다. 아무리 크게 당했다지만 조금 지나친 것이 아닌가 싶은 모습이다.

"이봐, 멀린."

"네!"

"앞으로는 주인님이라고 부르지 말고 도련님이라고 부르

도록. 그게 좋겠어."

"그… 렇게 하지요, 도련님."

숀은 남의 이목을 생각해서 이렇게 부르라고 한 것 같은데 이번에도 역시 멀린은 군말하지 않고 그대로 수긍했다.

"좋아. 그렇다면 이제 어디로 가야 그들을 만날 수 있을지부터 말해봐."

"그럴 필요 없이 차라리 저와 함께 가시지요. 제가 안내를 하겠습니다."

"흐음, 자네가 그렇게까지 해주겠다면 나야 좋지. 어디 그럼 앞장 서보라고."

숀은 너무나도 고분고분한 멀린의 태도에서 뭔가 이상함을 느끼긴 했지만 그다지 대수롭지 않게 여기는 것 같았다.

"혹시 몰라 말 두 마리를 준비해 두었습니다. 타고 가시지요."

"호오, 그거 고맙군."

멀린은 숀을 안내해 성문 옆에 있는 마구간으로 갔다. 그러더니 경비병들에게 성문을 열도록 지시했다. 그가 성안에서 차지하고 있는 위상이 워낙 대단했기에 경비병들은 아무런 제재도 없이 순순히 문을 열어주었다.

"저를 따라오십시오. 윗선으로 안내를 해줄 녀석을 미리 포섭해 두었으니 그자를 먼저 만나야 합니다. 끼럇~!"

두두두두!

그렇게 두 마리의 말이 밤길을 힘차게 달리기 시작했다. 멀린은 이 지역의 지리를 워낙 잘 알아서 그런지 조금의 망설임도 없이 한쪽 방향으로 달려갔다.

물론 숀이 그런 그를 뒤따르는 것은 식은 수프 먹기이다. 내공이 조화지경에 이른 그였기에 야간에도 대낮처럼 환하게 볼 수 있기 때문이다.

그런데 그렇게 달리던 숀의 예민한 감각에 그다지 유쾌하지 않은 기운이 포착되었다.

'어라? 이놈 봐라?

그건 바로 살기였다. 아무래도 멀린은 자신이 숀의 충실한 종이 되었다는 것을 확신시킨 후 그를 자연스럽게 제거하기 위한 음모를 세워놓은 모양이다.

하지만 그것을 벌써 눈치챈 숀은 여전히 아무것도 모르는 것처럼 태연히 멀린의 뒤만 따라가며 그 규모를 확인했다.

'어쩐지 자존심을 내세우다가 크게 당한 녀석치고는 달라져도 너무 많이 달라졌다 싶더니 결국 뭔가 음모를 꾸민 모양이로군. 하나, 둘, 셋… 열두 명이라……. 제법인데?

그렇게 약 오 분 정도 더 갔을까? 갑자기 멀린의 입에서 일갈이 터져 나왔다.

"잡아라!"

위잉~ 척!

—히이이잉~!

그러자 멀쩡하던 바닥에서 긴 줄이 튀어나와 손이 타고 있던 말의 다리를 걸었다. 빠르게 달리던 말이 걸렸으니 말과 그 위에 타고 있던 사람이 튕겨지는 것은 당연했다. 특히 말은 주저앉았지만 손은 그 반동으로 인해 붕 떠오를 수밖에 없었다.

"지금이다!"

티잉~ 턱!

"웁스!"

그러자 이번에는 허공 쪽에서 거대한 그물망이 날아와 그런 손을 덮쳤고, 그물망에 걸린 그는 바닥에 내동댕이쳐졌다. 그야말로 순식간에 일어난 사건이었다.

"잡았습니다!"

"엄청난 녀석이니 방심하지 말고 바로 포위해라!"

"네!"

척척척!

멀린이 의기양양한 목소리로 이렇게 명령을 내리자 숲에서 우르르 몰려나온 자들이 그물망을 뒤집어쓴 채 쓰러져 있는 손을 순식간에 포위했다. 한결같이 검은 복장에 복면을 쓰고 있는 괴한들이었다.

"크하하하! 애송이 녀석! 맛이 어떠냐?"

"휴우, 늙은 생강이 맵다더니 그게 틀린 말은 아니로군. 이 자들은 누구지? 영지군은 아닌 것 같고, 행색으로 보아 산적들도 아닌 것 같은데?"

숀이 완벽한 함정에 걸려들자 멀린이 광소를 터뜨리며 그의 앞에 당당한 모습으로 섰다. 그러자 숀은 약간 풀이 죽은 것 같은 표정을 지으며 이렇게 물었다.

"멍청한 녀석, 그들이 바로 네가 찾던 이 지역 밤의 실세들이다. 나의 중요한 동업자들이기도 하지."

"호오, 영지마법사가 밤손님들과 동업한다고? 그거 참 재미있군. 내가 당신을 너무 과소평가했던 것 같군."

"배짱 하나는 알아줘야겠어. 이런 상황에서도 여유를 부리다니. 하지만 너는 지금 큰 실수를 하고 있는 거야. 네놈이 여유를 부릴수록 나는 화가 더 나거든. 당장 그놈을 철저하게 묶어라!"

"알겠습니다!"

숀이 유들유들하게 말하는 것이 거슬렀는지 멀린이 복면인들에게 명령했다.

'밤손님들치고는 훈련이 무척 잘되어 있는 녀석들이로군. 생각 이상이야. 어디 이놈들이 어떻게 할 건지 구경부터 해볼까?'

　그들은 놀랍게도 강철로 만든 족쇄로 숀의 팔과 다리를 채웠다. 하지만 그럼에도 숀은 별다른 행동을 취하지 않았다. 사실 그에게는 지금 이 모든 상황이 오히려 재미있는 놀이로만 여겨졌다.

　어쨌든 그렇게 잠깐의 시간이 지나자 숀은 온몸이 강철 족쇄와 쇠사슬로 칭칭 감기는 꼴이 되고 말았다. 이 정도로 묶이면 그가 설혹 대륙에 몇 명 없다는 소드마스터라고 해도 탈출이 불가능하다.

　"어리석은 놈. 네놈이 감히 이 멀린을 가지고 놀려고 해? 이제부터 그게 얼마나 어리석은 일이었는지 똑똑히 깨닫게 해주마. 놈을 끌고 가라!"

　"알겠습니다. 모두 물건을 챙기고 본부로 돌아간다!"

　"네!"

　멀린의 명령에 복면인 중 한 명이 나서서 한마디 하자 곧 숨겨져 있던 마차 한 대가 나타나 숀을 실었다. 이 모든 것이 철저하게 계획된 일임을 알 수 있는 행동들이었다.

　'개개인의 능력이 뛰어난 것은 아니지만 상하복명 체계가 확실하고 서로 호흡이 척척 잘 맞는다. 이런 점으로 미루어볼 때 이들은 절대 일반 좀도둑들은 아니야. 흥미롭군.'

　꿈틀꿈틀.

　"…즐거운 일이 기다리고 있으니 너도 얌전히 있어."

─갸릉, 갸르릉.

손이 이런 생각을 하고 있을 때 꼴라가 답답했는지 그의 품 안에서 꼼지락거렸다. 그러나 손의 한마디에 금방 잠잠해졌다. 묘하게도 녀석의 갸르릉거리는 소리가 마치 입맛 다시는 것처럼 들리는 순간이다.

다그닥다그닥!

어느덧 달이 떠올랐지만 손은 그 예쁜 달을 쳐다볼 수가 없었다. 워낙 철저하게 묶였기 때문이다. 어찌 보면 처량한 신세였다. 그러나 처량한 신세에 처해 있는 사람치고 그의 얼굴이 밝아도 너무 밝았다.

Chapter 10
밤 그림자

건들면 죽는다

1

　손이 한밤중에 끌려간 곳은 의외로 넓은 정원이 딸린 저택이었다.

　'허허, 도둑들이 어떻게 이런 곳에서 살고 있지? 여긴 아무리 봐도 귀족들이 사용하던 저택 같은데……. 이곳에도 하오문 같은 곳이 있는 건가?'

　저택은 그야말로 성을 방불케 했다. 담장은 높았으며 정문도 무척이나 커서 마차와 말들이 드나드는 데 전혀 불편함이 없어 보였다. 손이 보기에 놀라운 점은 또 있었다.

　"충성!"

"충성!"

자신을 태운 마차와 복면인들이 지나갈 때마다 저택의 여기저기에서 우렁찬 경례가 이어졌던 것이다. 이런 절도와 군기는 렌탈 남작성 안에서도 보지 못했다.

'거참, 알면 알수록 대단한 녀석들이네. 정문부터 여기까지의 거리는 겨우 오십여 미터 정도. 그 짧은 거리 안에 무장하고 숨어 있는 자들이 족히 스무 명. 경계 인원이 그 정도라면 이 저택 안에는 전투 가능한 인원이 상당수란 의미군.'

손은 자신의 기감을 퍼뜨려 저택을 둘러싸고 있는 인원들을 체크하는 데 집중했다. 생각보다 그 규모나 체계가 잘 잡혀 있다는 사실을 느꼈다.

과거 중원에 있을 당시 한 하오문 지파가 도시 전체를 아우르는 세력과 무위를 이룬 곳이 존재했다.

지금 들어온 이곳은 그때와 같은 느낌을 주고 있었다. 게다가 아무리 생각해도 렌탈 남작가의 군사력보다 이곳의 위력이 더 강할 것 같았다.

'이걸 정말 일개 도둑 집단이기엔 너무나 체계적이군. 꼭 하나의 문파나 방파 같아. 게다가 멀린 저 작자완 무슨 관계지? 아까 나타났던 자들이 복종하는 걸 봐선 직위도 제법일 거 같은데……. 재밌게 됐군.'

영지마법사가 도둑 무리로 보이는 자들과 결탁하고 있다

는 것은 그냥 간단히 넘길 문제가 아니다. 반란을 주동한다고 생각할 수도 있다. 상황이 자신의 예상 범주를 벗어나자 숀은 오히려 약간의 흥분을 느꼈다.

"어서 오십시오, 멀린 마법사님!"

"괜히 나 때문에 늦은 시간까지 고생이 많소, 부몬 대장."

일행이 저택의 안채 앞에 도착하자 그곳에서 기다리고 있던 부몬 대장이라 불린 중년의 사내가 멀린에게 정중히 인사를 했다. 꽤나 날카로운 눈매를 소유하고 있는 자다.

'얼라리? 이 사내의 마나 수준이 기사대장 벨룸이라는 자와 거의 비슷하다. 겨우 도둑 주제에 기사에 준하는 실력을 가지고 있다는 건가? 거참, 알면 알수록 궁금해지는 녀석들이네.'

숀이 새롭게 환생한 이곳에서 벌써 18년을 살아왔지만 산속 생활이 대부분이다. 그러다 보니 아직 슈덤벨 대륙의 생활상을 자세히 알지 못했다.

하지만 그렇다고 해도 이 대륙에서 기사의 위치가 얼마나 대단한지 정도는 알고 있다. 그런데 설마 이런 도둑 소굴에 기사 수준의 실력자가 있을 줄이야. 흔히 볼 수 있는 일은 아니었다.

"별말씀을 다 하십니다. 그런데 저자가 멀린 마법사님을 함정에 빠뜨렸던 바로 그자입니까?"

“그렇소. 다행히 이곳 형제들의 도움에 힘입어 사로잡을 수 있었다오. 보기보다 위험한 놈이니 조심스럽게 다루어야 할 거요.”

부몬이 숀을 가리키며 묻자 멀린이 골 아프다는 듯한 표정을 지으며 말했다. 그는 이들에게 자신이 숀의 함정에 빠졌던 것이라고 둘러댄 모양이다.

“하하! 저렇게 꽁꽁 묶여 있는 놈이 위험할 게 뭐가 있겠습니까? 저놈은 제가 알아서 지하 감옥으로 끌고 갈 테니 멀린 마법사님께서는 어서 총수님께 인사부터 올리십시오.”

“그럼 잘 부탁하오.”

멀린은 부몬의 말대로 숀을 그에게 맡기고는 저택 내부로 들어갔다. 그가 안으로 사라지는 모습을 지켜보던 부몬이 숀에게 다가오더니 대뜸 물었다.

“누가 시킨 것이냐?”

“뭘 시켰다는 거지?”

그러나 숀은 무료한 얼굴로 이렇게 되물었다. 순간, 부몬의 얼굴에 섬뜩한 살기가 떠올랐다. 숀의 건방진 태도에 화가 치민 모양이다.

“이런, 내가 너무 급했군. 하긴 자네가 너무 입을 빨리 열면 재미가 없겠지. 이 손님을 지하 특실로 모셔라!”

“알겠습니다! 어서 가자!”

툭!

부몬이 최대한 감정을 억누르며 명령했다. 그러자 복면인들이 대답과 함께 손의 등을 검집으로 세게 밀었다. 그야말로 중죄인을 다루는 듯한 행동이다.

'이 버르장머리 없는 것들을 그냥 확 모조리 때려눕혀 버리고 멀린의 뒤나 따라가 볼까? 아무래도 윗대가리를 먼저 만나는 게 쉬울 것 같은데. 아니지. 기왕 이렇게 된 것 이놈들이 대체 뭘 하는 놈들인지부터 좀 더 알아보자. 평범함을 제대로 배우려면 이런 조무래기들과도 놀아볼 필요가 있을 거야.'

남들이 보기에는 정말 소름이 끼칠 만큼 심각한 상황에 놓였건만 손은 마치 즐거운 놀이를 앞둔 아이처럼 기대에 부풀어 있었다. 그러나 지금 진짜 심각한 일은 그가 아직까지는 자신이 평범하다고 믿고 있다는 점이다.

철컹!

"그놈을 가운데 의자에 앉혀라!"

"네!"

지하 특실이라는 곳은 상당히 넓은 편이었지만 여기저기에 횃불이 밝혀져 있어서 그런지 그렇게 어둡지는 않았다. 하지만 벽 이곳저곳에 걸려 있는 도구들은 보는 것만으로도 소름이 끼칠 만큼 섬뜩한 모양을 하고 있었다.

복면인들에 의해 실내 중앙에 덩그러니 놓여 있는 의자에 묶인 손은 한눈에 그것들이 모두 고문할 때 쓰이는 도구임을 알아볼 수 있었다. 결국 지하 특실이란 고문실을 뜻했던 모양이다.

"자, 그럼 다시 물어보마. 누가 시킨 거지?"

"그러지 말고 자네가 먼저 대답해 보는 건 어때? 대체 여기는 뭐 하는 곳이냐? 나는 도둑놈들이라고 들었는데 가만 보니 강도들 같거든."

"겁대가리를 상실한 놈이군. 네놈이 결국 화를 자초하는구나!"

휘익~ 퍽!

자신의 질문에 손이 뺀질거리며 약을 올리자 결국 부몬은 잠시 굽혔던 허리를 펴더니 갑자기 손의 면상으로 솥뚜껑만 한 주먹을 날렸다. 어찌나 세게 쳤는지 보고 있던 복면인들이 눈살을 찌푸렸다. 하지만 그 뒤에 들려온 것은 모두가 예상했던 비명이 아니었다.

"쯧쯧, 거 어지간하면 청소 좀 하고 살지그래? 더럽게 방 안에 파리가 날아다니다니… 너무 심한 거 아니야?"

"이, 이, 이 새끼! 각오해라!"

퍽! 퍽! 퍽!

자신의 주먹을 고작 파리 따위에 비교당했으니 흥분하지 않으면 그게 더 이상할 터였다. 부몬은 그야말로 미친 듯이 손을 가격하기 시작했다.

가슴은 물론이요, 얼굴과 머리통까지 가리지 않고 두들겨 패는 그의 모습은 한 마리 짐승을 방불케 했다. 그러나,

"어허~ 시원하다. 더러운 곳이긴 하다만 이처럼 시원하게 안마를 해주니 우선은 참아주기로 하지."

"저, 저럴 수가……!"

"말도 안 돼! 으……!"

"헉헉! 너, 너, 대체 정체가 뭐냐?"

잔뜩 힘이 실린 주먹질이었다. 보통 사람 같으면 한 대만 맞아도 죽거나 병신이 될 만한 그런 무서운 주먹질을 수도 없이 했다.

분명히 수도 없이 날렸는데 표정 하나 변화가 없다. 외려 상대는 묶여 있다는 것만 빼면 마치 놀러 온 사람이 아닐까 싶을 정도로 태연하다. 그런 태도가 복면인들까지 섬뜩한 기분을 느끼게 했다.

"나도 좀 묻자니까. 너희, 도둑이냐, 아니면 강도? 어서 솔직히 대답해봐. 그렇지 않으면 나중에 크게 후회할지도 모른다."

쇠사슬과 강철 족쇄로 묶여 있는 자는 여유를 부리고 있고 검까지 차고 있는 절대 다수의 무리는 식은땀을 흘리고 있는 진귀한 광경이 펼쳐지고 있었다. 그러나 아직은 다수가 훨씬

유리한 상황임은 분명했다.

차앙~!

"으드득! 마지막으로 묻겠다. 네놈의 정체가 무엇이냐? 어디 소속인지 냉큼 밝혀라! 그렇지 않으면 아예 목을 자르겠다!"

결국 부몬은 차고 있던 검을 꺼내 들었다. 마나까지 주입했는지 검신에서는 새파란 빛이 피어오르고 있었다.

2

'호오, 이거 의외인걸? 검기도 사용할 줄 알다니. 역시 마나와 내공과는 약간 차이가 있는 것 같구나. 내공만 30년이라면 절대 검기 사용이 불가능하다. 조만간 이곳의 검술을 좀 더 자세히 알아봐야겠군.'

중년사내의 마나는 내공으로 환산했을 때 대략 30년 수준이다. 중원무림에서 그 정도의 수준이라면 절대 검기를 사용할 수 없다. 검기를 쓸 정도가 되려면 족히 일갑자, 즉 최소 60년의 내공은 있어야 가능하다.

이로 미루어볼 때 이곳의 검술은 중원과 많이 다르다는 생각이 들었다. 또한 마나와 내공은 둘 다 인간의 기를 활용해서 사용하는 힘이라는 것은 같았지만 그 성질에서는 어느 정도 차이가 있다는 것을 깨달았다.

이 점을 어렴풋이 알고는 있었지만, 명확하게 느끼고 나니 손은 갑자기 기분이 좋아졌다. 검에 관한 일이라면 예나 지금이나 마냥 즐거운 그였다.

"뭘 히죽거리는 것이냐! 정녕 뜨거운 맛을 보고 싶은 게냐?"

"어이, 이봐, 인상 더러운 양반. 자꾸 검으로 날 협박하면 곧 후회할 일이 생길 거야. 명심하라고. 이건 경고이니 조심해."

손의 말에 중년의 사내는 오히려 흥분을 가라앉힐 수 있었다. 화가 극도로 치솟다 보니 눈앞에서 겁없이 뻔질거리고 있는 이놈을 검으로 협박하는 것은 오히려 과분하다고 여긴 것이다.

"흐흐, 네놈이 결국 내 인내심의 끝을 보려는구나. 탐슨!"
"네, 대장님!"
"그쪽에 있는 몽둥이 들고 이리 와라."
"네!"
결국 부문은 검을 치우더니 복면인 가운데 탐슨이라는 자를 불러 지시했다. 그러자 탐슨은 실내 한쪽에 놓여 있는 단단한 나무 막대를 들고 쭈뼛거리며 다가왔다.
"그걸로 이놈을 힘껏 내려쳐라!"

“알겠습니다. 에잇!”

휘익~ 퍽!

상관이 시키는데 망설일 수는 없다. 명령이 떨어지자마자 탐슨은 몽둥이를 휘둘러 숀의 어깨를 가격했다.

“정말 한심하군. 치려면 좀 더 세게 치든지, 아니면 그냥 쉬어라. 이건 너무 간지럽잖아.”

“뭣이! 이놈이 정말! 타핫!”

위잉~ 퍼억!

“…….”

약이 오를 대로 오른 탐슨은 있는 힘을 다해 몽둥이를 휘둘렀고, 그것은 곧장 숀의 얼굴을 때렸다. 그 한 방으로 얼굴이 옆으로 심하게 돌아가 버렸다.

하지만 기분 나쁘게도 여전히 숀의 입에서는 비명이 흘러나오지 않았다. 아니, 비명은 고사하고 잠시 동안 숨소리도 흘리지 않은 채 그저 쥐 죽은 듯 고요하기만 하다.

그러나 이내 들려온 한 목소리가 들려와 사내들은 흠칫할 수밖에 없었다. 멀쩡한 숀의 목소리였다.

“큭큭, 재미있군. 하긴 사내가 이 정도 독기는 가지고 있어야 나쁜 짓도 할 수 있지. 마음에 들어.”

“으으, 진짜 질리는 녀석이다.”

“뭐 저런 인간이 다 있지? 고통을 느끼지 못하는 사람도 간혹 있다던데 저자도 그런 것일까?"

면상을 몽둥이로 정통으로 맞고도 이처럼 주절거리는 것은 절대 쉽게 볼 수 있는 광경이 아니다. 그래서인지 복면인들 사이에서 동요가 일어났다. 아까 손으로 때렸을 때 손이 태연해했던 것과는 또 다른 두려움이 느껴졌다.

"모두 조용하지 못해!"

"……."

그들의 그런 태도가 부몬의 성질을 더욱 건드렸다. 그는 탐슨에게 몽둥이를 빼앗듯이 건네받았다.

"이리 내놔라."

"그래! 고통을 느끼는지 못 느끼는지 어디 두고 보자, 이놈!"

휘익～ 퍽! 퍽!

그러고는 그야말로 젖 먹던 힘까지 다해 인정사정없이 손을 때리고 또 때렸다.

"저, 저러다가 결국 죽이겠어."

"쉿, 대장님 들으실라. 하지만 진짜 걱정은 걱정이네. 살인까지 하는 건 좀 그렇잖아."

몽둥이에 의해서 얼굴이 이쪽으로 돌아갔다가 저쪽으로 돌아갔다가 하고 있는 숀은 한쪽 구석에서 아주 작게 속삭이고 있는 복면인들의 대화를 들을 수 있었다.

그는 남들이 보기에는 심하게 맞는 것처럼 보였지만 사실 알고 보면 간지럽지도 않았다. 심지어 고개를 돌리는 것도 맞아서라기보단 연기에 가까웠다.

손이 원했다면 그의 무공 수준에 의해 몽둥이는 반탄강기로 인해 펑 하고 터져 버렸어야 정상이었다. 이미 무공의 수준이 현결에 이르러 있는 손이었기에 지금 상황이 외려 더욱 기이한 상황이라 할 수 있었다.

어떤 면에서는 손의 무위가 중원에 있을 때보다 더욱 늘어 그 운용의 묘리가 더욱 살아나 이와 같은 섬세한 조절이 더욱 가능했다.

'살인하는 것을 걱정한다? 흐음, 다행히 질이 아주 나쁜 놈들만 모여 있는 곳은 아닌 모양이로군. 역시 이런 귀찮은 짓을 한 보람은 있네. 그런데 이 자식은 왜 아직 안 오는 거야? 이제 슬슬 지루한데……'

손이 굳이 지하 고문실까지 따라와서 이런 고초(?)를 당하고 있는 것은 나름 생각이 있어서였다. 하나는 지금처럼 이들의 성향을 알아보기 위해서였고, 또 하나는 멀린이 어떻게 나올 것인지가 궁금해서였다.

기왕이면 멀린이 온 후에야 이들에게 친절을 베풀려고 했는데 안타깝게도 그의 인내심은 그렇게 너그럽지 못했다.

"후우! 후우! 맛이 어떠냐! 어디 또 뚫린 입이라고 계속 떠들어보든지.”

“큭큭, 귀여운 녀석들. 더 놀아주고는 싶다만 지겨워서 도저히 더 참고 있기가 힘들구나.”

지독할 정도로 몽둥이를 휘두르던 부몬이 때리다가 지쳤는지 숨을 잠깐 몰아쉬며 의기양양하게 한마디 했다. 그러나 돌아온 대답은 그의 예상을 완전히 벗어났다.

처음이나 지금이나 손은 여전히 유들거리고 있는 것이다. 게다가 이번에는 말을 끝내자마자 자리에서 벌떡 일어나는 것이 아닌가.

두두둑! 투둑!

“저, 저럴 수가……!”

“맙소사! 이건 말도 안 돼!”

더 기가 막힌 일은 그다음에 일어났다. 그의 몸에는 멀린의 지시에 의해 쇠사슬이 칭칭 감겨 있는 상태였다. 그뿐 아니라 다리와 팔목에는 강철 족쇄까지 채워져 있었다. 그런 것들이 손이 일어서자마자 마치 지푸라기 끊어지듯 간단하게 끊어져 나갔으니 얼마나 경악했겠는가.

“꼴라, 안에서 그만 꼼지락거리고 이제 나와라.”

—갸릉갸릉!

휙~ 사뿐~

그게 끝이 아니었다. 복면인들과 부몬이 놀라거나 말거나 손은 이번에는 꼴라를 불러냈다. 그러자 그의 명령 때문에 몇 번이나 뛰쳐 나와 흉포성을 드러내고 싶었던 꼴라가 마치 물 만난 고기처럼 기분 좋은 소리를 내며 가볍게 땅 위에 내려섰다.

"모두 검을 꺼내라! 위험한 놈이다!"

"네!"

창! 차창!

부몬이 다시 검을 꺼내 들며 복면인들에게 명령했다. 그러자 지하로 함께 내려왔던 복면인들이 동시에 검을 치켜들며 손을 촘촘하게 포위했다.

그러나 그들의 상대는 따로 있었다.

"꼴라, 저들과 놀아줘라. 단, 내가 명령을 내리기 전에는 절대 죽이지 마라."

—캬오오~!

"먹어서도 안 돼!"

멈칫.

—까웅.

먹어서도 안 된다는 말에 달려 나가던 꼴라가 멈추더니 처량한 표정으로 손을 뒤돌아보았다. 측은지심이 절로 생기는 모습이다. 먹지 말라는 말이 무척이나 서운했던 모양이다.

"다시 품속으로 들어올래?"

―키야오오!!

쉬이익!

그 말이 떨어지기 무섭게 꼴라의 작은 몸뚱이가 허공을 갈
랐다.

"자, 그럼 이제 당신은 나와 함께 즐겨보실까?"

숀은 꼴라에게 복면인들의 처분을 맡기고 자신은 부몬에
게 다가갔다. 여전히 그의 손에는 무기 하나 들려 있지 않았
지만 조금도 위축되지 않은 모습이다.

3

고풍스러운 가구가 잘 어울리고 있는 정갈한 실내에서 두
사람이 대화를 나누고 있다. 한 사람은 마법사 멀린이고 또
한 사람은 얼굴을 반쯤 가린 특이한 가면을 쓴 사람이다.

"그럼 결국 아까 잡아들인 사람 때문에 아직도 그들의 거
처를 알아내지 못했다는 말인가요?"

"그, 그렇습니다."

큰 책상 앞에 앉아 가면을 쓴 채 앉아 있는 사람은 의외로
무척이나 영롱한 목소리를 지닌 여인이었다. 하지만 그녀의
질문에 앞에 서 있던 멀린은 식은땀까지 흘리며 간신히 대답
하고 있었다. 이로 미루어보아 평범한 여인은 아닌 듯했다.

“이제 청부자들과 약속했던 시간이 겨우 사흘밖에 남지 않았습니다. 그런데 아직까지도 그들의 거처조차 알아내지 못했다는 게 말이 됩니까?”

“죄송합니다, 총수님. 내일 날이 밝는 대로 다시 정보 제공자와 접촉을 시도해 어떻게 해서든지 놈들의 거처를 알아내도록 하겠습니다.”

이 여인이 이곳의 총수인 모양이다. 그래서 그런 것인지 아니면 뭔가 또 다른 약점이라도 잡혀 있는 것인지 멀린은 여인에게 이상할 정도로 꼼짝을 하지 못했다. 그녀가 다그쳐도 그저 고개만 조아릴 뿐이다.

“그들과의 약속을 지키려면 내일 중으로는 꼭 알아내셔야 해요. 아시겠어요?”

“제 명예를 걸고 반드시 알아내겠습니다!”

4서클 마법사에게 명예란 목숨보다 중요한 것이다. 그것을 잘 알고 있는 총수는 더 이상 멀린을 닦달하지 않았다. 어차피 이제 와서 다른 사람에게 시킬 수 있는 일도 아니었다.

“그렇게까지 말씀하시니 한 번 더 믿어볼게요. 대신 이번에는 절대 같은 실수를 하시면 안 됩니다. 그런 일이 또 벌어진다면 우리 ‘밤 그림자’ 전체의 명예를 실추시키는 결과가 돌아올 수도 있음을 기억하세요.”

“명심하겠습니다!”

총수의 목소리는 부드럽고 맑았지만 함부로 거역하기 힘든 묘한 카리스마가 느껴졌다. 때문에 멀린은 군소리 없이 이렇게 대답할 수밖에 없었다.

"그건 그렇고, 그 사람은 대체 어떤 사람인가요?"

"그… 사람이라니요?"

"멀린 마법사님의 일을 방해했다는 자 말입니다. 아까 잡아온……."

"아, 그놈 말입니까?"

총수의 뜬금없는 질문에 멀린은 잠시 당황했다. 손에 관해 뭐라고 설명해야 할지 난감했던 것이다.

"저도 아직 잘 모르겠습니다. 단지 고 서클 실드 마법 스크롤을 지닌 것으로 보아 배후가 꽤나 수상한 놈인 것은 분명한데 영……."

"고 서클이라면 멀린 마법사님께서 사용하는 마법보다 월등한 마법을 말씀하시는 건가요?"

멀린은 어제의 전투에서 손이 보여주었던 믿기 힘든 방어력이 실드를 사용할 수 있는 마법 스크롤 덕분이라고 판단한 것 같았다. 호신강기라는 개념을 알지 못하는 이 세계에선 당연한 생각이라 할 수 있었다.

게다가 그가 무예와는 거리가 먼 마법사라는 점도 한몫했고 말이다.

"제 마법을 간단하게 막은 것을 보면 아마도 6서클 마법사가 만들어준 스크롤이 아닐까 합니다."

"그럴 리가! 현재 6서클 마법사가 존재하는 곳은 왕실밖에 없어요. 이런 시골 영지에 얻을 것이 뭐가 있다고 왕실에서 그런 자를 보내겠습니까?"

총수의 놀라움은 컸다. 말이 그렇지 6서클 마법사라면 기사로 치면 소드 마스터급 실력자를 말한다. 대륙 어디를 가든 그 정도 고 서클의 마법사는 왕국에 한 명 있을까 말까 할 정도였다.

현재 그들이 지내고 있는 칼론 왕국에는 왕궁마법사만이 6서클의 실력자로 알려져 있었다. 그러니 그녀의 놀람은 지극히 정상적이었다.

"왕실은 당연히 아닙니다. 제 추측입니다만, 아무래도 그 자는 이번에 우리가 맡은 청부와 관련 있는 자가 아닐까 싶습니다. 그리고 암거래 시장에서는 암암리에 6서클의 마법 스크롤도 거래가 되고 있는 실정입니다. 고 서클 마법사들이 돈이 필요할 때 가끔씩 푼다고 하더군요. 물론 그 가격이 천문학적으로 비싸긴 합니다만."

"제가 너무 앞서서 흥분한 모양이군요. 맞아요. 저 역시 그런 거래가 가능하다는 것은 들어본 적이 있네요. 그렇다면 멀린 마법사님의 말씀대로 그들이 보낸 사람일 가능성이 높겠

군요. 우리에게 당하기 전에 미리 선수를 치려고 한 것인지도
모르죠."

자신은 알지도 못하는 자들과 얽이고 있었으니 숀이 들으
면 기가 막힐 이야기였다.

"일단 부몬 대장에게 맡겨놓았으니 곧 정체가 밝혀질 겁니
다."

"하긴 부몬 대장님은 뭐든지 시작을 하면 끝을 보는 사람
인만큼 아무래도 그렇겠지요. 하지만 그가 어떤 사람인지 저
역시 몹시 궁금해지네요. 아무래도 가서 직접 보는 게 좋겠어
요."

두 사람은 모두 부몬 대장이라는 자를 꽤나 믿는 눈치였다.
하긴 어지간한 기사보다 나은 실력을 가진 자이니 그럴 만도
했다.

"저도 궁금하던 차였습니다. 그럼 함께 내려가 보시지요."

"그래요. 제가 앞장설게요."

대답과 함께 책상에서 일어선 여인의 자태는 그야말로 완
벽 그 자체였다. 비록 얼굴은 볼 수는 없었지만 늘씬하면서도
풍만한 몸매는 사내들의 혼을 쏙 빼놓고 남았다. 그런 그녀가
엉덩이를 씰룩거리며 앞장서서 걷자 그 모습에 멀린의 얼굴
이 벌겋게 달아올랐다.

'얼굴 한번 보여주지도 않고 사내들을 홀릴 수 있는 여자

는 대륙을 통틀어도 이 여자뿐이리라. 매번 볼 때마다 느끼는 것이지만 그녀의 뒤태는 정녕 미칠 만큼 매혹적이야.'

멀린은 앞으로 어떤 일이 벌어질지도 모른 채 이런 한가한 생각에 빠져들고 있었다. 그의 나이 올해 서른여섯이나 되었지만 아직 총각이었다. 마법을 연구하고 수련하느라 혼기를 놓쳤기 때문이다.

그리고 스물다섯이 넘는 나이까지 여자를 모르면 마나가 더 잘 모인다는 근거없는 속설도 한몫한 바 있다. 그런 처지이다 보니 그는 언제가부터 총수라는 여인에게 연심을 품고 있었다.

"충성!"

"고생들 많아요. 안의 상황은 어떤가요?"

"네! 부몬 대장님과 흑표범 조원 여덟 명이 지하 특실로 들어간 후 아직 나오지 않았습니다."

총수와 멀린이 지하실 입구에 도착하자 그곳을 지키던 경비병들이 부동자세를 취하며 큰 목소리로 인사했다. 그리고는 안으로 들어간 인원에 대한 보고를 간략하게 하였다. 이들의 말로 미루어볼 때 손을 잡아갔던 복면사내들은 흑표범조 소속의 대원들인 듯했다.

"알겠어요. 우린 안으로 들어가 볼 테니 계속 수고해 줘요."

“네, 총수님!”

그렇게 지하로 들어간 총수와 멀린은 특실에 다가갈수록 묘한 기분에 사로잡혔다. 사람의 소리는 전혀 들리지 않고 기묘한 짐승 소리만 희미하게 들려왔기 때문이다.

ㅡ캬아아.

“멀린 마법사님도 지금 이 소리가 들리시나요?”

“글쎄요. 짐승 소리 같은 게 들리는 것 같긴 한데 워낙 작아서요.”

“특실 쪽인 것 같으니 어서 가보죠.”

“네.”

현재 특실 안에는 조직 내에서도 상당한 실력자로 알아주는 부몬 대장과 날쌔고 전투력 막강한 흑표범 조원이 여덟 명이나 있었다.

그런데다가 4서클의 마법사와 부몬 대장 이상의 실력을 가지고 있는 총수까지 들어가고 있으니 무서울 것은 전혀 없었다. 그래서인지 두 사람은 망설임 없이 특실 문을 활짝 열었는데…….

“이, 이게 대체…….”

“허억! 맙소사!”

순간 두 사람은 그 자리에 얼어붙고 말았다. 너무나도 상상할 수 없는 상황이 펼쳐져 있었기 때문이다.

―캬오오~!

"훗, 생각보다 늦었군."

그런 그들을 환한 얼굴로 맞이하는 두 사람, 아니, 한 사람과 한 마리의 몬스터가 있었다. 바로 숀과 꼴라였다.

4

총수와 멀린이 등장하기 한 시간 전쯤.

부몬은 숀이 쇠사슬과 족쇄를 끊어내는 것을 보고는 크게 경악했다. 그러나 자신의 애검을 다시 꺼내 드는 순간, 어느 정도 안정을 되찾을 수 있었다.

상대가 방심한 틈(숀은 일부러 봐준 것이지만 그의 생각엔 그랬다)을 이용해 검에 마나까지 주입할 수 있었기 때문이다. 일단 검에 마나가 주입된 이상 베어내지 못할 것은 없다. 그것이 그의 자신감을 회복시켜 주었다.

"어디서 약간의 재주를 배운 모양인데 좋은 말로 할 때 어서 다시 자리에 앉아라. 그렇지 않으면 이번에는 정말로 널 죽일지도 모른다."

"거참, 성가시네. 재주 있으면 어서 죽여 보시든지."

스윽.

아예 목까지 길게 빼주며 죽이라고 하자 부몬은 그야말로 황당했다. 살다 살다 이런 놈은 또 처음 본 것이다. 하지만 그렇다고 마냥 이 정신 나간 놈과 실랑이만 하고 있을 수도 없는 노릇이었다. 그러기에는 부하들의 상태가 그리 좋지 않았다.

─캬오우~!

퍼퍽!

"크억!"

"이놈은 까테말로가 분명하다. 사나운 몬스터이니 다들 최선을 다해 막… 으악!"

딱 쥐새끼만 한 녀석이 어찌나 빠른지 부콘의 부하들은 눈 깜짝할 사이에 두 명이나 쓰러졌다. 그제야 그들은 이 조그마하고 귀엽게 생긴 놈이 사나운 육식 몬스터임을 깨달을 수가 있었다.

그러나 그 사실을 알았다고 해도 어떻게 손을 써야 할지 갈피를 잡지 못했다. 뭔가를 하기에는 너무 작은데다가 빨라도 너무 빨랐다. 자신의 뒤쪽에서 부하들이 이렇게 우왕좌왕하고 있으니 부콘의 심기가 편할 리 없었다.

"오냐, 곧장 황천으로 보내주마! 타핫!"

쐐애애액……!

그는 결국 손을 죽이기로 결심을 했는지 다나로 인해 퍼렇게 빛나고 있는 검을 크게 휘둘렀다. 물론 손의 목을 향해서이다. 그 동작이 어찌나 빠른지 부몬은 이 한 번의 칼질로 손의 목이 떨어질 거라 의심치 않았다.

그런데,

"너 지금 뭐하냐?"

"허억! 이, 이럴 수가! 어, 어떻게 이런 일이……."

진짜로 기가 막힌 일이 벌어졌다. 상대의 목을 쳐내는 묵직한 느낌이 와야 할 타임에 그는 오히려 뭔가 허전함을 느꼈고, 그럴 때 막 숀의 말이 들려온 것이다.

그제야 정신을 차리고 보니 어느새 검은 숀의 손으로 넘어가 있었고 검끝이 자신의 목젖에 닿아 있는 것이 아닌가. 그야말로 심장이 멎을 만큼 놀랄 수밖에 없는 상황이다.

"정말 멍청한 놈일세. 죽인다고 난리법석을 떨더니 왜 갑자기 칼은 나한테 주는 건데?"

"이, 이런 말도 안 되는 일이……. 이건 꿈이 분명해. 으으……."

짜악!

"윽!"

"어때? 아직도 꿈같나?"

부몬이 꿈이라고 하자마자 숀은 곧장 그의 뺨을 후려쳤다. 내공은 전혀 담겨 있지 않은 손길이었지만 부몬의 눈물이 쏙 빠질 만큼 강한 따귀였다.

"으으, 대체 무슨 수작을 부린 것이냐?"

"수작이라고? 흐음, 좋아. 그럼 다시 한 번 기회를 줄 테니 어떤 수작을 부렸는지 자네가 직접 확인해 보라고. 자!"

스윽.

말과 동시에 손이 검을 거꾸로 돌리더니 손잡이 쪽을 부몬에게 내밀었다. 순간, 부몬은 어안이 벙벙해졌다. 상대의 의도가 무엇인지 전혀 짐작할 수 없었기 때문이다.

"어서 받아서 다시 공격해 보라니까."

"미, 미친놈! 에잇!"

휘청~

손이 무슨 꿍꿍이로 이러는지는 알 수 없었지만 우선은 검을 다시 찾아야 했기에 부몬은 얼른 검을 낚아챘다. 얼마나 급했는지 쉽게 검이 당겨지자 몸이 중심을 잃고 휘청거렸다.

"나 지루하다니까. 어서 공격해 봐."

"죽어라!"

쉬이익~!

조금 전보다 훨씬 위협적인 공격이 손을 향해 날아들었다.

"쯧쯧, 검이 싫으면 애초부터 검을 쓰지 말든지. 이게 뭐니, 이게."

"으으, 이건 절대 사실이 아니야. 이럴 수는 없어."

하지만 결과는 똑같았다. 또다시 부몬의 검은 어느새 손의 손아귀에 잡혀 있었던 것이다. 정말 미치고 팔짝 뛸 노릇이었다.

짜악!

"크억!"

"멍청한 녀석! 다시 한 번 해볼 것인가, 아니면 이대로 항복할 것이냐? 둘 중 하나를 택해라."

또다시 귀싸대기를 한 대 맞은 부몬은 이제야 손이 함부로 상대할 사람이 아님을 깨달았다. 하지만 그렇다고 그냥 항복하기에는 그의 알량한 자존심이 허락지 않았다.

그런데 바로 그때,

"크아악!"

쿠웅!

부하들 중 부몬이 가장 아끼던 탐슨의 단발마를 마지막으로 실내가 잠잠해졌다. 들리는 소리라고는 오직 흑표범 조원들의 고통에 찬 신음 소리가 전부였다. 부몬이 손에게 홀려 있는 동안 부하들이 모조리 바닥에 쓰러져 있는 것이다.

실로 온몸에 소름이 돋을 만큼 믿을 수 없는 일이 현실에서 벌어지고 있었다. 겨우 까테말로 한 마리에게 정예 요원들이라고 할 수 있는 흑표범조 여덟 명이 모조리 당했다는 것은 직접 보고도 믿기 힘든 일이었다. 그것도 겨우 십여 분도 안 된 그 짧은 시간에 말이다.

그때 쓰러져 버린 자들을 살펴보던 손이 눈살을 찌푸렸다. 그들이 자꾸 일어서려고 발버둥치는 모습이 보기 싫었던 것이다.

"꼴라, 어느 녀석이든 대가리를 쳐드는 놈의 귀는 먹어도 된다."

―갸르릉～ 갸릉～

그 한마디에 다들 순식간에 땅바닥에 넙죽 붙어버렸다. 그것을 보고 꼴라가 바쁘게 돌아다니며 그들의 머리를 그 작고 앙증맞은 발로 걷어차기도 하고 머리로 슬쩍 밀어보기도 했다.

그러나 그 누구도 꼼짝을 하지 않았다. 귀가 음식으로 변하는 끔찍한 꼴을 겪고 싶지는 않았을 터였다.

그렇게 간단하게 상황 정리를 끝낸 손은 아쉽다는 듯 입맛을 다시고 있는 꼴라를 외면한 채 다시 입을 열었다.

"도전이냐, 항복이냐?"

"만약 이번에도 검을 빼앗기면 네가 시키는 일은 뭐든지 하겠다. 다시 한 번만… 검을 다오."

부몬은 마지막 남은 자존심이라도 지키고 싶었기에 결국 이런 제안을 하고 말았다. 그러자 손의 얼굴에 사악하기 그지없는 미소가 떠올랐다. 안타깝게도 부몬은 그 미소를 볼 수 없었지만.

"시키는 것은 다 하겠다고? 믿어도 되나?"

"나 훈련대장 부몬의 명예를 걸고 맹세하마!"

"흐음, 좋아. 그럼 믿어보지. 자, 받아라. 이번에는 시간을 조금 더 줄 테니 마나를 충분히 모아서 덤벼봐라."

휙~ 턱!

"사양하지 않겠다."

또다시 숀이 검을 던져주자 부몬은 그것을 잡자마자 두 눈을 감고 정신을 집중했다. 숀의 말대로 온몸의 모든 마나를 모으기 위해서이다.

부르르.

그러자 검에 짙은 파란빛이 떠오르기 시작했다. 확실히 조금 전보다는 더욱 빛나 보였다.

"간다! 이야아압~!"

슈우우욱~!

…….

"이럴 수가!"

엄청난 파공음과 함께 눈부신 빛을 뿌리며 날아가던 부몬의 검이 한순간 감쪽같이 사라졌다. 또다시 숀의 손아귀로 들어갔던 것이다. 하지만 숀은 이번에는 뺨을 때리지 않았다. 대신 한쪽을 바라보더니 갑자기 꼴라를 불렀다.

"꼴라, 이리 와봐라."

쪼르륵~

―갸릉갸릉.

"오늘부터 이 녀석은 네 쫄다구다. 앞으로 잘 보살펴 주도록."

―갸르릉~ 갸릉갸릉~

쫄다구 소리에 꼴라는 신이 났지만 부몬의 얼굴은 일그러질 대로 일그러지고 말았다. 사람의 부하가 되라고 해도 성질 날 판에 몬스터의 부하라니 절대 있을 수 없는 일이었다.

"몬스터의 부하 노릇을 시키려면 차라리 죽여라!"

순간 숀의 눈에서 살벌한 빛이 떠올랐다.

움찔.

"죽이라고? 네놈이 그러고도 사내냐? 네 입으로 뭐라고 했지? 명예를 건다고 하지 않았던가? 그런 놈이 이제 와서 뭐가 어쩌고 어째?"

"그, 그건……."

"시끄러. 내 수하 넘버원은 원래 꼴라야. 네놈은 끽해야 저놈 아래고. 게다가 내가 가장 싫어하는 놈이 바로 너처럼 입만 번드르르한 자지. 온갖 잘난 체 다 하다가 자신이 조금만 불리해지면 배째라 이건가? 그렇다면 째줘야지. 꼴라!"

―캬오우~!

주인의 기분을 아는지 꼴라 역시 뭔가 비장한 느낌이 드는

투로 대꾸했다.

"이놈을 정신 차릴 때까지 굴려줘라. 죽이는 것과 먹는 것만 빼고 다 허용해 주마. 그리고 그놈이 끝나고 나면 자꾸 이쪽을 힐끔거리는 녀석들도 알아서 버릇을 고쳐 놓도록. 이상!"

―캬캬오오!

척!

숀의 말에 꼴라가 그 짧은 앞다리로 경계 자세를 취했다. 그러나 벌써 부몬을 향하고 있는 눈빛은 번들거리고 있었다. 좋아 죽겠다는 눈치다. 그리고 그것은 곧바로 증명되기 시작했다.

"으아악! 제, 제바알 죽여줘!!"

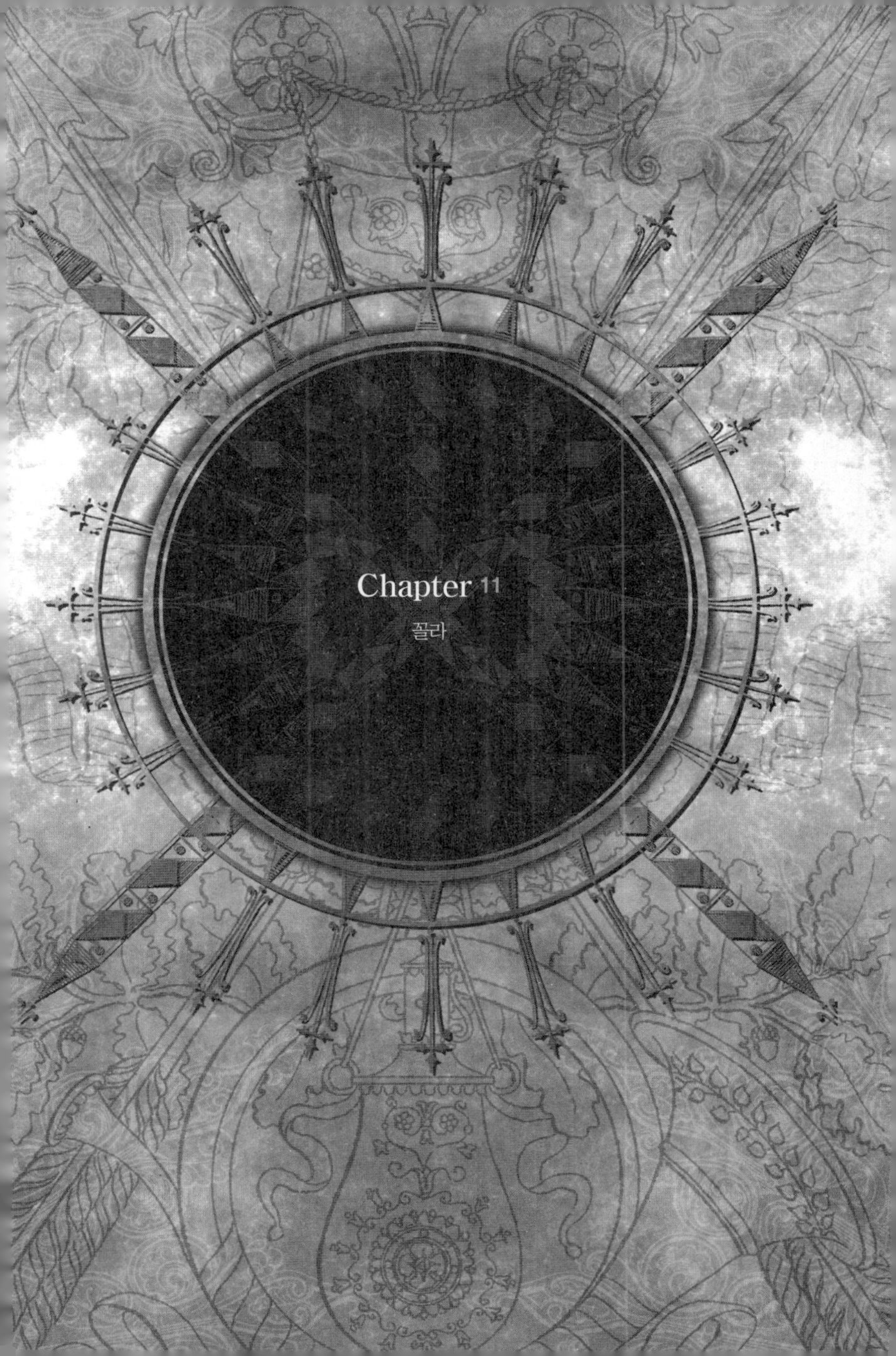

Chapter 11

쫄라

건들면죽는다

1

총수와 멀린이 지하 특실의 문을 열었을 때 가장 먼저 그들을 반겨준 존재는 바로 꼴라였다. 보기에는 작고 귀여웠지만 녀석은 바닥에 코를 박고 있는 부몬의 산발한 머리 위에 서서 한쪽 발로 탁탁 치고 있었다. 승리자의 건들거리는 자세였다.

"부몬 대장님!"

"끄으! 오, 오셨군요, 총수님."

"이게 대체 무슨 일입니까? 흑표범 조원들은 모두 죽었나요?"

포로를 잡아서 지하 특실로 향했던 사람들은 모두 조직 내에서도 한가락 하는 자들이다. 그것도 포로는 달랑 한 명이었다.

그런데 그 달랑 한 명은 지금 중앙에 놓여 있는 의자에 다리까지 꼰 채 너무도 편안한 자세로 앉아 있고 다른 사람들은 모두 쓰러져 있는 것이다. 게다가 흑표범 조원들이 워낙 처참해 보이는 몰골로 엎어져 있었기에 총수는 가슴이 철렁했다. 마치 죽은 것처럼 보인 탓이다.

"저희들은 아, 아직 괜찮습니다, 총수님. 윽!"

"다행이군요. 그럼 멀린 마법사님께서 부몬 대장을 돌봐주시겠어요? 제가 흑표범 조원들의 상처를 살펴볼게요."

"그렇게 하겠습니다."

흑표범 조원 중 한 명이 힘겨운 한마디에 총수의 표정이 조금 나아졌다. 그나마 안심이 되었던 모양이다. 물론 그렇다고 그냥 방치할 수는 없었는지 자신이 직접 그들을 치료해 주기 위해 다가가며 멀린에게는 부몬을 부탁했다. 그게 멀린에게는 얼마나 위험한 지시인지도 모른 채 말이다.

"어이, 멀린. 자네는 내가 시킨 일은 하지 않고 대체 뭘 하고 있는 건가? 설마 겨우 하룻밤 사이에 내가 누구인지 잊은 것은 아니겠지?"

흠칫.

"허, 허튼소리하지 마라! 그때는 네놈의 야비한 수법에 당해 어쩔 수 없이 말을 듣는 척했을 뿐이다!"

"야비한 수법이라고?"

내내 태연하던 쏜의 얼굴에서 웃음이 사라졌다. 멀린의 말
에 기분이 살짝 상한 모양이다.

"너는 나와 겨룰 때 몰래 마법 스크롤을 사용했다. 그게 야
비한 짓이 아니면 무엇이란 말이냐!"

"마법 스크롤? 그게 뭐지?"

쏜은 비록 산속에서 자랐지만 훌륭하신 어머니와 아버지
를 통해 어지간한 교육은 다 받을 수 있었다. 그러나 견문 없
이 배운 지식은 한계가 있는 법.

기사들의 능력이라든지 마법의 무서움 등은 최근에 와서
야 직접 겪으면서 깨달아가고 있는 중이다. 그런 그에게 마법
스크롤은 생소한 단어일 수밖에 없었다.

"음흉한 놈!"

"슬슬 짜증이 치미네. 더 떠들면 때려죽일 것 같으니 너는
일단 입을 다물고 있는 게 좋겠다."

푸슝~ 퍽!

"읍!"

"마법 스크롤이 뭔지는 천천히 알아보지, 뭐."

그렇지 않아도 버릇을 고쳐줘야 할 대상이 자꾸 열받는 소
리만 주절거리고 있으니 쏜이 그런 멀린을 그대로 둘 리 없었

다. 결국 그는 지풍을 날려 순식간에 멀린의 아혈과 마혈을 동시에 점혈해 버렸다. 그로 인해 멀린은 정신은 멀쩡했지만 움직일 수도 말을 할 수도 없는 상태가 되고 말았다. 그가 유일하게 할 수 있는 일은 눈알 굴리기와 듣는 것이 전부였다. 여전히 꼼짝도 하지 못하고 있는 부몬과 무척 닮아 있는 모습이기도 했다.

"호오, 치료하시겠다? 이거 흥미로운걸."

멀린을 그 지경으로 만들어놓고 나더니 숀은 다시 느긋한 자세로 의자에 앉아 총수가 있는 쪽을 관찰하기 시작했다. 그때 총수는 멀린에게 무슨 일이 일어났는지도 모른 채 흑표범 조원들에게 다가가 그들을 살펴보다가 품속에서 작은 병을 하나 꺼냈다.

"자, 이걸 한 모금만 마셔봐요."

"감사합니다, 총수님. 꿀꺽."

그녀가 흑표범 조원들에게 먹이고 있는 것은 바로 최고급 포션이었다. 그것은 단 한 모금만 마셔도 어지간한 상처는 깨끗이 치료되는 효능이 있었다. 그리고 그것은 금방 확인할 수 있었다. 여덟 명의 흑표범 조원이 하나둘씩 멀쩡한 모습으로 일어섰기 때문이다.

"꼴라, 상대가 여자라고 너무 봐주는 것 아니냐?"

움찔, 도리도리.

　이상한 것은 조금 전만 해도 흑표범 조원들을 인정사정없이 굴리던 꼴라가 이번에는 얌전히 있다는 점이다. 그것을 보고 손이 녀석의 시선을 따라가 보았는데, 아니나 다를까, 그 시선 끝에 총수의 뒷모습이 있었다. 몬스터 주제에 암컷(?)만 보면 밝히는 녀석다운 뻔뻔함이다.

　"하긴 어차피 이제 우리와 한식구가 된 것이나 다름없으니 굳이 치료를 막을 필요는 없겠지. 오히려 귀찮은 일을 덜어주고 있으니 다행이라고 해야 하나?"

　"그게 무슨 말이죠? 당신이 언제부터 우리와 한식구였죠? 이제 처음 보는 사이 아닌가요?"

　손의 유들유들한 말에 어느새 치료가 다 끝났는지 허리를 펴던 총수가 받아쳤다. 말투가 냉정한 것으로 보아 꽤나 화가 난 모양이다. 하긴 자신의 수하들을 모조리 눕혀놓은 범인에게 친절할 이유는 없을 터였다.

　"그놈들과 여기 누워 있는 부몬이라는 자는 이미 꼴라의 수하가 되기로 했소. 그러니 한식구가 맞는 거지."

　"당신 이름이 꼴라인가요? 이름치고는 정말 유치하군요. 어쨌든 이들은 모두 우리 조직의 사람들이니 헛소리 그만하세요. 멀린 마법사님, 거기 꼴라라는 자를 어서 제압하세요!"

　"……."

　손의 말에 더 화가 난 총수가 멀린에게 지시를 내렸다. 그녀는 여전히 멀린을 믿고 있는 모양이다. 하긴 워낙 조용히 제압을 당한 터라 그가 지금 심각한 상황에 놓여 있다는 것을 알 리가 없었다.

게다가 그녀는 지금 꼴라를 사람으로 착각하고 있었다. 그것도 건방져 보이는 숀으로 말이다.

"내가 꼴라라고? 하하! 그것 참 재미있네. 이봐요, 예쁜 아가씨. 꼴라는 당신 옆에 있는 그 녀석이오. 그리고 멀린 이자도 어제 나의 수하가 되겠다고 하면서 충성을 맹세했던 자요. 겨우 하루 만에 배신해서 내가 잠시 친절을 베풀려는 중이니 부르지 마시오."

"멀린 마법사님! 멀린 마법사님! 제 말이 안 들리세요? 당신 대체 마법사님께 무슨 짓을 한 거죠?"

보기에는 멀쩡하게 서 있는 자세이다. 하지만 아무리 불러도 멀린은 등을 돌린 채 대답이 없었다. 그것이 그녀로 하여금 더욱 흥분하게 만들었다.

"내가 내 수하를 어떻게 하든 그건 당신이 알 바 아니오. 그것보다는 당신 옆에 있는 꼴라를 신경 쓰는 게 좋을 것 같은데? 방금 당신이 치료해 준 자들이 움직이면 녀석이 가만있지 않을 거요. 아까는 수하로 삼기 위해 목숨은 살려주었지만 이번에는 죽일 것 같거든."

움찔.

숀의 이 한마디에 겨우 치료가 되어서 움직이려고 했던 흑표범 조원들이 일제히 멈추었다. 실제로 꼴라가 자신들을 죽이려고 마음만 먹는다면 그 순간으로 황천길을 떠나야 한다는 것쯤은 충분히 느끼고 있는 탓이다.

"그렇다면 내가 먼저 없애주면 되겠네요. 사라져라, 몬스터! 이얍!"

슈욱~!

말이 끝나기 무섭게 총수의 옆구리에서 날카로운 검이 뛰어나왔다. 그녀는 그 검을 치켜들며 숨 쉴 틈도 없이 곧장 꼴라를 찔러갔다.

허리띠 대신 차고 다닐 정도의 검이라면 연검이 분명하다. 그런 연검이 지금은 그 어떤 강철 검보다 빳빳하게 선 채 날카로운 기세로 날아갔다. 총수는 그 짧은 시간에 마나까지 주입해 공격했던 것이다.

"이런! 이 동네 솜씨 치곤 제법이구나!"

그녀의 공격이 어찌나 빠르고 정확했던지 숀마저 깜짝 놀랐다. 그리고 그렇게 날아간 검은 어떻게 하고 자시고 할 틈도 없이 꼴라의 몸에 그대로 꽂히고 말았다.

2

"와아아~!"

총수의 검이 꼴라의 등에 꽂히는 순간, 한쪽에서 환호성이 터져 나왔다. 바로 꼴라에게 심하게 당했던 흑표범 조원들이 너무 기쁘다 못해 자신들도 모르게 소리쳤던 것이다. 그만큼 누가 봐도 이때 꼴라는 마나가 주입된 검에 찔려 죽거나 최소한 중상을 입을 거라 여겨졌다.

"자, 이제 이렇게 되면 우리 조직원들이 꼴라인지 뭔지의 수하가 될 수가 없겠죠?"

"큭, 과연 그럴까요? 당신은 우리 꼴라를 너무 만만하게 본 것 같군. 그 녀석은 지금 당신이 여자라 봐준 것뿐이라오. 이 녀석, 자꾸 게으름 피우면 진짜 혼난다."

"정말 어처구니없는 사람이로군요. 이 녀석을 아끼는 것 같기는 한데 늦어도 한참 늦었네요. 이미 제 검이 녀석의 몸통을 뚫고 들어간 상태거… 헉!"

파츠츠, 스으윽.

말을 하던 총수가 기겁했다. 자신이 찔러 넣고 있던 검이 저절로 올라오기 시작했으니 얼마나 놀랐겠는가.

"이익! 죽, 죽어라!"

너무 놀라 혼이 나갈 지경이었지만 그렇기에 그녀는 검에 더욱 힘을 불어넣어 아래로 찔렀다. 그러나 그것은 그야말로 헛된 몸짓에 불과했으니……

쑤욱~!

"읍!"

푸르르르~ 슈욱~!

그녀는 자신이 가지고 있던 모든 마나를 동원했지만 결국 검은 간단하게 튀어 오르고 말았다.

그러자 꼴라가 몸을 한 차례 떨어치더니 그대로 총수의 얼굴을 향해 날아갔다. 그녀 입장에서는 놀라고만 있을 수 있는 상황이 절대 아니었다.

"에잇!"

위잉~!

연검이라 그런지 바람을 가를 때마다 섬뜩한 소리가 함께 했다. 그녀는 자신에게 날아오는 꼴라를 향해 검을 매섭게 휘둘렀다. 조금 전 찌를 때보다 배는 빠른 속도였다. 그러나 꼴라 역시 그때와는 판이하게 달랐다.

휘청~!

"이런……."

총수는 꼴라가 대체 어떻게 사라졌는지조차 모르고 있었다. 분명 자신의 검이 닿는 순간 동시에 사라졌기 때문이다. 게다가 그녀의 놀람은 그게 끝이 아니었다.

"총, 총수님, 얼, 얼굴이… 헤……."

구경하고 있던 모든 사람들이 그녀의 모습을 바라보며 다들 넋을 놓기 시작했던 것이다. 처음에는 저들이 왜 그러나 싶었지만 곧 그녀는 그 이유를 알 수 있었다.

바로 지금까지 쓰고 있던 가면이 정확히 반으로 갈라진 채 떨어져 있는 것을 발견했기 때문이다.

가면이 사라지고 나서 드러난 그녀의 얼굴은 한마디로 충격 그 자체였다. 과연 인간이 맞을까 싶을 정도로 아름다웠다. 오죽했으면 꼴라 이 녀석이 또다시 공격을 멈추고 침을 질질 흘리고 있을까.

"꼴라, 너 자꾸 그렇게 한눈팔면 진짜 혼난다."

—캬르르, 카오~!

장내의 모두가 총수의 미모에 혼이 나갈 지경이 되었건만 단 한 사람, 숀만큼은 표정의 변화가 조금도 없었다. 그 모습을 발견한 총수의 얼굴에 또 다른 놀라움이 떠올랐다.

'내 얼굴을 보고도 이성을 잃지 않는 사람이 정말 있구나. 아아, 그렇다면 바로 이 사람이 예언에 등장하는 바로 그 사람이라는 말인가? 그래서 이런 괴물 같은 놈을 부릴 수 있는 것일까?'

그녀는 속으로 이런 생각을 하며 손을 좀 더 자세히 살펴보려 했다. 하지만 그건 오래 지속될 수가 없었다. 곧바로 꼴라의 공격이 다시 시작되었기 때문이다.

"어림없다. 타핫!"

빙그르, 투웅~!

이번에는 꼴라의 앞발이 총수의 가슴을 노리고 날아왔다. 하지만 그녀는 멋지게 뒤로 한 바퀴 돌면서 그 공격을 피함과 동시에 역습을 펼쳤다. 정말 대단한 실력이었지만 그녀의 역습은 너무도 쉽게 막혀 버렸다,

"대, 대체 이 녀석의 정체가 뭐죠? 까테말로가 이렇게 강할 리가 없어요."

"훗, 그 녀석은 일반 까테말로가 아니오. 모든 까테말로를 다스리는 그들의 왕이라오. 그러니 그쯤에서 검을 내려놓으시오. 당신의 솜씨가 대단한 것은 인정하지만 그 정도로는 그 녀석을 이길 수 없소. 그 녀석은 오우거도 당할 수 없거든."

마침내 처음으로 '킹 까테말로' 가 세상에 알려지는 순간이다. 녀석의 능력이 대형 몬스터 오우거보다 강하다는 것도 알려졌다. 마나가 실린 검이라 해도 '킹 까테말로' 의 몸은 관통할 수 없다는 사실도.

"그, 그럴 수가! 그럼 당신은 대체 누구죠? 무엇 때문에 우리 조직에 나타난 것인가요?"

"원래는 당신들의 조직을 딱 찍어서 온 것은 아니오. 하지만 다른 곳으로 갈 필요가 없다는 것은 인정하지. 그래서 하는 말인데, 나와 거래를 하나 합시다."

"거래… 요?"

상황을 이 지경으로 만들어놓고 거래를 하자는 말에 총수는 기가 막혔다. 하지만 그렇다고 바로 거절할 생각도 들지 않았다. 거절하기에는 자신을 계속 태연하게 대하고 있는 손에 대한 호기심이 크게 일어나고 있었다.

"그렇게 대단한 거래는 아니오. 그냥 앞으로 당신들이 나의 눈과 귀가 되어주면 되는 아주 간단한 거래이니까."

"그 말은 결국 우리가 당신의 수족이 되어서 정보를 모아 달라는 것 아닌가요? 그게 어떻게 간단한 거래라고 할 수가 있죠?"

손의 말에 총수는 결국 발끈하고 말았다. 말은 부드럽고 그 럴싸해 보였지만 결국은 자신의 조직을 통째로 갖겠다는 말 이나 마찬가지였기 때문이다.

"당신들 조직을 갖겠다는 게 아니오. 방금 전에 말한 대로 나는 정보가 필요할 뿐이오. 대신 당신들이 처리하기 힘든 일 들은 내가 처리해 주겠소."

"어떤 일이든 다 처리할 자신이 있다는 것처럼 들리네요. 그리고 우리가 무슨 일을 하는 사람들인지나 알고나 하는 말 씀인가요?"

지금 장내에 있는 사람들 모두가 두 사람의 대화를 듣고 있 었다. 흑표범 조원들이야 벌써 치료가 되어 있는 상태이니 당 연했고 멀린 역시 귀는 멀쩡한 상태라 듣는 데는 지장이 없었다. 부몬은 애초부터 정신은 멀쩡했고 말이다.

그들은 모두 두 사람의 대화에 신경이 바짝 곤두서 있는 상태였다. 조직의 앞날과 관계가 있었으니 당연했다.

"처음에는 도둑 무리인 줄 알았는데 와서 보니 그게 아니더군. 영지군에 맞먹을 만한 엄청난 군사력에 마법사까지 함께하는 무리가 도둑질이나 할 리는 없지. 안 그렇소?"

"그, 그야 당연하죠."

숀의 말에 총수는 자신도 모르게 시인하고 말았다. 일단 도둑이라는 누명을 쓰고 싶지는 않았던 모양이다.

"그렇다면 결론은 둘 중 하나요. 청부를 받아 남의 싸움에 끼어드는 용병 무리이거나 아니면 반란을 꿈꾸는 집단이거나. 어쩌면 둘 다일 수도 있겠지. 청부를 받아 돈을 벌면서 반란을 계획하고 있는. 어떻소? 내 말이 틀렸소?"

"당신… 정말 무서운 사람이군요. 적당한 선에서 처리하려고 했는데 안 되겠군요. 모두 들으셨지요? 아무래도 이번 일만큼은 장로님들께서 나서주셔야 할 것 같아요!"

숀이 정곡을 찔렀는지 총수의 아름다운 얼굴이 눈에 띄게 달라졌다. 그러나 그녀는 신색을 바로잡으며 갑자기 허공에 대고 외쳤다. 그 쪽은 어디로 보나 가로막힌 벽뿐이었는데 갑자기 그녀가 미치기라도 한 것일까 하는 생각이 막 들려고 할 때,

"허허, 알겠습니다, 총수님."

"낄낄, 이 늙은이들을 이제야 부르시다니… 역시 고집이 어지간하십니다."

"킹 까테말로가 나타났을 때부터 우리를 부르게 될 줄 알았지. 흘흘."

정녕 황당하게도 벽이 흐느적거리며 갈라지더니 괴이한 인물들이 등장하기 시작했다. 상황은 갈수록 재미있어지고 있었다.

3

밤 그림자의 장로는 모두 네 명이었다. 숀은 진작부터 그들의 존재를 알고 있었지만 일부러 모르는 체하고 있었다. 그들이 모두 한결같이 살수의 은신술을 사용하고 있는 것이 신기하기도 하고 친근감이 들기도 해서이다.

'살기를 감추고 기척까지 일절 드러내지 않고 있다. 무공의 수준이 한참 낮은 이곳에서 이 정도라면 상당한 실력에 속하겠어. 만일 숨 쉬는 것까지 감출 수 있다면 최고라고 할 만하지. 이거 잘만 가르치면 꽤 쓸 만한 자들이 될 수도 있겠는데. 나이가 조금 흠이긴 하지만.'

그들이 등장하기 전부터 이미 숀은 그들을 어떻게 부려먹을까 하는 생각까지 하고 있었다. 그러나 총수와 밤 그림자 사람들은 그의 그런 흑심(?)을 전혀 알 수가 없었기에 장로들의 등장이 마냥 든든하기만 했다.

드디어 이 재수없는 몬스터와 그놈의 뺀질거리는 주인 녀석을 혼내줄 수 있다고 여긴 것이다.

'흐음, 등장부터 꼴라의 정체를 먼저 말하는 것을 보면 심기도 대단한 것 같은데? 조직원이 킹 까테말로에게 당했다는 것을 알면 의기소침했던 기분이 좀 나아질 테니 달이야. 이거 모처럼 그나마 즐겁게 해줄 사람들을 만난 것 같군. 흐흐.'

그런데 문제는 숀 역시도 노인네들의 등장을 즐거워하고 있다는 점이다. 하긴 그의 입장에서야 조금이라도 강한 사람이 반가울 수밖에 없을지도.

"우선 킹 까테말로부터 제압해야겠네. 저기 앉아 있는 녀석이야 아무리 살펴봐도 별로 힘을 쓸 거 같지는 않거든. 어디서 운 좋게 킹 까테말로를 입수해 그 덕으로 큰소리나 치는 놈 같아."

"낄낄, 맞소, 큰형님. 저놈은 주둥이만 살아 있는 것 같으니 어서 귀여운 킹 까테말로부터 생포해 봅시다. 워낙 희귀한 녀석이라 잡기만 하면 돈 좀 되겠소이다그려."

노인네들은 등장하자마자 꼴라를 노려보며 이렇게 떠들었다. 대화 내용으로 보아 이들은 형제인 것 같았다. 그런 그들은 꼴라가 가장 위험하다고 판단한 것이다.

그래서인지 곧 서로 눈짓을 주고받더니 마치 그림자처럼 조용하고 빠르게 움직여 꼴라를 포위해 들어갔다. 그렇게 네 사람이 동서남북을 차단하자 꼴라도 위기의식을 느꼈는지 주변을 두리번거리며 경계 자세를 취했다.

"이봐요, 노인 양반들. 다 늙은 분들이 그렇게 작고 귀여운 녀석에게 떼로 덤벼서 어쩌시려고요? 괜히 그러다가 자칫 허리라도 부러지면 식사하기도 힘들어지실 텐데 그쯤에서 관두시죠?"

바로 그때 손이 꼴라를 보호하기 위해서인지 아니면 일부러 노인네들을 약 올리려는 것인지 끼어들었다.

"허허, 저놈, 걸물은 걸물이야. 감히 우리 '나이트 홀릭 사형제'를 만나고 있는 자리에서도 저따위 고상한 말을 지껄이는 것을 보니."

"그러게 말입니다, 형님. 저놈은 조금 후에 지옥이 어떤 곳인가 느끼면서 두고두고 함부로 지껄인 것을 후회하게 만들어줘야 할 듯싶습니다."

'호오, 도발에 쉽게 걸려들지 않는 걸 보니 제법 혹독한 훈련을 거친 살수들이로군. 그런데 나이트 홀릭 사형제가 유명한가 보지? 밤에 중독된 형제들이라… 꽤나 웃긴 이름이야. 게다가 네 늙은이가 죄다 똑같이 생겼네? 거참."

그들의 말을 들으며 손은 의외라는 듯 살짝 감탄했다. 그가 일부러 약을 올려 그들을 흥분시키려 했지만 그것이 실패했기 때문이다.

게다가 그는 아직 잘 모르고 있지만 나이트 홀릭 사형제는 네쌍둥이 어쌔신으로 덴마이 왕국뿐 아니라 왕국이 속해 있는 텀블 대륙 전체에서도 명성을 날린 사람들이었다.

그런 자들이 이런 시골구석 영지에 숨어 있을 줄이야. 세상 사람들이 알면 뒤집어질 이야기였다.

"다들 조용히 하고 어서 킹 까테말로부터 잡아라!"

"네! 그럼 제가 먼저 갑니다!"

피잉~!

휙!

"역시 제법이로군. 하지만 어림없다!"

핑! 핑! 핑! 핑!

손은 아예 무시를 하겠다는 듯 맏형이 꼴라를 잡으라고 명령을 내리자 둘째가 품속에서 뭔가를 꺼내서 던졌다. 바로 미스릴로 주조된 특수 표창이었다. 그러나 꼴라는 벌써 눈치를 챈 듯 빛살처럼 날아오는 표창을 간단하게 피해냈다.

그 모습을 본 둘째는 당황하지도 않고 이번에는 자신이 직접 허공을 날았다. 그러더니 동시에 네 개의 표창을 더 던졌다. 실로 날렵하면서도 조금의 망설임도 없는 공격이었다.

─캬~ 오오!

물론 이 정도의 공격으로 당할 꼴라는 아니었다. 녀석은 한 꺼번에 네 개나 되는 표창이 날아들었지만 그야말로 가뿐하게 피했다. 그런데 바로 그때,

"지금이다!"

퍼펑! 촤르르르~!

"잡았다, 요놈!"

꼴라가 표창에 신경을 쓰는 사이 또 다른 노인이 그물을 펼쳐 던졌다. 워낙 빠른 속도도 속도지만 꼴라는 그것을 미처 피할 겨를이 없었다. 표창 때문에 허공에 떠 있는 상태였기 때문이다.

─캬오~ 캬캬오~!

버둥버둥.

"아무리 벗어나려고 해도 소용없다. 그 그물은 퀸 타란툴라의 거미줄로 만든 것이거든. 주로 너처럼 희귀한 몬스터를 생포할 때 쓰이는 귀물이지. 흘흘."

멈칫.

장로의 말이 나오자 꼴라가 갑자기 움직임을 멈추었다. 흡사 알아듣는 듯한 모습이었다.

실제로 퀸 타란툴라의 거미줄은 그 무엇으로도 끊을 수 없는 것으로 알려져 있다. 그게 사실이었는지 꼴라의 강철 같은

이빨로도 또한 녀석의 도검보다 날카로운 발톱으로도 그물은 찢어지지 않았다.

그때부터 녀석은 처량한 눈빛으로 자신의 주인인 숀을 바라보았다. 어찌나 슬퍼 보이는지 보고 있던 총수의 커다란 눈에 눈물이 다 맺힐 지경이다.

"불쌍해."

—갸릉갸릉.

스윽.

"늙은 생강이 맵다더니 과연 한가락 보여주는군요. 마음에 듭니다. 하지만 감히 내 귀여운 쫄다구를 핍박하는데 그냥 넘어갈 수는 없소."

여기까지 말한 숀은 잠시 말을 멈췄다가 다시 입을 열었다.

"하지만 퀸에게 겁을 먹을 킹 까테말로가 아니지. 당신들 단단히 착각하고 있어. 퀸 타란툴라의 거미줄을 두려워하는 게 아냐. 킹과 퀸은 본디 함께 생활하는 법이지."

"그게 무슨……?!"

"녀석은 지금 잠시 옛 추억을 떠올린 것뿐이라오. 퀸 타란툴라와의."

그 모습에 숀도 마음이 움직였는지 마침내 자석처럼 붙어 있던 엉덩이를 떼고 자리에서 일어났다. 그러더니 득의한 표정으로 죽 늘어서 있는 나이트 홀릭 사형제를 한 명씩 쳐다보았다.

"미친놈이 틀림없구나. 끝없이 지껄이는 것을 보니. 그래, 좋다. 기왕 꺼낸 말이니 더 들어주마. 저 킹 까테말로가 무슨 추억을 떠올린다는 것이냐? 킹과 퀸이 어울린다고? 하하, 우습군."

"과거 한때 녀석은 퀸 타란툴라하고 꽤나 친하게 지냈거든요. 둘 다 몬스터 계에서도 손꼽을 만큼 강한 녀석들이었기에 만나는 순간 통했던 것이지요. 그런데 그렇게 지내던 둘 사이에 아주 끔찍한 일이 벌어졌소. 바로 탐욕에 물들어 있는 인간들이 퀸 타란툴라의 거미줄이 욕심나서 함정을 팠던 것이지요."

"으음⋯⋯."

손의 말이 이어지자 다들 침묵을 지켰다. 워낙 희귀한 이야기인지라 뒤가 궁금해 말을 막을 수도 없었다.

"하필 그때 꼴라는 그 퀸 타란툴라와 함께 있다가 같이 함정에 빠지고 말았소. 그 함정은 애초부터 퀸 타란툴라라는 영물을 잡기 위한 함정이었기에 무섭기 짝이 없었다오. 함정 내부가 모두 미스릴 합금으로 막혀 있는데다가 모여 있는 인간들은 모두 초인들이었소. 그런데 말이오, 결과가 어떻게 되었는지 아시오?"

"당연히 둘 다 잡혔겠지. 네 말을 들어보니 그런 준비할 수 있는 초인들이라면 거의 마스터급 기사들이었을 테니까.”

“물론 그게 가장 보편적으로 예측할 수 있는 결론일 거요. 아니, 실제로 퀸 타란툴라는 반항하다가 결국 그 인간들에게 죽음을 맞이하고 말았소. 그런데… 그 이후 이상하게도 그 인간들도 모조리 죽어버렸소. 그 이유가 뭐겠소?”

이상하게도 숀의 마지막 질문은 모두에게 묘한 느낌을 던져주고 있었다. 그건 바로 기분 나쁜 섬뜩함이었다.

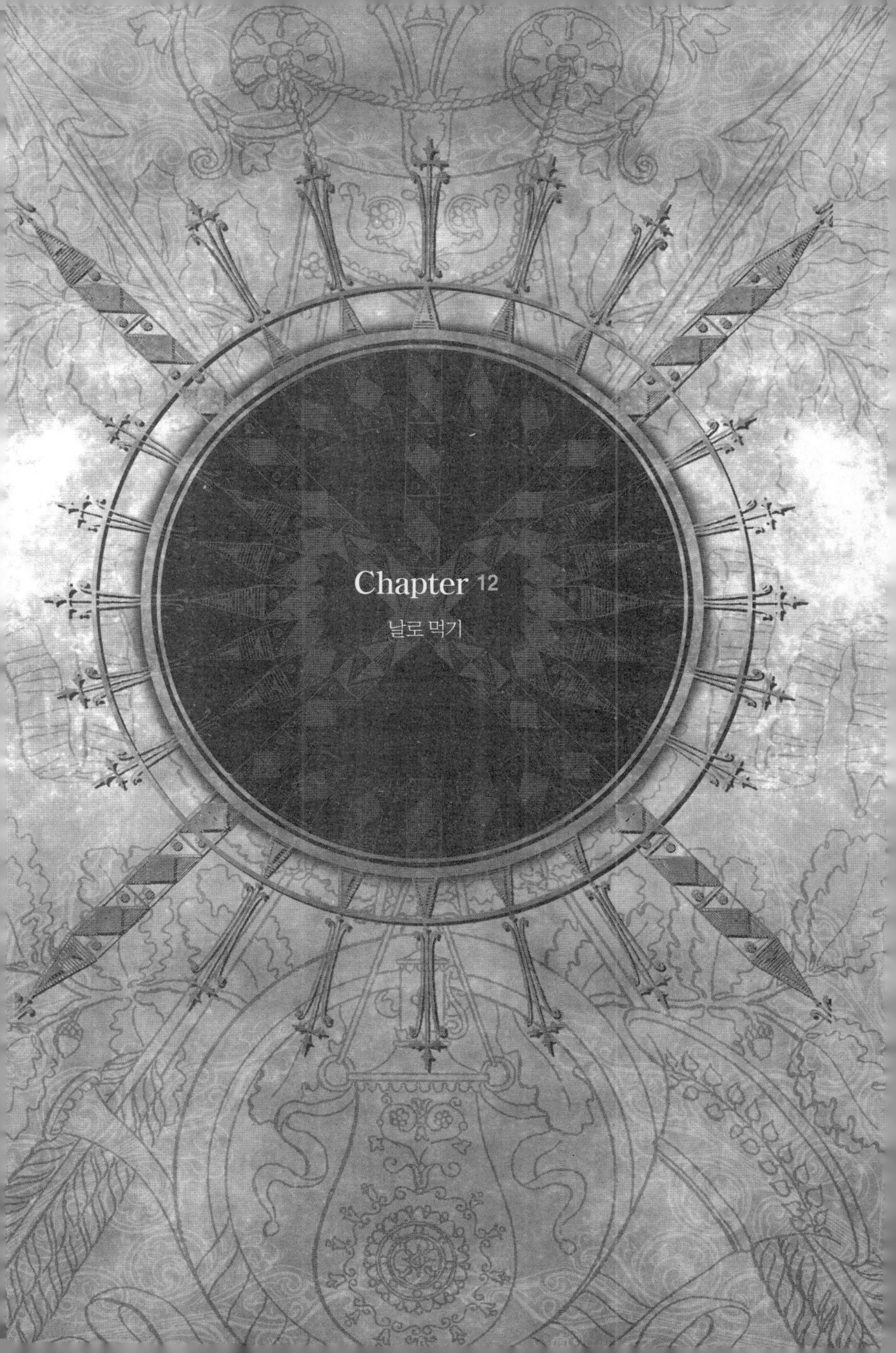

Chapter 12

날로 먹기

건들면 죽는다

1

　사람의 심리란 참 묘하다. 지금 같은 경우 나이트 홀릭 사형제는 자신들이 장내를 완전히 장악하고 있다고 생각했다.

　그런 그들에게 손은 그저 딱 한주먹거리도 되지 않는 불쌍한 촌놈으로밖에 여겨지지 않았다.

　그런데도 그들은 지금 손의 이야기에 모든 신경을 곤두세우고 있었다. 이유는 단 하나, 바로 호기심 때문이다.

　"퀸 타란툴라를 죽일 정도의 사람들이 어떻게 다 죽을 수가 있지? 그게 지금 말이 되는 소리라고 생각하나? 이거 정말 못 들어주겠군.”

“훗, 듣기 싫으면 안 들어도 상관은 없소. 하지만 아마 곧 후회하게 될 거요.”

“셋째는 잠시 조용히 하고 있어봐라. 왜 후회를 하는지는 몰라도 일단 저놈 이야기나 마저 들어보자꾸나.”

“알겠습니다, 형님.”

형제 중 셋째가 나섰다가 첫째의 핀잔을 듣고 뒤로 한발 물러섰다. 다들 궁금한 상황에서 끼어들었던 터라 그렇지 않아도 모두의 눈총을 받은 참이다.

“퀸 타란튤라를 죽인 인간들이 모두 죽은 이유는…….”

“이유는?”

답답했는지 누군가가 물었다. 그러자 손의 표정이 더욱 스산하게 변하기 시작했다.

“자신의 친구를 잃은 킹 까테말로는 화가 났고 녀석은 그로 인해 자신도 통제할 수 없는 실로 무시무시한 괴물로 변해버렸기 때문이지. 내가 그 현장에 도착했을 때 그곳의 참담한 광경은 실로 잊을 수가 없소. 하지만 한참 달래고 또 달랜 끝에 녀석은 겨우 화를 가라앉힐 수가 있었고, 마침내 이성을 되찾을 수가 있었지. 그런데 지금 녀석은 또다시 그때의 감정이 되살아나고 있소. 킹 까테말로가 가장 슬픈 표정을 짓고 있을 때… 재앙은 시작되는 것이라오.”

말을 마무리하며 손은 아무도 모르게 꼴라를 보며 슬쩍 윙크를 했다. 그러자 꼴라가 슬며시 고개를 끄덕이더니 갑자기 볼을 크게 부풀렸다.

바로 그때 장내 모든 사람들의 시선이 동시에 꼴라를 향했다. 그리고 그 자리에 있던 이들이 섬뜩해할 장견이 연출되기 시작했다.

처음에는 딱 쥐새끼만 한 녀석인데다가 그물에 잡혀 있는 상태라 그리 두렵게 여기지 않았다.

하지만 잠깐 사이에 녀석의 눈빛이 붉은색으로 변하더니 갑자기 온몸의 근육이 울퉁불퉁 올라올 때는 괜히 찜찜한 기분이 들었다. 그런 기분은 곧 엄청난 경악으로 돌변했다.

"저, 저럴 수가! 맙, 맙소사!"

"뭐지? 킹 까테말로가 변신도 할 줄 아나? 이런 건 몬스터 도감에도 나오지 않는 일인데 이게 어떻게 된 거지?"

ㅡ캬오오오~!

오오, 겨우 쥐새끼만 하던 꼴라의 몸집이 거의 성인만큼 커졌다. 그러나 그것이 변신의 끝은 아니었다. 녀석은 시간이 흐를수록 점점 더 키가 커졌고, 근육이 불거졌으며, 귀여웠던 얼굴은 악마의 현신이라고 할 만큼 무섭게 변해가고 있었다.

반전이다.

파앗~!

―크와아아앙!

부웅~ 콰아앙!

그물을 썩은 새끼줄처럼 간단하게 끊어버리고 밖으로 뛰어나왔을 때 녀석의 몸집은 일반 성인의 두 배 가까이 되었다. 그런데다가 가볍게 휘두른 주먹에 지하 특실의 벽에 커다란 구멍이 뚫려 버렸다. 실로 가공할 만한 힘이었다.

상황이 이렇게 되자 나이트 홀릭 사형제는 물론 흑표범 조원들까지 모두 검을 뽑아 들고 동시에 녀석에게 달려들었다.

"죽어라, 괴물!"

"이야압!"

위잉~ 퍼억!

"크악!"

"캑!"

그러나 단 한 번의 손짓으로 그들은 한꺼번에 튕겨져 나갔다. 물론 어쌔신의 능력이 최고에 이른 나이트 홀릭 사형제만큼은 그런 와중에도 꼴라의 공격을 피하며 기회를 노리고 있긴 했다.

"지금이다! 죽어라!"

슈욱~

깡!

"허억! 검이, 검이 박히질 않는다! 이럴 수가!"

나이트 홀릭 형제 중 첫째가 등을 막 돌리고 있는 꼴라의 급소를 노리고 날아갔다. 그는 이 한 번으로 녀석을 쓰러뜨릴 수 있다고 확신했다.

모든 마나를 다 주입한 상태인 탓이다. 물론 워낙 실력 있는 어쌔신인만큼 노린 곳을 찌를 수는 있었다. 그러나 그건 그야말로 허무한 몸짓에 불과했다. 마치 강철 벽을 찌른 듯 검이 아예 막혀 버렸기 때문이다. 실로 엄청나게 단단한 가죽이었다.

씨익.

퍼억!

"크악!"

"형님!!"

게다가 그런 첫째를 돌아본 꼴라는 여유 있는 미소를 한번 지어 보이더니 오른팔을 그대로 휘둘러 쳤다. 그 한 방으로 첫째는 기절해 버렸다.

단 한 마리의 몬스터가 날뛰자 지하 특실은 그야말로 아비규환으로 돌변했다.

나이트 홀릭이든 흑표범 조원이든 할 것 없이 모두는 점점 죽음의 공포로 물들어갔다.

도검이 먹히지 않는 괴물을 무슨 수로 상대할 것인가. 아니, 애당초 손이 말한 바가 사실이라면 그들이 이길 수 있을 리 만무하다.

그렇게 절망에 몸부림칠 때 꼴라의 무지막지한 주먹이 이번에는 총수를 향해 섬광처럼 날아갔다. 그녀가 피하고 자시고 할 수준이 이미 아니다.

"꺄아악!"

질끈.

그녀는 순간 죽음을 떠올렸다. 그러자 그동안의 삶이 주마등처럼 흘러갔다.

아버지의 요절로 어쩔 수 없이 조직을 떠맡게 되었던 일, 그 때문에 어린 시절부터 오로지 검만 끌어안고 살아야 했던 인생행로가 파노라마처럼 단숨에 스쳐 지나갔다.

'아아, 이렇게 빨리 죽을 줄 알았다면 조금 더 평범하게 살 것을……. 아버지, 죄송해요. 원수를 갚기는커녕 이처럼 허무하게……!'

"……."

그렇게 머리가 깨질 것이라고 생각했던 그때, 아무리 기다려도 고통이 전해지지 않았다. 뭔가 이상하다는 생각에 살며시 눈을 뜨는 바로 그 순간, 총수는 바로 코앞에서 세상에서 가장 밝고 환한 미소를 발견할 수 있었다.

“이제 괜찮으니 걱정하지 마시오.”

“아……!”

바로 쏜이 그녀를 향해 내리꽂히던 꼴라의 우람한 팔뚝을 한 손으로 막은 채 그녀를 부축해 주고 있었다.

그 모습을 발견한 모두는 새삼 경이로운 시선으로 쏜을 바라보았다. 그에게 팔뚝을 잡힌 꼴라가 낑낑거리며 더 이상 힘을 쓰지 못하는 것을 발견했기 때문이다.

“이 녀석은 평소에는 순하고 사람을 함부로 해치지 않지만 일단 반전하게 되면 주인도 몰라보거든.”

“앗! 위험해요!”

위잉~!

쏜이 말을 하고 있는 틈을 이용해 꼴라가 빨간 눈동자에 더욱 독기를 띠며 남은 팔을 휘둘렀다. 단번에 쏜의 머리통이 부서질 것 같은 순간인지라 총수는 자신도 모르게 뾰족한 외침을 토해냈다.

“하지만 주인의 무서움은 몸이 기억하고 있지요. 그러니 다들 이제 안심하시오. 타핫!”

터억!

슈우욱~ 콰콰콰쾅!!

—꾸엑!

그런 절박한 상황 속에서도 태연함을 잃지 않은 쏜이 할 말을 모두 끝낸 후 바로 코앞까지 다가온 꼴라의 팔을 잡아챘다. 그러더니 그대로 집어 던지는 것이 아닌가.

그 힘이 어찌나 강했던지 꼴라는 벽으로 날려가 아예 그 벽을 뚫고 한참을 더 날아가 버렸다.

멍.

탁탁.

"자, 그럼 이제 조용해진 것 같으니 아까 하던 거래 이야기나 마저 해볼까요?"

모두가 할 말을 잃고 멍청해져 있을 때 유일하게 숀의 목소리가 적막을 뚫고 들려왔다. 그러면서 그는 동시에 전생에서도 소림의 고승들만 쓸 수 있다는 혜광심어를 간단하게 구사해 꼴라에게 한마디 던지고 있었다.

[꼴라, 고생했다. 대신 일이 잘 끝나면 네가 좋아하는 '세틴츄'를 실컷 먹여주마.]

가만 보니 황당하게도 숀은 세틴츄를 엄청나게 가지고 있는 것 같았다. 그것을 진작 파비앙에게 주었다면 간단했겠지만 사실 세틴츄는 그가 가장 사랑하는 수하 꼴라의 간식이었던 것이다. 그랬기에 그 누구에게도 주기 싫었다.

아무튼 이로써 숀과 꼴라는 연기력도 일류 중의 일류임이 밝혀졌다. 불행히도 그 사실을 아는 사람은 단 한 명도 없었지만.

2

"도대체 멀린 마법사님을 어떻게 하신 거죠?"

"그는 나와의 약속을 어겼소. 그 죄는 죽어 마땅할 정도로 크지만 인생이 불쌍해서 잠시 벌을 주고 있는 것뿐이오."

꼴라가 다시 원상태로 돌아오자 밤 그림자 조직원들은 부랴부랴 장내 정리하기 시작했다. 그러다가 눈은 멀쩡하게 뜨고 있지만 말도 못하고 움직이지도 못하고 있는 멀린을 발견하고는 다들 입을 딱 벌렸다.

이런 현상은 생전 처음 목격했기 때문이다. 하긴 밤 그림자 내에서 가장 오래 살았고 또 경험도 풍부한 장로들마저 어리둥절한 상황이니 말해 무엇하랴.

결국 총수는 애초의 자리에 편안한 자세로 앉아 하품이나 쩍쩍하며 구경만 하고 있는 숀에게 다가가 멀린의 상태가 왜 저런지 물어볼 수밖에 없었다. 이런 짓을 할 사람은 그밖에 없었기 때문이다.

"역시 당신이 그런 거로군요. 마비 독을 쓴 것 같지도 않고 마법을 사용한 것 같지도 않은데 왜 움직이지 못하는 것인지 알려주실 수 없나요? 아니면 제 얼굴을 봐서라도 저분을 원래

대로 해주세요."

총수는 은근히 자신의 미모에 대한 자긍심이 있었다. 그녀 나이 열한 살이 지난 후부터 만났던 모든 남자들은 단 한 명도 그녀의 미모에 눈길을 주지 않았던 적이 없었다.

그리고 세상에 단 한 명, 그녀만큼은 그럴 만한 자격이 충분히 있었다.

손 역시 목석이 아닌지라 진작부터 그녀의 아름다움에 가슴이 설레고 있었다. 만일 그가 부동의 심공을 연마하지 않았다면 벌써 그녀의 발에 키스하며 충성을 맹세했을지도 모를 정도였다.

"내가 왜 당신의 말을 들어야 하지? 오히려 당신이 내 말을 들어야 하는 거 아닌가? 어쨌든 아까 내 덕분에 산 것이니 말이야."

"그, 그건……."

"저런 발칙한……. 아무리 킹 까테말로를 어찌어찌 물리쳤다지만 그래도 명색이 우리 조직의 총수인데 그렇게 말을 함부로 하… 으헉!"

손이 은근슬쩍 총수에게 반말을 하며 그녀를 추궁하자 나이트 홀릭의 둘째가 끼어들어 한소리 했다. 하지만 그는 말을 하다 말고 심장마비에 걸릴 뻔했다. 어느새 그의 코앞에 손이 나타났기 때문이다.

손이 다가오는 것을 전혀 보지 못했던 그였다. 그가 있는 곳은 손이 앉아 있는 곳에서 약 십여 미터나 떨어져 있었는데 대체 언제 움직였다는 말인가. 실로 귀신도 울고 갈 만큼 빠른 움직임이었다.

"정말 뻔뻔스러운 인간들이로군. 내가 당신들 입장이라면 다른 것은 다 떠나서 먼저 구해줘서 고맙다는 말부터 했을 거야. 나이를 먹었으면 그 정도 매너는 지킬 줄 알아야 대접을 받는 것 아닌가? 겨우 알량한 실력만 믿고 사람을 무시하면 더 돋보이는 거 같아? 아니면 내가 그렇게 우스워 보이나?"

"으으… 비, 비켜라."

"못 비키겠다면?"

조금 전까지만 해도 장난스럽던 손의 태도가 완전히 돌변했다. 그의 몸에서는 실로 무서운 위엄이 쏟아져 나왔으며 말투는 마치 얼음가루라도 날릴 듯 차가웠다. 그러자 둘째는 눈앞에 있는 손의 존재가 너무나 버거워지고 있었다.

"이런 건방진 놈! 타앗!"

턱!

그랬기에 결국 둘째는 순간적으로 검을 꺼내 손을 급습했다. 그러나 그의 공격은 너무나 허무하게 막혀버렸다. 검을 들고 있는 손을 손에게 통째로 잡혀 버린 것이다.

보고 있던 사람들은 두 눈을 멀쩡하게 뜨고 있는 상태에서도 그가 어떻게 한 것인지도 알 수 없을 정도였다.

"정녕 해보자는 것인가?"

"으윽……."

둘째는 손에게 잡힌 손을 빼내려고 애를 썼지만 돌아오는 것은 팔목의 통증뿐이었다.

"둘째 형님을 놓아줘라."

"정말 제멋대로인 노인들이로군. 입으로만 떠들지 말고 직접 놓게 해 보던가."

손은 밤그림자라는 조직을 편하게 움직이려면 우선 이 장로라는 노인들부터 군기를 잡아야 한다고 생각했다. 그렇기에 이번에는 조금 강하게 밀고 나갔다.

"아무래도 연합공격을 해야겠다. 이제 궁극의 수법으로 간다."

"알겠습니다. 큰 형님."

상황이 그렇게 되자 나이트 홀릭의 형제들은 노골적으로 합공을 결의했다. 특이한 것은 네 명이 똑같이 생겼는데도 자신들끼리는 서로가 서로를 잘도 구별한다는 점이었다. 어찌보면 당연한 일이었지만 손은 그게 가장 신기했다.

"마지막으로 말하겠다. 어서 둘째를 놓아줘라. 그렇지 않으면 매운 맛을 보게 될 것이다."

"마음대로……."

숀의 말이 끝나기가 무섭게 잡혀 있는 둘째를 제외한 나머지 노인들의 신형이 갑자기 사라졌다. 어쌔신 최고의 필살기를 펼친 것이다. 그러나 숀은 전혀 디동을 하지 않았다.

바로 그때, 허공 한곳에서 갑자기 시퍼런 검이 튀어나와 그의 목을 노리고 날아들었다. 하지만 공격은 그게 다가 아니었다.

첫 번째 검이 날아드는 동시에 바닥과 벽에서도 각기 또 다른 검이 눈부신 속도로 숀의 급소를 공격했다. 워낙 완벽한 합공인데다가 그 속도마저 빨라서 그 누구타도 피할 수 없을 것만 같았다.

"아……."

"오오……."

그 모습을 보고 총수와 흑표범 조원들이 동시에 감탄성을 흘렸다. 장로들의 엄청난 실력에 놀라움을 감출 수 없었던 모양이다. 그들은 결국 숀이 이 공격으로 인해 바닥에 쓰러질 것을 믿어 의심치 않았다.

그러나…….

휙~ 차앙! 챙! 챙!

"우욱!"

“이, 이럴 수가……”

세 자루의 검이 눈앞까지 날아든 순간이 되어서야 손은 움직였다. 그는 마치 시간이 정지되어 있는 양 유연하게 허리를 틀어 첫 번째 검을 살짝 비켜서더니 그 검 주인의 손목을 잡아 다른 두 자루의 검을 가볍게 쳐냈다.

그러고는 눈 깜짝할 사이에 세 자루의 검을 모두 감쪽같이 빼앗아 버렸다. 정녕 눈알이 튀어 나올 정도의 신기막측한 대응이었다.

“대체 뭘 어떻게 한 거지?”

“그, 그러게 말이야. 장로님들 검을 모두 빼앗다니……”

흑표범 조원들은 이런 현실을 놓고 웅성거리기 시작했다. 직접 봐 놓고도 뭐가 어떻게 된 것인지 알 수가 없었던 것이다. 하지만 손의 움직임은 그게 끝이 아니었다.

“한심한 노인네들이로군.”

“흑, 흑마법이냐!”

“큭큭, 흑마법이라… 그게 궁금하면 다시 덤벼봐. 대신 내가 돌려주는 검을 받을 수 있다면 말이야. 타핫!”

쎄엑~!

슈슈슈슉~!

손은 망설임 없이 세 개의 검을 동시에 집어 던졌다. 정해 놓은 방향도 없이 대충 집어 던졌건만 그 검들은 빠르게 떠오르더니 갑자기 방향을 틀어 장로들을 향해 날아갔다.

그런데 그들에게 곧장 가는 것도 아니었다. 그야말로 검에 귀신이라도 붙었는지 허공을 자유롭게 날아다니며 장로들 옆을 스쳤다가 다시 돌아오는 희귀한 장면을 연출했던 것이다.

장로들은 자신의 검을 잡고 싶은 마음은 굴뚝같았지만 너무 빨라 엄두도 낼 수 없었다. 그때, 손이 오른손을 들어 올리더니 그 검들을 향해 펼쳤다가 갑자기 오므렸다.

챙그랑~ 챙챙.

그러자 검들이 한꺼번에 땅에 떨어졌다.

"그건 내가 당신들에게 내리는 교훈이다. 만일 또다시 나로 하여금 짜증이 나게 한다면… 다음은 당신들의 몸뚱이가 그렇게 될 것이야."

파스스스.

땅에 떨어진 것은 검뿐만이 아니었다. 잡혀 있던 둘째만 빼고 나머지 세 장로의 옷이 손의 말이 끝남과 동시에 마치 눈가루 날리듯 우수수 떨어져 내렸다.

총수가 여자였기에 그랬는지 그나마 속옷은 남겨 놓은 채 모든 옷이 그렇게 가루로 사라져 버렸다.

"……"

"……"

　그 누구도 입을 열 수 없었다. 그들은 누가 뭐라고 할 것도 없이 다리에 힘이 풀려 그 자리에 주저앉고 말았다.
　누구도 거역할 수 없는 손의 무위였다.

『건들면 죽는다』 2권에 계속…

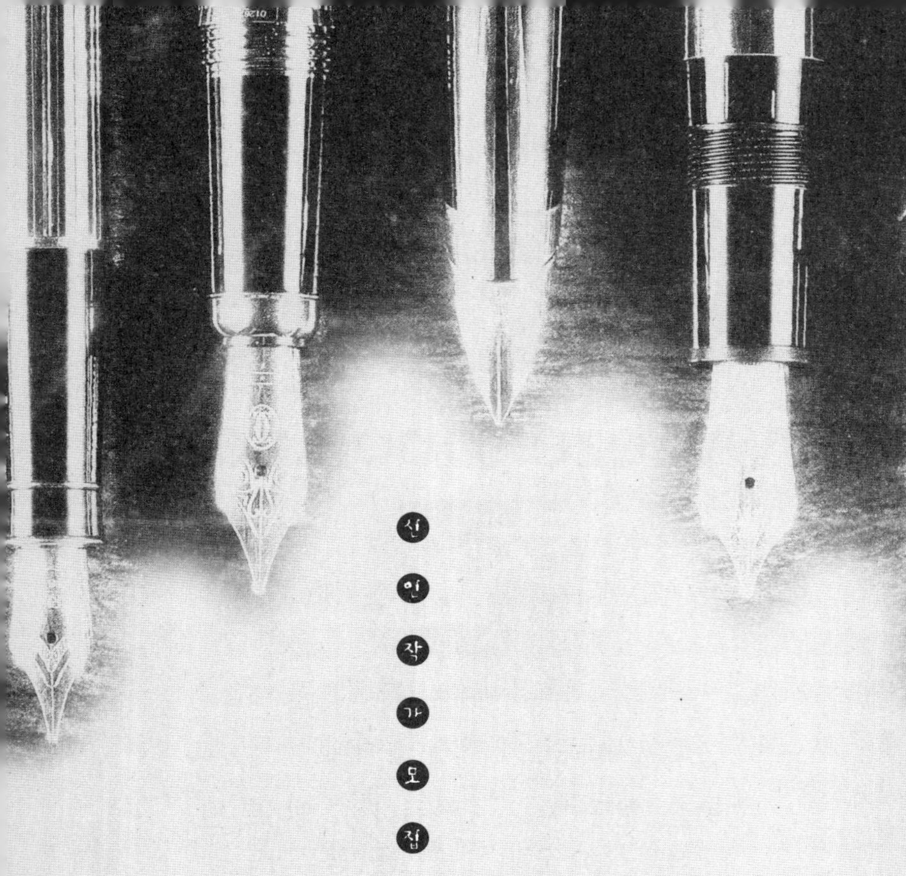

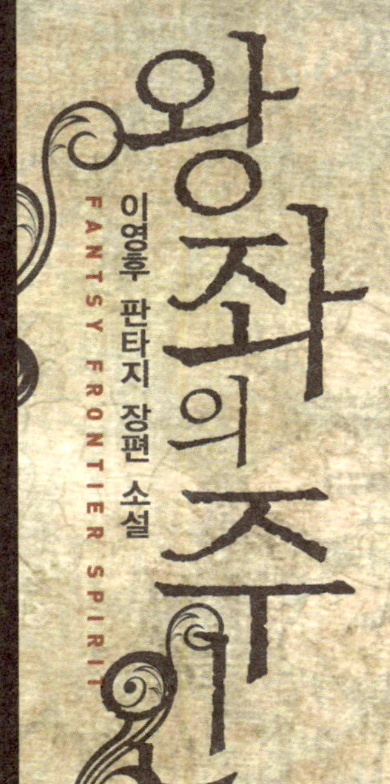

왕좌의 주인
이영후 판타지 장편 소설
FANTSY FRONTIER SPIRIT

왕좌의 주인
이영후 판타지 장편 소설
FANTSY FRONTIER SPIRIT
왕좌의 주인
왕좌의 주인
2
1
청어람

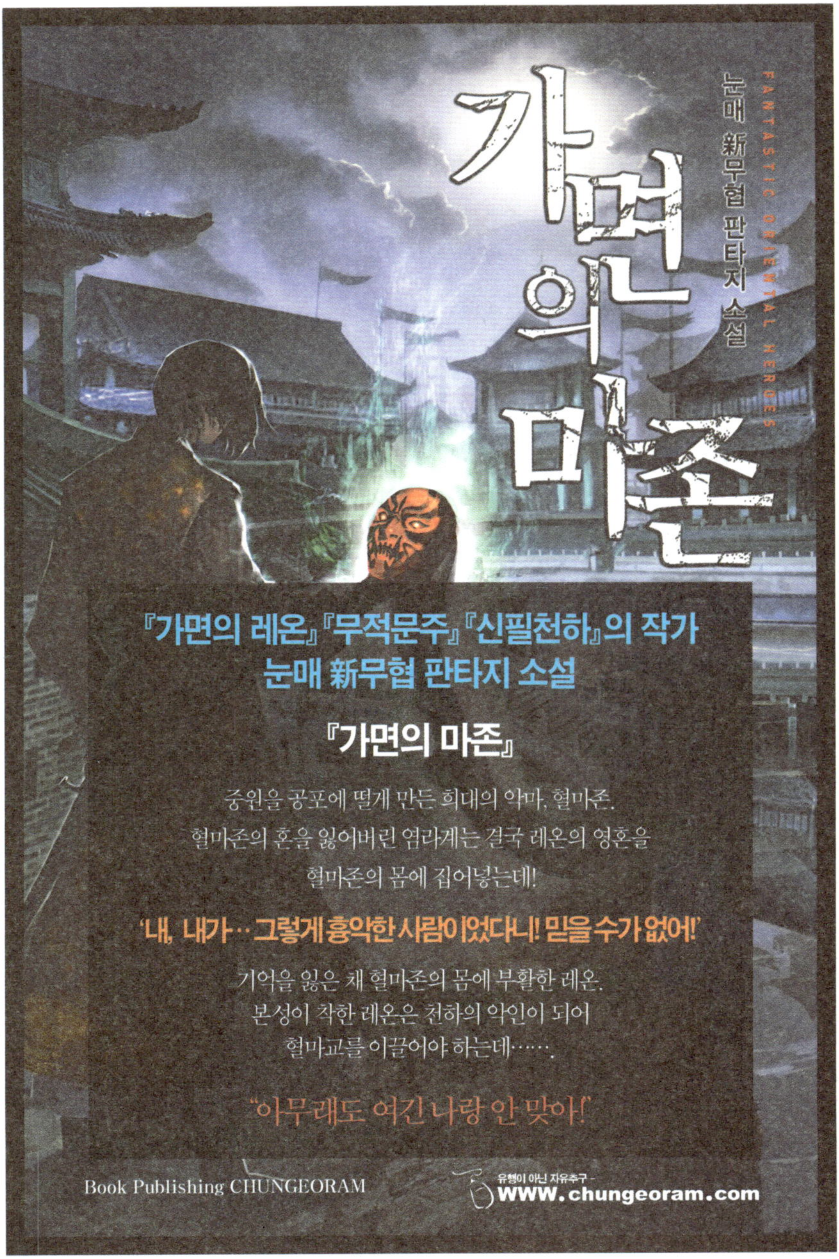
가면의 마존
눈매 新무협 판타지 소설
FANTASTIC ORIENTAL HEROES
『가면의 레온』『무적문주』『신필천하』의 작가
눈매 新무협 판타지 소설
『가면의 마존』
중원을 공포에 떨게 만든 희대의 악마, 혈마존.
혈마존의 혼을 잃어버린 염라계는 결국 레온의 영혼을
혈마존의 몸에 집어넣는데!
'내, 내가… 그렇게 흉악한 사람이었다니! 믿을 수가 없어!'
기억을 잃은 채 혈마존의 몸에 부활한 레온.
본성이 착한 레온은 천하의 악인이 되어
혈마교를 이끌어야 하는데…….
"이무래도 여긴 나랑 안 맞아!'
Book Publishing CHUNGEORAM
유행이 아닌 자유추구 -
www.chungeoram.com